美しい家

朝鮮『労働新聞』記者の日記

「美しい家」朝鮮半島 関連地図

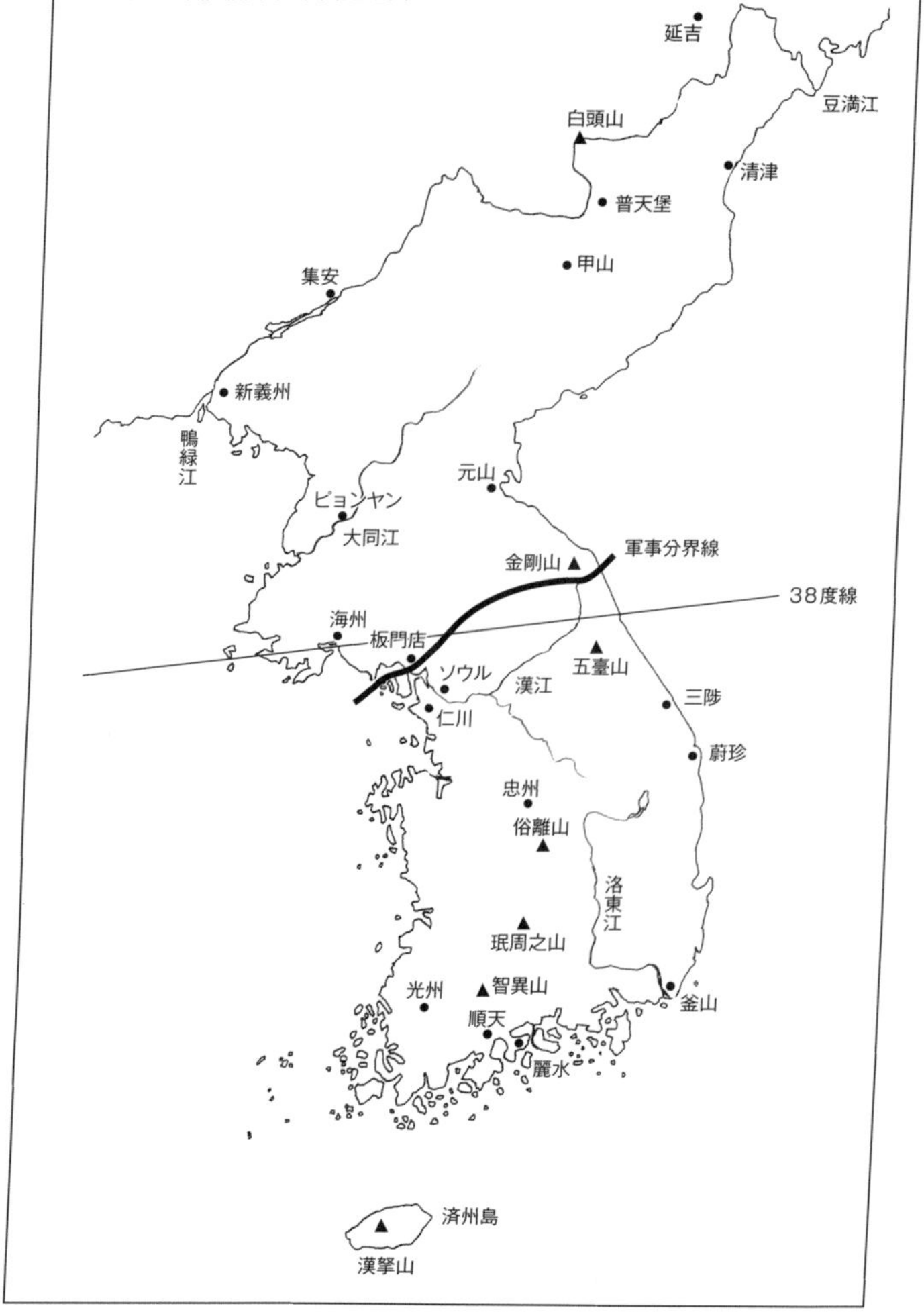

日本語版『美しい家』によせて

孫 錫 春

日本の読者と出会う『美しい家』は、一人の朝鮮人革命家の清廉な愛の物語である。彼の愛は「革命の時代」と言われた二〇世紀の鼓動と深くつながっている。

二〇〇八年を熱く照らし出したろうそくの炎が証言してくれるように、韓国社会の根底には活火山のような躍動する民衆が息づいている。その活火山は軍部独裁政権に抗して激しく繰り広げられた民主化運動の動力である。

私は一九七〇年代末に学生運動に参加したが、雷に打たれるような衝撃を覚えた人たちがいる。帝国主義に向き合い民族解放と民衆解放に惜しげもなく命を差し出した革命家たちだ。

学生運動ではロシア革命や中国革命がよく知られていたが、さて朝鮮革命はというと、闇の中に埋もれていた。読者は『美しい家』の李真鮮《リジンソン》という一人の清廉なる革命家の愛を通して朝鮮革命の内面に深く分け入ることができるだろう。

現在、朝鮮革命は朝鮮民主主義人民共和国の公式路線である。しかし、朝鮮革命の内側には、金《キム》日成《イルソン》主席に劣らない革命家たちがいる。朝鮮労働党の前身である朝鮮共産党のリーダーであった朴憲《パクホ》永《ニョン》が代表的人物だ。朴憲永は「米帝国主義のスパイ」として北朝鮮《プクチョソン》で死刑になった。

『美しい家』で李真鮮は朴憲永が目をかけた「若い同志」である。小説が刊行されて韓国の出版界、歴史学会では、李真鮮が実在した人物なのかどうか波紋が広がった。しかし重要なことは、実在したかどうかではなく読者が最後の章を閉じたときに感じる共感または感動の深さだ。歴史は事実で存在した小説であり、小説は存在することができた歴史というではないか。

『美しい家』は二〇〇一年六月一五日にソウルで出版された。南北共同宣言一周年の日にあたる。偶然の一致かわからないが、その後の北朝鮮の展開は李真鮮が金正日《キムジョンイル》国防委員長に送った手紙と一脈相通じるものがある。金正日委員長は二〇〇二年七月一日に経済管理改善処置を発表し、日本、アメリカとの国交樹立に積極的に乗り出している。

若い時代に日本に留学をした李真鮮は二〇世紀という時代を生きたわけだが、始終正しい社会主義者の道を歩いて行った。李真鮮の視覚で見るならば、今日起っている北—米の葛藤の責任は全面的にアメリカにある。アメリカとの修交に関して改革—開放を試みる北朝鮮にアメリカが一方的な〝降参〟を要求しているからだ。李真鮮が望んだものは朝鮮革命が真正な社会主義を実現して、日本、アメリカとも国交を樹立することにあるはずだ。

朝鮮民主主義人民共和国で生き抜いた真の社会主義者の愛と真実を日本の読者たちと分ち合いたい。

二〇〇九年三月

目次

主な登場人物

李真鮮（リジンソン）…………朝鮮共産党出身。『労働新聞』を経て『民主青年』記者。

申麗燐（シンリョリン）………李真鮮の妻。

崔真伊（チェジニ）……………『民主朝鮮』を経て『民主青年』記者。李真鮮と恋仲。

白仁秀（ペクインス）…………朝鮮労働党の幹部。崔真伊の夫。

金仁哲（キムインチョル）……記者同盟副委員長。李真鮮の元同僚。

金三龍（キムサムリョン）……朝鮮共産党幹部。李真鮮の義兄。

李鉉相（リヒョンサン）………智異山パルチザンの隊長。

朴憲永（パクホニョン）………朝鮮共産党結成の中心人物。朝鮮労働党副委員長。

黄長燁（ファンジャンヨプ）：朝鮮労働党書記。

凡例

①韓国で出版された小説だが、主な舞台が朝鮮民主主義人民共和国なので、表記はピョンヤン式にした。
・名前の「李」は「リ」（韓国では「イ」）
・朝鮮民主主義人民共和国は「共和国」、「北半部」
・大韓民国は「南朝鮮」、「南半部」
・朝鮮戦争は「祖国解放戦争」、「解放戦争」
・日本帝国主義は「日帝」、アメリカは「米帝」
②人の呼び名は原文の通り「トンム」、「同志」にした。
・「トンム」は職場などの同僚、同年代、年下の人などを呼ぶときに使う。日本的には「さん」、「君」にあたる。
・「同志」は党幹部、職場の上司、尊敬する人などを呼ぶときに使う。日本的にはあてはまる呼び方はない。

版元と日本語版について

①韓国での版権は「도서출판 들녘」(ソウル市)にある。
②本書原題は『아름다운집』であり、日本語訳は韓国語の題名どおり訳しているが、サブタイトルは日本語訳に際してつけた。
③原書は翻訳して八〇〇枚近くにのぼる。著者の承諾をえて約五〇枚カットした。
④本文中の［　］表記は日本語版に際し訳者が付した。ルビは基本的に初出のみとした。

プロローグ　延吉で受け取った日記

締め切りに追われる新聞社の編集局はいつもごった返している。たとえ親しい友の電話であっても受けられないのがざらだ。問題の電話がかかってきたのも締め切り間際であった。

コラムの最後の文章が気に入らずあせりながらペンを指先でこねくり回していた時、中国の延吉《ヨンギル》から国際電話がコレクトコールでかかってきた。締め切りが迫っていた時でもあり、コレクトコールにしても、聞きなれない延吉という地名にしてもだしぬけであった。電話に出られないと思って断ろうとした瞬間、ふと何日か前に受け取った老人からの手紙を思い出した。

延吉からの謎めいた手紙はなにかと私の職業的好奇心を刺激した。まず封筒に記された差出人名からして奇妙であった。高麗民《コリョミン》。明らかに仮名だ。開封してみると韓紙に達筆な墨文字が書かれていた。

老人は自らを八〇過ぎの朝鮮族と称し、私が新聞に連載しているコラムにたいへん感銘を受けたとしきりに持ち上げる。あにはからんや頼みがあるというのだ。

「世の中がびっくりするような記録を預かっている。貴重なこの記録を先生に直接お渡ししたいので延吉まで来て下さらないか」

延吉で韓国の新聞を読んでいることはもとより、拙い私のコラムを読みソウルまで手紙を出してきたこの読者に強烈な印象を受けた。とはいうものの、新聞記者として二〇年間も海千山千を乗り越えてきたせいだろうか、忙しさにまみれ日々の興味が失せてしまっていた。

とんでもない情報提供をけしかけて来る読者と幾度となく会った。しかしほとんどが無駄足であった。いつの間にか「世の中を驚かすビッグニュース」などめったにありえないと達観してしまっていたのも事実だ。

先週、老人には申し訳ないと思いつつ断りの返信を送った。ソウルから延吉までは遠過ぎるし、仕事も手が離せないので行けそうもないと。

おそらく手紙を見てすぐさまその場で電話を入れたのであろう。老人の声はとても激昂していた。

「あんた、記者だろう？　朝鮮の人たちがびっくりする記録を渡したいと言っているのに、来られないとは何事だ。わしはもう八〇だ。いつ死ぬかわからぬぞ。今日になるか明日になるか！」

電話の向こうで老人は怒鳴り散らしていた。私にはひと言の弁解の余地も与えずに。

「どうか落ち着いて下さい。それは一体どのような内容なのでしょうか？　簡単におっしゃっていただければ……」

「電話で済ませる話であれば、老人がわざわざ手紙を出したりするか！」

老人は如才ない私の話を一撃でさえぎった。

間髪を入れず八月一五日午後六時北京発の飛行機で延吉に来ること、到着時に空港で待っていると告げた後、一方的に電話を切ってしまった。

戸惑ってしまった。いや、あきれたというか。これが情報提供を申し出る人の態度といえるだろうか。まるで脅迫電話じゃないか。私はタバコでもふかそうと口にくわえた。いい年をして、なんという年寄りだとあきれつつ火をつけようとしたその時、再び電話が鳴った。

あの老人だ。彼はまるで別人のように、手馴れた情報機関員のように声を抑え早口でまくし立てた。

「記者さん、いいかい？　空港を降り立ったらそのまま出口に進み、建物から出て右折しなさい。三〇歩ほど歩いたら壁に『延吉空港ビルディング』という標識があるはずだ。わしはそこで待っているぞ。黒い杖を持っているからな」

老人はもう一度繰り返しては返事も聞かずガチャンと電話を切った。

二〇〇〇年八月一五日　午後六時。

延辺《ヨンビョン》行き中国民航CA1615機が北京空港を飛び立った。夕焼けに暮れなずむ空の下、真夏の日差しを浴びた遼河［旧満州南部を流れる大河。一、三九〇キロ］がまるで大蛇が絡みつくように肥沃な大地に流れていた。正に壮観といえる。遼河の流れを追い、大陸を馬で疾走した高句麗《コグリョ》の偉大なる蹄音が聞こえて来るようだった。

とりとめのない想念に浸りひと眠りしたら、いつのまにか朝鮮族自治州である延辺上空であった。窓の外は霧のような暗闇に覆われていた。

電話ひとつでソウルから延吉まであたふたと駆けつけたこの間の行動がどうしても信じがたかった。

（これでよかったのだろうか？）苦笑いさえ浮かべてしまう。鬼神に騙されているわけでもあるまい。タラップを降りると霧雨が降りだしていた。

夜空を見上げると、空港庁舎屋上に「ヨンギル」と大きく書かれたハングル文字の看板が降りしきる雨脚の中に見えた。延辺は一九九五年に初めて訪れ、今回が二度目だった。懐かしかった。前回は朝鮮族同胞の民族文化を取材に来た。長年の夢であった白頭山《ペクトゥサン》［朝鮮最高峰の聖山。標高二、七七四メートル］頂上の天池［火山活動によってできた自然湖］を訪れる予定だったが、前日の大雪に阻まれ長白滝までしか行けず無念の涙を飲んだ。

（そうだ。せっかくのチャンスだ。今回こそ白頭山頂上に登るぞ）

空港ターミナルは旧庁舎の横に立派な新庁舎ができ随分様変わりしていた。

（出口から右に三〇歩だったな）

一、二と数えながらだいたい一〇歩ぐらい歩いた夕闇の中で、黒い杖を杭のようにたて、立ちつくしている老人の姿が見えた。彼は「延吉空港ビルディング」と書かれた標識の前で仁王立ちし、数を数えながら歩く子どもじみた私を注視していた。

「来てくれると思っていた！　有難う。わしの目に間違いはなかった」

例のがらがら声が冷やかに脳裏をよぎった瞬間、私は全身に電気を浴びたようなショックを感じた。長い間ジャーナリストの端くれとして養った本能的ひらめきというか、何かとてつもない場面に遭遇してしまったという予感で凍りついてしまったというのが正しい。

老人の顔に深く刻まれた皺と大きな団子鼻。なによりもぞっとするような目つきはただ者ではない青年時代を物語っていた。髪に白いものが目立っていたものの、八〇歳にしては引き締まった体つきをしていた。彼はごつごつした手で私の手をさっと掴んだ。

「本当にありがとう。こうやって会うことができたし、もういつ死んでも悔いはない」

彼は感慨深げに掴んだ両手を力強く振った。

「記者さん、人には誰もが死ぬ前に必ずやり遂げなければならないことがあるというじゃないか。わしには今日が最後の機会になりそうだ。わしに助けを求めた旧友の恨《ハン》がやっと解けそうだ」

彼は感極まり、演説でもはじめそうな雰囲気であった。

「あのう、御老人。もしよろしければ、私が予約しているホテルに場所を移しませんか」

「そんな必要はない」

老人は私の提案を手を振り制した後、まるで久しぶりに会う親子のようにやさしく肩に手をおいた。その手はとても温かった。

「何カ月間、目がつぶれるほど南朝鮮の新聞を読み漁ったものだ。大事な仕事を頼める人を探す一心でな。先生に目星をつけてからはあまりにも嬉しくて寝食を忘れるほどだった」

老人は腰を屈め赤茶けた風呂敷包みを持ち上げ用心深くきょろきょろとあたりを見回した。緊張の度が一気に高まった。

（一体この人の正体は？）

「これを必ず本にして世に出してほしい」

（これだったのか！　世間をびっくりさせる記録とやらは……）

私は無言で重そうな包みを受け取った。

「どのような内容ですか？」

私の質問には答えようとせず老人は惚けたそぶりをみせた。

「今年中にいい知らせが来るのを待っていますよ」

老人の乾いた目元が見る見るうちにうるんでいった。

「この老いぼれがこのようにお願いします」

老人が杖を持ち上げ両手を合わせ頭を下げられたので、私も慌てて深々と腰を曲げた。姿勢を元に戻した時、すでに老人は物売りでにぎわう朝鮮族の中にまみれていた。

「御老人、待ってください！」

荷物を抱えたまま追いかけようとした。しかし朝鮮族の人々に阻まれ見失ってしまった。老人は闇の中へ跡形もなく消えてしまった。

すべてが一瞬の出来事であった。老人の名前さえ聞けなかった。胸に抱えた重い荷物がなければ夢でも見たのではないかと錯覚に陥るところだった。

慌ててタクシーを拾い延吉中心街にある白山ホテルに向った。部屋に入るなり包みをほどいた。その瞬間だった。古色蒼然とした小さい手帳が数え切れないほど出てきた。紙切れのような小さいものから手のひらサイズまでいろいろな種類の古い手帳だったが、私は軽い失望感にさいなまれた。ましてや、その中のいくつかは苔むし、真っ青なカビに覆われ、むっとする嫌な臭いが鼻を突くではないか。

だが、手帳を読み始めるやそんな虚脱感は瞬く間になくなった。この手帳すべてが一人の日記という事実が余りにも衝撃的だった。それだけではない。カビくさい紙面の上に米粒のように書かれたひと文字、ひと文字がまばゆいばかりに輝くダイヤモンドのように見え、たちまち目頭が熱くなってきた。

長い間、私なりに広い範囲で各分野の書物や資料を集めてきたと自負していたが、これほど静かでかつ感動的な記録に接するのは初めてだ。朝鮮民主主義人民共和国の名もない知識人として生きぬいた一人の人間の体温が、乾いた古い紙面を通じ電流のように伝わってきたのだろう。手帳のページ一枚一枚から彼の熱い吐息が聞こえてきそうだった。

いつの間にか窓の外は薄明るく白ばんできた。夜通し読み続けたがまだ半分も読めてなかった。北京行きの飛行機便を調べてもらい、着替えもせずホテルを後にした。何の未練もなしに白頭山登頂を放棄し帰国の路を急いだ。

ソウルに着くと空港から編集局長に電話を入れ一週間の休暇をとった。その間、私はまるで初恋に堕ちた少年のようにひたすら手帳の文字をノートパソコンに入力し続けた。

日記は一九三八年四月、手帳の主人、李真鮮《リジンソン》氏が延禧《ヨニ》専門学校［現在の延世《ヨンセ》大学校。一九一五年にアメリカ人宣教師が設立］哲学科に入学したときから始まり一九九八年一〇月で終わっている。李真鮮という知識人が六〇年もの間、全力全身で貫いた愛の道、革命への道が神秘であるかのように手帳から手帳へと細かく綴り続けてあった。

もちろん毎日書かれたわけではない。時には四年以上の空白もある。これは彼の人生が決して平坦ではなく、至るところで困難に突き当たったのであろう事実を物語っている。それゆえに彼の生きた証しとして残された日記には、激しい嵐の中でも迷うことなく全力で駆け抜けた凄絶な姿が見事に映し出されている。

社会主義革命に一生を捧げた人なので、時にはわれわれのイデオロギーや情緒と異なる記録も目についた。しかし日記には純粋な民族愛とヒューマニズムが一貫している。このことを認識できる読者には大きな問題ではない。

綴り方や単語など現在の韓国標準語と一致しない点も多いので――特に解放以前の記録は今の綴り方とだいぶかけ離れている。解放後に至っては北朝鮮だけで使われている言語も多い――読者が読みやすいように多少手直しした。今の標準語に合わせ文章をいじくりすぎると李真鮮氏の文体が私の文体に似てしまうのではないかと憂慮される。しかし読者にとっては読みづらい古い終結語尾や所々に混ざった漢字に手を加えたほうが良いと判断した。

李真鮮氏と向き合う読者たちよ！

原文の意味をできる限りそのまま伝えたく、格別の努力を惜しまなかった。しかし至らぬ点があれば何とぞ寛容な心で理解してくださることを……。

赤茶けた風呂敷包みにあった手帳の中で最も古い記録は一九三八年四月一日の日付である。

絶望、そして希望

一九三八年四月一日　金曜日

私は今どこにいるのか。そしてわれわれは今どこにいるのか。今日、朝鮮で生きるとは何を意味するのか。

延禧専門学校入学手続きの今日、まるで私の運命を暗示するかのように暗雲が立ち込めていた。午前中は夢にまで見た延禧専門学校の学生になれるという喜びで胸を膨らませていた。

実際、合格通知を受け取ったあとの一カ月あまり、延禧丘を頻繁に訪れては新しい学問への夢を描きながら柳の木立をそぞろ歩いたものだ。

それなのに私のささやかな哲学への夢はラジオの放送で風に吹き飛ばされた風船のように潰されてしまった。朝鮮総督府はこの新学期から日本語と日本史を大学で必修科目として「教育」をすると発表した。その上、志願兵制度まで導入したのだ。

心穏やかではなかった。教務課で入学手続きを済まし、足の向くまま延禧丘を歩き回った。どこからか巨大な入道雲が毋岳山《ムアクサン》の彼方まで広がったとたん、大雨が降りはじめた。むしろこの雨が悩める私の心を洗い流してくれるのではないかと全身で受け止めた。

「そうだ。避けられない夕立もある。あの黒雲から降りしきる苦難の雨あられを受けて立とう。いつの日か訪れる青い空を夢見て……」

土砂降りに濡れたまま下宿に戻り体を乾かしたとたん、悪寒が走った。熱が出て奥歯ががたがたと震えてきた。暗闇のなか私は灯りもつけず夕飯もとらずに横たわっていた。しかし、なぜか心は晴々としていた。今の私に必要なのは、私自身に真っ正直に向かい合う厳正な時間だと思えた。おもむろに起き上がり部屋の灯りをつけ、日記を書きだした。

植民地下の朝鮮で何をすべきか？　もう今までのように無分別な生き方は出来ない。すでに朝鮮の知識人社会に足を踏み入れたのではないか。いつまで続けられるかわからないが、思いのたけを記録に残していこう。

一九三八年四月三日　日曜日

信じていた人に裏切られることがこれほど惨めなものとは思いもしなかった。

今日の新聞社説を見てあたかも後頭部をなぐられたような衝撃を受けた。「民族紙」を自称する朝鮮の二大新聞［『東亜日報』（一九二〇年四月に創刊）と『朝鮮日報』（一九二〇年三月に創刊）］が志願兵制度と朝鮮教育令を露骨に誉め称えたではないか。特に志願兵制度にいたっては「朝鮮民衆に兵役義務を担わす第一歩」であり朝鮮総督の「英断」とまではやし立てた。

今まで私は記者たちが親日的記事を編集するのは反日的記事を載せるため、選択せざるをえない苦肉の策と考え、記事を早合点に読んできた。だがすべて幻にすぎなかった。今日付けの新聞は自ら「内鮮一体」［日本と朝鮮は一体との欺瞞的な意味］の手先であることを明らかにしている。

これが父親世代の真の姿というのか。そうだからこそ、この国が亡びてしまったのではないか！いくら考えてもとても理解できない。白頭山を中心に多くの朝鮮青年たちが武装抗争を繰り広げ息絶えているこの時期、中国を侵略した日本軍を支援できる「資格」を得たことがまるで朝鮮民衆の権利が向上したかのように騒ぎたてているから滑稽だ。

いわゆる朝鮮の「有力者」という人士たちの思考方式や実態がどんな代物なのかがはっきりわかった。そして私が何をなすべきかも。

一九三八年四月九日　土曜日

延禧専門入学の日だ。入学式の間中、私は空を見ていた。雲ひとつない晴天であったが、私の目には決してそうではなかった。まるで私の門出を祝うように朝鮮総督府もわが民族言論界も挑発しているのだ、と。ふと今日の入学は入社という方が正しいのではないかと思えた。私はすでに社会に足を踏み入れているのだから。今日の朝鮮が私たち大学生につきつける知識人の責任の前で、決して後退りしたりそっぽを向いたりしないと誓った。

一九三八年四月一八日　月曜日

柳並木の道は静かで気品があり優雅だ。ここが植民地下の大学であることを全身で否認しているようだ。

　柳の木になぜか魅了されてしまう。どこをさまようこともなく、母なる大地に深く根を張りひたすら空と太陽を仰ぐ凛々たるその姿に。樹木にまで羨ましいとは、われわれが根を引き抜かれた民族ゆえだろうか。

　いくら眼をそむけ酒をあびるほど飲み、酔いつぶれても、わが国とわが民が植民地支配下にあるという厳しい現実をぬぐうことはできない。

　柳並木の道から青松台《チョンソンデ》に向かう道端に真っ赤なツツジが咲き乱れていた。その鮮やかな花弁はうめき喘いでいる植民地朝鮮の山河のように非常に悲しげであった。

一九三八年五月八日　日曜日

　延禧専門学校に入学してから、春の日の夢のような歳月が流れている。父のたっての願いとは違い新学問から徐々に離れていく自分を発見する。寄宿舎に入って一カ月後、夕暮れ時にはいつも青松台の森から母岳山まで続く小道を散策しながら思索に耽ったものだ。そうした私の心をなごませたのは青松台の森の梢とその小枝でみつけた無数の鳥の巣であった。私の目には折れた枝の端を集めてこしらえた鳥の巣がどのような要塞よりも強固な砦に見えた。その小枝や鳥の巣越しに夕日が沈む時など郷愁まで感じさせた。目頭が熱くなるくらい羨ましかった。

散策しながら今まで曖昧であった多くの事柄を整理することが出来た。植民地朝鮮の苦難を学問の対象にするには、支配された民衆に強いられた非人間的苦痛があまりにも大きすぎる。延禧丘はいつでも私に夢見る自由空間を与えてくれたが、同時にそれが植民地支配下の祖国でいかに虚しいものかを痛感させてくれた。

一九三八年五月一〇日　火曜日

虚無。哲学の授業を受けながら再三虚無の問題を実感している。

教授の体調が悪く休講になったので学生同士、木蓮の木の下で輪になりお互い哲学を志した動機など語り合った。私の番になり、考え方によると西洋の知の歴史は神の前で人間の虚無意識を克服しようとする長々と続く自家撞着ではないかと言った。意見を終える前からあちこちで反論をくらった。

「李さん、西洋哲学史をどれだけ勉強したか知らないが、もうそんな予断を下すのか」

その意見で私のしがないプライドは傷つき、ついいたずらにしゃべりすぎてしまった。

「西洋哲学史はキリスト教の歴史に埋没してしまったということは間違いないよ。デカルトをはじめとしてカント、ヘーゲルに至るまで結局その束縛から一歩も抜け出せてないよ。キリスト教の神から抜け出した西洋の哲学者は辛うじてフリードリッヒ・ニーチェぐらいではないか？　結局、主客が厳密に区別される西洋の世界観は主体の持つ不憫さゆえに――のみならず全知全能なる神の前で！――いつも虚無意識に悩まざるをえないわけさ。だから必要以上にキリスト教という唯一神にすがりつくのさ」

さも学識ありげにしゃべりすぎてしまった。友達は困惑げに目で合図しながら無言で立ち去った。ひとり残された私は彼らとの間に根本的な距離を感じ、これからは独自で哲学の道を歩んでいかなければならないと悟った。

　質問は再度自分に投げかけられる。キリスト教の文化的背景が存在しないはずの植民地支配下で朝鮮人の哲学徒が感じる虚無意識の正体とは何なのだろうか。

一九三八年五月一一日　水曜日

　眠れないので寄宿舎をこっそり抜け出した。月明かりの下、柳並木の道は神秘的であった。そのせいか足が自然に青松台とは反対側の校門の外へと向かった。

　チャンネの小川を経て西江《ソガン》［川の名前］に続くチャンネ野原の方に月明かりをたよりに歩いていると、少し離れたところからこちらに歩いてくる人が目に入った。同じ寄宿生らしいが、誰かなと考えた。遠慮がちに近づいてくる。誰なのか気になった。名前はわからないが哲学概論の授業に入ってきていた英文科の学生に間違いない。貴公子のような顔立ちに、憂いを秘めた目元が印象的だ。実際の年齢より落ち着いて見える。そのせいか、友達とはうまく打解けないようだ。彼も私を覚えているみたいで握手を求めてきた。

「昨日の話は参考になりました。哲学科の学生ではないので口を出さなかったのですが、先輩の話に共感を覚えました。偶然にもここで逢えてうれしいです。英文科に入学した尹東柱《ユンドンジュ》［一九一七～四五　詩人。立教大学、同志社大学に留学］です。」

　悲しげに見えた彼の目がはにかんだ。私も名乗った。彼は一緒に歩いてもいいかと聞いた。あまり気乗りはしなかったがそうすることにした。彼は満州から来たと言い、白頭山のふもとにある龍井《リョンジョン》［間島にある村］の話を郷愁に満ちた目で聞かせてくれた。チャンネの小川と西江が流れつき漢江《ハンガン》［ソウルを流れる全長五一二キロの川］に至る景色が海蘭江［川の名前］とよく似ていると言った。夢を見ているような声であった。

彼がお互いに言葉使いを対等にしようと言った時、もしかしたら私よりも年上じゃないかと尋ねた。事実彼は三歳も上であった。彼はしきりに同期生なので構わないと言ったが、とうてい受け入れられなかった。残念そうにも見えたが真摯な彼の表情が気にいった。結局私は尹先輩と、尹先輩は私を李真鮮氏と呼び合うことに決めた。彼は英文学を専攻しているが一番の関心事は朝鮮文学であると断言した。淋しそうに見える彼の表情が忘れられない。

一九三八年五月一六日　月曜日

高校時代から二年間、西洋文明の基礎になるキリスト教の門を叩いてみた。結局何も得ることがなかった。

　叩いてみろというから叩いてみたが、植民地朝鮮の青年に門は開かれなかった。

　その実、キリストの教理、またキリスト教に基づいた西洋の学問は、祖国の現実とあまりにもかけ離れた救援論や非現実的処方を示しているにすぎない。父があれほど憧れていた西洋学問ではあるが、こんなに簡単に見切りをつけるなんて想像もしなかった。

　先月末から関心を寄せている仏教の世界がかえって魅惑的である。父から勧められた西洋学問ではなく、父が生涯心酔した仏教になぜかそそられる。まさに父から子に伝わるというか、これも積年の歳月から来る腐れ縁というか。

　まして仏教は朝鮮民衆とともに千年のあいだ哀歓を分かち合ってきたではないか。現在の朝鮮社会を見ても明らかだ。卍海《マンヘ》僧侶〔韓龍雲。一八七九〜一九四四。詩人、独立運動家。三・一運動の民族代表三三人の一人〕の最新の論説「仏教青年運動を復活させよ」が、この時代を真摯に生きようとするわれわれにどれほど深い感銘を与えているか。

一九三八年五月二〇日　金曜日

新聞報道が事態を大きく誤って導いたせいだろうか。日本軍志願兵の応募者が三、〇〇〇名を越えたらしい。

ああ、朝鮮民衆はいつになったら目が覚めるのだろうか。あまりにも恥ずかしい。見るに忍びない。しかも、これは民衆の過ちではない。インテリの過ちではないか。特に民族紙を掲げながら同胞を間違った道に導こうとしている『東亜日報』と『朝鮮日報』の責任は大きいのではないか。

しかしすべての責任が彼らにあるのだろうか。二大新聞に全責任を負わせようとするのは私自身が責任から顔を背けたいだけなのではなかろうか。

現実を直視せよ。

お前こそ何をしてきたのか。

志願兵問題について何の行動も起こしていないではないか。徹底した沈黙は卑怯だ！　卑怯な自分を許せない。

一九三八年六月二日　木曜日

学校の前で金《キム》三《サム》龍《リョン》兄さんが待っていた。遠目にも誰かがしきりに目配せしているのはわかっていたが、目の前に現れるまで義兄だと思わなかった。ぎらぎらした目の鋭さがなかったら誰が見てもありふれた人夫の姿であったから。

とにかく懐かしかった。三龍兄さんも懐かしがっているのがよく分かった。三龍兄さんと会うと父の顔が浮かび無性に恋しかった。父は三龍兄さんを格別に可愛がっていた。よく、ぶ厚い本を借りに来る姿を見ては満足げに将来が楽しみだと誉め、おまえも立派な大人になろうとするなら三龍兄さんのように本をよく読めと言っていた。

約一カ月前、家に寄り延禧専門学校の入学を知ったと言った。そうでなくても会いたくてしょうがなかったと再会を喜び、有無を言わさず中華料理店に連れて行った。

高梁酒《コリャンジュ》［六〇度もある中国酒］をひっかけながら三龍兄さんは現段階の学生運動動向をおおまかに説明してくれた。おかげで延禧専門学校をはじめ学生たちの革命的反日学生運動が想像以上に活発であることを知った。

久しぶりに見る三龍兄さんの様子が以前となんとなく変わったような印象を受けたが、そのわけがわかった。それは単なる外見上の違いではない。飾らない笑顔はそのままだが、目元は鋭く体格もがっしりしていてなぜか頼もしく思えた。また連絡すると言い私の手をつかんだ。その手は妙にごつごつしていた。三龍兄さんは一体何の仕事をしているのだろうか気になる。

手を握りしめ三龍兄さんは身体を大事にしろと言う。三龍兄さんの顔を見るのが恥ずかしかった。身体に気をつけるほど何もしていないので、かえって気が滅入ってしまう。それよりも三龍兄さんの健康が気がかりだ。調子がよくないのか会話が弾んだものの時々咳をしていた。今日の再会により私の運命は激変しそうな予感がする。

一九三八年六月一〇日　金曜日

暑さも和らいだ夜九時頃、西洋哲学史を読んでいたら、誰かがひかえめに窓を叩いた。立ち上がって窓の外を見ると尹先輩だった。

「すこし歩かないか……」

たいした用事はなさそうだったが、結局彼とチャンネ野原を歩いた。柳並木の道からチャンネに沿い漢江までのその道はすでにこじんまりとした散策の道となっていた。私は「真理の道」と名付けていた。

尹先輩は何か言い出そうとしていたが無言のままだった。寄宿舎の門の前まで近づくと心を決めたように自作の詩を見て欲しいと言うのだ。丁寧な字で書かれた美しい詩であった。

小川を渡って　森へ
峠を越えて　村へ

昨日も行き　今日も行く
私の道　新しい道

タンポポが咲き、カササギが飛び
乙女が通り　風が立ち

私の道は　いつも新しい道
今日も……　明日も……

小川を渡って　森へ
峠を越えて　村へ

延禧丘から漢江まで、チャンネ野原と林までの「真理の道」の情景がそのまま詠われていた。まさに彼らしい情熱を感じたものの、詩はあまりにも安穏すぎた。「昨日も行き　今日も行く　私の道　新しい道」には、秘められた意志よりも詩自体が観念的な道探しで終わっているように思えた。

私にとって「真理の道」は真理を探索するための道にすぎない。道自体に意味はない。尹先輩は散策の道を実際以上に誇張している。

はたして私の考えを彼に伝えるべきか迷ったが、その必要もないのではないか？

一九三八年六月一一日　土曜日

ああ！　怒りがおさまらない。

「誉ある志願兵二〇二名の健児合格」

『東亜日報』のトップ記事の見出しだ。

中国人にはもちろん朝鮮人にも銃口を向ける愚かな行為だというのにこの競争率の高さはどういうことか。日本人はどう見るのだろうか。後ろ指を指し、あざ笑っているであろう。恥ずべき朝鮮青年たちの体たらくにはてしなくも底知れぬ絶望を感じる。

一九三八年六月一三日　日曜日

寄宿舎から抜け出し「真理の道」を夜遅くまでそぞろ歩いた。

この何年間私を支配してきたフリードリッヒ・ニーチェのカーテンを静かに降ろす感じだ。ニーチェのひと言ひと言にアンダーラインを引きながら本をむさぼり読んだものだ。

大学でドイツ語を選択したのもニーチェの本を原語で読みたかったからだ。

だがニーチェの哲学は植民地支配下の朝鮮で苦悩する私の現実とはあまりにもかけ離れていることに気がついた。彼の超人さえ取るに足らない観念にすぎない。

もちろんニーチェに学ぶ点もあった。徹底した孤独の中で自らの道を切り拓いた彼の生き様は、逆説的ながら私を革命へと導いた。自らの生に過酷なまでに正直で誠実であるべきだというニーチェの主張は忘れてはならない切実な教訓である。

ニーチェとの「決別」を記念し、一時私を虜にした『ツァラツストラはかく語りき』の一説を、三龍兄さんから貰ったレーニンの著書の表紙の端に書いた。私自身のために一字一句吟味しながら。


孤独なる人よ！　あなたの最強なる敵は常にあなた自身である。

あなた自身の道を進みなさい。その道とは、あなた自身が自らを異端者、ほら吹き、無知な懐疑主義者、神聖なる神を冒瀆する悪魔であると見極めることです。あなたはわが身が火の粉で燃えつき灰になってこそ、やがて生まれ変われるといえます。

孤独なる人よ！　あなたは創造する人、愛する人として生きなさい。自分自身を愛しなさい。そしてあなたはただ愛することだけの人を軽蔑するように自らを軽蔑しなさい。愛する人から軽蔑されると愛を得ようと必死に努力するものです。愛を得るために軽蔑さえあまんじて受けられる人のみ、愛について語れます。あなたは愛と努力を胸に抱いて孤独なる道を進みなさい。

一九三八年六月一五日　水曜日

この暗い時代をどのように生きるべきか。一人の知識人として、一人の人間として。

学友との付き合いに一線を引いて図書室で哲学書をひたすら読むことにしている。本の世界に身を置くことが現在の私には最良の過ごし方になっている。うらやましいことに日本人はすでに西洋哲学書の多くを翻訳していた。

問題は外の世界と私自身を繋ぐ唯一の道しるべというべき新聞が深刻な問題を抱えていることだ。その新聞が哲学に没頭しようとする私の魂を常に逆なでにする。

本日付の『朝鮮日報』は志願兵訓練所が開所したことが「朝鮮統治史上、記念すべきこと」とし、社説を通じ「国防上完全なる臣民の義務を尽くせ」とはやし立てている。一体どの国の国防を論じているのだろうか。

まさに救い難い民族のゴミである。この新聞社の言論人たちはすでに朝鮮人とはいえない。すでに日本人だ！　実際に自らを大日本帝国の報道機関として自任しているではないか。こんな時代に目をそらし延禧専門学校の若き哲学徒を自負することに何の意味があるのだろうか！

だからこそ仁川《インチョン》の港湾労働者二〇〇数名がストライキに突入したとのニュースに接し希望が沸いてくる。三龍兄さんが現在の朝鮮で真の朝鮮人といえるのは労働階級のみであると言っていたのを思い出す。

名望家たちが一人、二人と変節していくこの時代、労働者のストを伝えるニュースは新鮮で力強い。しかし、ストライキだけで日本帝国主義を倒せるだろうか。

一九三八年七日一日　金曜日

三龍兄さんに会って「虚無」について聞いてみた。意外にも笑いを押し殺すように聞いていた三龍兄さんは私の真剣な表情に接し真顔になった。しばらく無言で考え込み、テーブルを見つめていたが、間もなくして頭を上げて切り出した。

「おまえは自我意識が強すぎるよ。人生なんてそんなものさ、と軽く考えたらどうだ？」

私が返答をしないので三龍兄さんは歴史の弁証法を力説し、結論を下した。

「今の朝鮮青年にとって虚無なんて贅沢すぎるぞ！」

そんなことはない。生の根本的な虚無とは日本人でも朝鮮人でも人間である以上変わらないのではないか。

私は虚無意識を贅沢だとは考えないと言った。三龍兄さんは当惑と哀れみが入り混じった表情でまじまじと見つめ、投げ捨てるように言った。
「よかろう！　それならば当分の間その虚無にしがみついてみろ」

一九三八年七月四日　月曜日

よしんば虚無が贅沢だとしてどこに問題があるのか。自我意識？　人間である以上皆持っているではないか。いつの日か一塊の土に戻る私という存在を意識してどこが悪いのか。

結局、虚無は人間としての権利だ。

だいたい誰が人間から虚無意識を奪い取るというのか。違う、虚無意識のない人間など根本的にありえない。言語道断である。虚無意識とは人間にとって避けられない運命なのだ。

一九三八年七月六日　水曜日

考える程、虚無は根本的なものだ。人の命に限りがある以上どうしようもない。だがそれよりももっと大きな発見をした！　すでに私自身虚無に捕らわれなくても良いという点だ。

誰かを愛するためにわれわれが存在するならば、間違いなく私には植民地支配下で愛さねばならない具体的対象がある。甘ったるい愛の囁きではなく辛い愛に答えるべき実践が必要である。

そういう面でカール・マルクスとの出会いは、私にニーチェとの出会いに劣らないほど、いやそれ以上の閃光に打たれたような精神的な衝撃であった。

一九三八年七月一四日　木曜日

今日の新聞も労働者たちの闘いを伝えていた。釜山《プサン》マッチ製造工場で一五〇名規模のストが起きた。か弱い少女たちの体のどこから日本警察の脅しに屈せず立ち向う勇気が出るのだろうか。どうしてこれを労働階級だけが持つ力といえようか。人間の持つ力ではないか。このすばらしい力を労働階級の中で見つけられた喜び！

一九三八年七月二七日　水曜日

休みに入ったので一七日の日曜日、家に帰った。一昨日、家から近い寺、俗離山《ソクリサン》「標高一、〇五八メートルの名山」法主寺を訪ねた。心を整理してみたくて。

休虚《フュホ》和尚に会うことができて幸運であった。和尚は湖南《ホナム》地域「全羅南・北道のこと」の大地主の長男として生まれ東京帝大「現在の東京大学」の法科に留学中に出家した。第一印象が魅惑的で、法主寺の住職はもちろん同僚からも期待を一身に集めていた。初対面のとき眼光を輝かせながら私に問いかけた。

「ここに私の腕がある。もしこの腕が刀で切り離されたとき、地面に落ちたその腕は私のものといえるだろうか？」

早朝の勤行後、彼は私を山に誘った。白い水しぶきがとぶ渓谷に沿い登っていった。和尚は身を清めようと言いながら衣服を脱ぎだした。無作法にも一糸まとわぬ姿で歩いて水に飛び込みながら意味ありげに言った。

「あなたもそのむさくるしい服を全部脱いでしまいなさい」

見事な泳ぎであった。ただ見ているというのも気恥ずかしく服を脱いだ。いったい何が私を迷わすのだろうか、下着を脱ぐまでに「大決心」が必要であった。もしかしたら、誰かに見られるのではないかと、どきどきした。和尚は微笑んだ。

「あなたは一瞬の自我にさえ千年万年のような執着心が要るようだ。全部捨ててしまいなさい！」

ドキッとした。全部捨ててしまいなさいという言葉が心に響いた。その上、自我意識が強すぎるという忠告を三龍兄さんに続いて休虚和尚からも言われるなんて！　よく言えば自我意識、本当のところはとるにたらない執着心にすぎない。

　水につかり和尚と話を続けた。彼は現象ではなく本質が重要だと強調した。朝鮮と日本の衆生は、衆生という点では皆救援されねばならず、仏教的救援こそ神を想定しない自主的解放となりえるというのが彼の持論だ。

　印象深い和尚だ。いつの日か朝鮮仏教界の巨木になることだろう。しばらくためらったが私は例の虚無の問題を訊いてみた。

「和尚様、虚無という人間の根本的限界についてどう思われますか？」

　休虚和尚は急に立ち上がり歩き出した。爽やかさを感じた瞬間、すべての煩悩を一刀両断するかのごとく言い放った。

「宇宙は虚無ではないぞ。ただ人間が虚無だというだけだ！」

一九三八年八月一〇日　水曜日

仏教は魅惑的だ。前世の因縁なのだろうか、私を強い磁場で引き寄せる。だが、私の進むべき道ではなさそうだ。虚無が偏見であると気づいている。しかし……！

依然として癒されない喉の乾きを覚える。

いまだに仏法を極めていないゆえんなのか。仏教の教えから救援の実体に至るまで観念的だという点ではキリスト教と何も変わらない。天の神様を信じろというように、解脱の世界があり得ると理解できるのだろうか？　その上、宗教や信仰心で日帝の銃剣で踏みつけられて喘ぐ国土と同胞を救えるだろうか。

　宗教に対する信仰心が足りないのだろう。でなければ、宗教の本質を見抜いてしまったからだろうか。宗教は阿片だという社会科学的の分析と、その基礎になる実践こそがより具体的な愛の形で迫ってくるのではないか。

休虚和尚にはこの考えを伝えなかった。いつだったか尹先輩にもそうであったが、その必要性を感じなかった。尊敬する二人に敬意を示し、黙っている方がいまだ何もしていない私が出来ることだ。「成仏なさりませ」と合掌し帰路についた。

一九三八年九月一日　木曜日

思想研究会を組織した。迷いや憂慮もあったが日記を続けることにした。いつ、誰にも、例えそれが日帝の手先であろうとも、その前で私の人生を堂々としていたいからだ。

三龍兄さんから受けた影響が大きい。文系学生たちを中心にわが民族が進むべき思想的方向について幅広く探索しようとの趣旨だ。学業にも熱心で、民族解放運動にも真面目に取り組もうと思っている友が集まってきた。その上、西洋の学問も幅広く勉強しようと提案したが、多くを語らなくても民族解放の問題が中心議題であることは誰もがわかっていた。

三龍兄さんは研究会に自分があまり関わっては良くないので、全面的に私が責任を持つようにと忠告した。細かい事柄まで指導を受けた。いつも控えめな三龍兄さんが実に頼もしい。

一九三九年一月三〇日　月曜日

牡丹雪が降った。忠州《チュンジュ》［忠清北道の地名］の本家で休みを過ごしているうちあっという間に一カ月近くが経った。ない知恵を絞って考えたところで解決しない問題があり、もしやと思い三龍兄さんを訪ねてみた。想いが通じるというのだろう。部屋の前に見慣れた白いコムシン［舟の形をした朝鮮のゴム靴］があった。

喜び勇んで中に入っていったが、大失敗であった。室内の雰囲気が普通ではなかった。三龍兄さんは男性二人、女性一人とひそひそ話しをしていたが驚いて手元にあった書類を隠そうとした。そういえば部屋の外には靴が一足しかなかった。緊張してしまった。

少しばつが悪そうな私に、三龍兄さんはよく来たと温かく迎え、皆に紹介してくれた。警戒心の満ちた目で私を見ていた人たちと挨拶をさせた。

彼らは李観述《リグァンスル》、李順今《リスングム》兄妹と鄭泰植《チョンテシク》さんだった。友達だと紹介されたが彼らが義兄を呼ぶ時「金三龍同志」と呼んでいた。三人とも第一印象が良かった。

何か気になることがあったので三龍兄さんの許しを受け質問を切りだした。

「私の考えでは今の朝鮮を解放させる方法は二通りあると思います。満州の武装闘争と国内労働階級の蜂起です。どちらの道が正しいか、私にはどっちの道を選んだらいいか判断できません」

四人はお互い顔を見合わせていたが、しばらくして李観述さんが切り出した。三〇分間もかけて熱く答えてくれた。その内容を要約すると次のようだ。

「蜂起と武装闘争は別個ではない。もちろん二つを並列で考えることもできる。しかし局地的蜂起が同時に多発した時、全面的に武力が必要だ。故に二つの闘争がどちらも重要だ。しかし満州の武装闘争は中国共産党所属下で行なわれるという限界がある。朝鮮民衆が組織的に追随しない場合決して民族解放に繋がらない。現段階で最も重要な革命課題は国内労働階級の組織化だ。組織化と意識化が成熟され、京城《キョンソン》［植民地期でのソウルの呼称］中心に朝鮮のいたるところで全面的な武装闘争をしなければならない」

情熱的な彼の意見に深い感銘を受けた。三人とも輝く瞳と三龍兄さんのような深い思いを抱いていた。体格の良さも頼もしかった。

特に李順今さんという女性が三龍兄さんを見つめる目は普通ではなかった。鎮川《チンチョン》［忠清北道の地名」出身だという鄭泰植さんは私が延禧専門学校の学生だと知っていた。京城での再会を約束して別れた。この出会いが徐々に私の生活を変えていく予感がした。

一九三九年四月一五日　土曜日

文科大学新入生歓迎会で一人の女学生に惹かれた。

洋服姿の女性たちの中で唯一白いチョゴリに黒いチマ姿の彼女が目立ち、まるで一幅の墨画を見るように清楚であった。

広い額に大きな黒い瞳は輝きながらも物腰は控えめだ。筋の通った鼻に赤みを帯びた唇がかすかに微笑んでいた。面長な顔に豊かな黒髪を真中で分け一本に編みこんでいた。最後に残った朝鮮女性のようで美しかった。

　ひからびた大地に水が染み込むように、清らかな香りが胸に押し寄せてきた。

一九三九年四月二四日　月曜日

十日前、新入生歓迎会で見かけた女学生が思想研究会の新入会員になった。まるで定められた運命のように私に近づいてきたようだ。彼女の名は申《シン》麗《リョ》麟《リン》という。

麗麟。

新入会員の願書で書いた漢字の名前は「麗麟」。字のごとく清らかな女性だ。

一九三九年六月二日　金曜日

十五夜の月が出ている。夜空にかかる満月を見上げるとなぜか麗麟の姿が目に浮かぶ。

思想研究会の後輩たちの中で麗麟が一人際立って見える。物静かでありながらいざ意見を述べるときは誰よりもはっきり現象の本質を突く。

美しさに負けないくらい頭脳も明晰で愛らしい。

組織の責任者として、もしかしたら私自身が組織の健全さを損ねているのではないかと自問する。


鄭泰植同志は私が日記をつけている事実を知り驚愕された。三龍兄さんも厳しい口調で即刻中断し今までの日記を全部燃やしてしまうように命じた。三龍兄さんは肝に銘じなければならないのは全ての記録に同志たちの名を明記してはならないことだと付け加えた。そこまでしなければいけないのかと思えたが、承知した。


三龍兄さんはとても忙しそうだ。言葉には出さないが永登浦《ヨンドゥンポ》一帯の工場地域で労働組合を中心に広範囲で活動しているようだ。三龍兄さんは私に社会主義を本の中での世界で終わらすのではなく、労働階級解放のための思想として受け入れなければならないと会うたびに何度も強調した。私が観念的に接近しているためか。解放という言葉も具体的に理解しなければならないと付け加えた。

「社会主義思想が決しておまえの虚無意識や人間的関心を否定するものではない。事実、社会主義思想も民衆の生活の中で理解できなければ価値がない。だから社会主義は特定なものじゃない。特別な民族や特定な階級だけが良い生活をするのではなく、皆が一緒に平等に暮らそうというものさ。誰がこの古今不変の真理を否定できるのかい、そうだろう？」

どの哲学科教授にも劣ることなく、生き抜く知恵をこれほどやさしい言葉で明快に教えてくれる三龍兄さんを尊敬せずにいられない。だからこそ三龍兄さんのことを記録し残さなければならない。たとえ記録が敵の手に渡ったとしても三龍兄さんの美徳や思想に触れたら考え直すはずだ。

だが三龍兄さんの意志を尊重しよう。これから出来事を記録に残すのは自制せざるを得ない。もとより同志の名を絶対明記してはいけないとは、私は考えも及ばなかった。

いつまで書き続けるかわからないが、この原則だけは肝に銘じよう。徹底的に自制しながら私自身と向かい合う時、生の区切りをつけるたびに、短く整理しておこう。だがそれさえも許されないかもしれない。

一九三九年六月二五日　日曜日

朴憲永《パクホニョン》同志［一九〇〇〜五五。三・一独立運動後、上海に逃れ高麗共産党に入党。一九二五年の朝鮮共産党結成に参加］が出獄されたと三龍兄さんと鄭泰植同志が喜びあっていた。いったいどういう方なのだろうか。会ってみたい。『東亜日報』と『朝鮮日報』の記者を経て一九二五年朝鮮共産党創立にかかわった後、今日まで一度も変節なしに社会主義運動を繰り広げてきた革命指導者であることしか知らない。だが実際に会いその方の考えを肉声で聞く機会があれば凄いことだ。

「お会いしてみたい」と率直に打ち明けると、三龍兄さんは言った。

「君が屈することなくこの道を進むならば嫌でもいつの日か必ず会えるはずさ」

一九三九年六月三〇日　金曜日

中学で英語教師をしている金順龍《キムスンリョン》兄さんに会った。三龍兄さんの六等親の弟だが顔がよく似ていた。実際活動もともにしているようだ。

順龍兄さんは機会があれば日本に一度行ってみるようにと勧めた。早稲田大学を卒業した順龍兄さんは、日本人は私たちが思っている以上に優秀な民族だと言った。民族解放は感情だけで片付ける問題ではなく日本労働階級とわれわれの利害関係が同じであることを力説した。最後の言葉が気になる。日本人は団結力が強いのに朝鮮人にはそれが足りないらしい。個人においては朝鮮人のほうがはるかに優秀なのに、日本の植民地になってしまった現実は朝鮮人が団結しきれなかったところに原因があると言うのだ。

とうてい受け入れ難い言葉だった。現象としては正しいとしてもこの問題を民族性の問題にすり替えるのは間違っている。もちろん問題の提起はよしとしよう。現実的にわれわれが団結してないということは厳然たる事実なのだから。

問題点ははっきりしている。どのように労働階級を団結させるか。どのように朝鮮人民を団結させるか。いつまで私たちは日本の前でひざまずかなければならないのか。

一九三九年九月三日　日曜日

柳並木の道で申麗麟と偶然に出会った。麗麟はうつむきながら少し顔を赤らめて軽く目礼をして行ってしまった。彼女が通りすぎた後、茫然と見送っていたが、決心して振り返りしずしずと歩いていく麗麟の後をつけた。しかし、またがっかりしてしまった。

柳並木のとぎれた道端で待っていた人力車が彼女を乗せて行ってしまった。見かけとは違いどこかの名家の娘なのだろうか。もしかしたら親日派の娘なのだろうか。憂うつになってしまった。失望した。彼女の美しい顔を忘れてしまいたい。

一九三九年九月五日　火曜日

だめだ。もうこれ以上自分を偽れない。彼女の存在を否定すればするほど日増しに大きくなりつつある。忘れてしまおうともがくほど、かえって認めたくない事実が明らかになる。いつの間にか申麗麟は私の心の奥まで入っている！

美しい素顔、きちんとした身なり、一本に結った清楚な髪、すべてが私の心を捕える。

一九三九年九月二三日　土曜日

柳並木の道の入口で麗麟を待った。固く心を決めたものの遠目に彼女の姿を確認したとたん喉がからからに乾いてきた。さあ、勇気を出せ。勇者のみ美女を獲得できるというではないか。「思想研究会のことで相談したいことがある」と言った。真っ赤な嘘である。それなのに顔を赤らめたのは私よりも麗麟の方だった。

困り果てた表情ではにかんだ麗麟は無言のまま、校門の前で待っている人力車に向かった。お先真っ暗という気分だ。ああ！　しかし、なんと麗麟は人力車の車引きにお金を持たせ帰らせたのだ。麗麟が振りむいた時、地獄から天国に舞い上がるような気分になった。

足が宙に浮く気分でチャンネ野原を通り西江に沿い麻浦《マポ》の渡し場まで歩いた。「真理の道」はもはや思索の場ではない。溜息と怒りで溢れていた灰色の道が愛の色で美しく染まっている。漢江のほとり、いつも腰掛ける岩の上で深呼吸をし、心の中で何度も繰り返した話を始めた。なぜだろうか、震える声で。

「この川をくねくねとさかのぼると故郷の達川《タルチョン》という川に通じるんです。川の起源は俗離山といって文字通り世俗離れした所です。のどかな達川の美しい河もおびただしい血で染まったこともあったんです。

六歳の時だったか、父は三国時代［古代朝鮮で三一三年～六七六年にわたり高句麗《コグリョ》、百済《ペクチェ》、新羅《シルラ》の三国が鼎立した時代］に于勒《ウルク》［六世紀の伽耶の楽師。伽倻琴《カヤグム》を作った］が伽倻琴［十二弦琴］を弾いた弾《タン》琴台《グムデ》という丘に連れて行ってくれました。川は曲がりくねって流れその丘に登ると父は壬辰倭乱《イムジンウェラン》［文禄慶長の役］のとき申砬《シンリプ》将軍の話をしてくれました。将軍はそこで背水の陣を敷き倭軍［豊臣秀吉軍］と戦い最終的に川に身を投げ自決されたらしい。おそらくその時、僕の人生は決まったといえます。

父は僕が学者になることを願っています。しかし父から申砬将軍の次に緑豆《ロクトウ》将軍［全琫準《チョンボンジュン》（一八五四〜九五）の愛称。一九世紀末の甲午農民戦争の指導者］の話を聞いたとき必ず彼のようになりたいと思いました」

最初はぎこちなかったが、彼女が熱心に耳を傾けてくれて次第に落ち着いてきた。

君の夢は何かと聞いたら、麗麟は笑った。「とても良いお話しですね。ところで相談したい組織の話は何かしら？」と尋ねるような面持ちである。

　言葉を交わさずしばし漢江を見つめた。そして、民族の解放と労働階級の解放のため生涯を捧げるつもりであること、そして麗麟がそばにいて手伝ってほしいと懇々と頼んだ。

　麗麟は頬を真っ赤に染めながら決り文句を言うように答えた。先輩として尊敬しており、後輩としてお手伝いしたい、と。

　当然のことながらひどいショックを受けた。穴があれば入りたい。思想研究会で会わせる顔がない。彼女の前から消えてしまいたい。

一九三九年一二月三一日　日曜日

大晦日の夜空に浮かぶ三日月を見上げる私の心は悲しみでいっぱいだ。

恐れていた通り一〇月初旬、思想研究会が摘発された。私が可愛がっていた後輩の姜祥文《カンサンムン》が警察の手先とは考えてもみなかった。今でもあいつがどうして日本帝国主義のスパイになったのか理解できない。

　私は西大門《ソデムン》警察署にしょっぴかれ血走った眼をした刑事に殴られ、逆さまに吊るされ、ひどい拷問を受けても耐えられた。しかし私を身震いさせたのは日本帝国主義の力があの姜祥文にまで及ぶほど巨大で不気味だという事実であった。考え直すしかない。獄中で腕立て伏せを何百回もした。出獄したなら日本に渡りこの目で敵の力を見とどけることを誓った。

三十日、執行猶予で釈放されたが、忠州から西大門刑務所まで駆けつけてくれた両親の顔を忘れられない。降り積もる雪の中、豆腐を手にした母の涙ぐんでいる姿を目にして私も泣いてしまった。父はいつものように温かくもあり厳しい表情であった。

「男のくせに泣くな……それも刑務所の前で」

しかし顔を上げ父を見たら父の目にも涙が浮かんでいた。あらためて両親にどれほど心配かけたか感じた。

恥ずかしい告白だが、思想研究会会員たちが検挙されて最も心配したことのひとつが——いや、正直になろう。革命は真実にもとづいた時のみ成功するのだ。私自身を欺くことはない——最も胸を焦がしたことは申麗麟の身辺であった。

幸いにも麗麟は拷問を受けずに済んだ。今回の事件で明らかになった麗麟の家柄は、総督府に影響力を持つ有力な地主の家だった。麗麟の無事という理由だけで家柄など問題ではなかった。今の朝鮮で親日派ではなければ、たとえ地主でも構わないじゃないか。

これは、もしかしたら革命家の二重性ではないかという自責の念で眠れなかった。こんな私が徹底した革命家になれるだろうか。こんな私情を書き続けるなんてブルジョワ的ではないか。悩みが尽きない。

一九四〇年一月三一日　水曜日

日本に留学することを決めた。年の初めから三龍兄さんと細かく相談した。父から日本留学を強く勧められたからだ。父は私が警察に連行され延禧専門学校も退学になり非常にがっかりされた。父は父なりに、義兄は義兄なりに日本留学を勧めた。私は私なりに日本帝国主義の心臓部で正面から敵とたち向かいたかった。

　まして国内では私が活動していた組織が明るみになり、警察の監視を免れない状態であった。ただ父は私が西洋の学問を学び教育者になることを期待しているが、その夢を成就するのは難しいと思う。そのせいだろうか。父の髪が一層白く見え胸がつまった。

一九四〇年三月一五日　金曜日

一五日間準備をし、いよいよ明日は日本に行く。

午後麗麟を訪ねた。よく決心されたと、気を楽にして行って下さいと励まされた。帰ってきたら麗麟はもう結婚しているかもしれないと冗談ぽく言った。否定もせず彼女は微笑み答えた。

「そうかもしれないわ」

笑い飛ばす麗麟の表情がかえって嬉しかった。大きな黒い瞳が私をしっかり見つめてくれていたからだろうか。いつの日か、彼女と結婚するのではないかと運命のように強く感じた。日本に着いたら連絡すると約束して別れた。

　小雨が降り続いている。去り行く後ろ姿が悲しそうだった。胸が痛い。だけど冷静になろう。今の私は麗麟をどうすることも出来ない。

一九四〇年三月二五日　月曜日

東京の中央大学哲学科二年に編入した。延禧専門学校でドイツ観念論を教えていた日本人教授の推薦が功を奏した。

　日本帝国主義の本質を見極める一方で、哲学もきちんと学びたかった。社会主義哲学の先入観を越え、まともに哲学史と向かい合いたかった。

一人の社会主義者になるということは全人類の知恵を体現するということではなかろうか。レーニンが似たようなことを言っていた。まして植民地から朝鮮を解放させる哲学は今の私により深い哲学的思索を必要としている。これ以上雑文を書くな。哲学と思想探求に没頭しよう。

一九四〇年八月二二日　木曜日

メキシコで身を潜めていたトロツキーが一八日、自宅の書斎でロシア青年ラモン・メルカデルにピッケルで後頭部を斬られた。日本の新聞によるとトロツキーは重体、現場で逮捕されたメルカデルはソ連の情報員だという。本当にそのようなことがありうるのだろうか。

もちろん四年前、ソ連法廷はトロツキーと彼の息子に死刑宣告をした。当時一緒に死刑宣告を受けたカーメネフとジノヴィエフはすでに処刑されたことを知らないわけではない。しかし、ソ連を離れて暮らすトロツキーを狙う必要があるのだろうか。ましてトロツキーはカーメネフとジノヴィエフとは比べられないほど革命に大きく貢献したではないか。

告白するが、日本に来て文献で一〇月革命を研究したとき、武装列車に乗り前線を駆け巡ったトロツキーに異常なほど惹かれた。彼が発表した文もまた英知に富んでいた。それなのに私はトロツキーがソ連共産党から追放されると、それ以上彼を調べなかった。これから洋々と広がる革命の過程でトロツキストに見られるのではないかとの心配からだった。

トロツキーは見放された孤独な人と見るよりは、党とともに働くという真摯な姿が欠けていると見たことも理由としてある。

しかし今日、その革命の頭脳にソ連が送ったピッケルが突き刺さったとしたら、トロツキーについて再検討が必要ではないか。スターリンが刺客を送らなければならないほどトロツキーが偉大であるとの反証だからだ。しかしまだ事件の真実は明らかになっていない。資本家階級に雇われソ連情報員に偽装したテロリストかも知れない。

一九四〇年八月二五日　日曜日

トロツキーが二一日息を引き取った。二二日の葬儀でメキシコの街は多くの弔問客で埋め尽くされた。トロツキーは彼の遺言のとおり一握りの灰になって彼が住んでいた庭園に埋められた。錯雑だった。殺害される六カ月前に作成された彼の遺書が公開され、心が一層粛然になる。「もし私がすべてのことをまた始めることになっても、私の人生は変わらないだろう。私はプロレタリア革命家として死ぬだろう」

彼の死の前で私の胸の深いところで、突き出る疑問を払いのけることができない。メキシコから伝わってきたニュースのように、もしスターリンが送った情報員によって無残にも殺害されたことが事実なら、一体この殺人行為はどのような社会主義理論で説明できるのか。

トロツキーがスターリンを批判した「永久革命論」を冷静に分析しなければならない。社会主義をこの地球に建設しようとして墓碑に刻まれた「プロレタリア革命家」に対しての最小限の敬意ではないのか。

一九四〇年九月二六日　木曜日

麗麟から返事がきた！　初めての手紙だ！

今まで返事が来ないのでどれほど悩んだか。私が彼女を見くびっていたかと何度も疑ったり、そんなことはないと自分を勇気付けたりした。大体、私に麗麟を信じる理由がどこにあるのかと思うと情けなくなった。

しかし、やはり間違っていなかった！　真実は結局勝つという信念をあらためて確認できた。麗麟は、最近送った手紙を初めて手にしたこと、それ以前の手紙は母が隠していたのでやっと全部受け取ったと書いてあった。これからは郵便配達時に自分が直接受け取るから心配しないでと。長い苦しみが一気に消えていく歓喜の瞬間といえる。思わず口ずさんだ鼻歌は何とベートーベンの「合唱」だとわかり、しばらく声を押し殺し笑った。今、日記を書いているこの瞬間まで。

一九四〇年一二月二九日　日曜日

新聞記事で三龍兄さんが捕まったのを知った。胸が張り裂けんばかりだ。新聞は「金三龍事件」とか「京城コム・グループ事件」〔日帝下共産主義の地下サークル〕とか騒ぎ立てている。こんな時に私が日本で勉強を続ける意味があるのだろうか。

一九四〇年一二月三一日　火曜日

麗麟の年賀状が届いた。青い湖水の上に一組の白鳥を刺繍した手作りの年賀状だ。それ以上に私を感動させたのは麗麟の詩であった。

あなたの手紙を読みながら
流れる涙を止めることはできませんでした
純潔な魂
あなたの愛に答えられない
私の苦しみが
この熱望が

かえって希望であるからです
あなたの深い苦しみをいっそ
私はわかりません
いいえ、違います
そうではありません
私が愛に疲れても
絶望ではありえないように
民族の命が死から生へ向かうこと
それがすべての希望であるから
それがあなたに少しでも近づく道であるから
真実を胸にしっかり抱いて向かう
その道にただ一人になっても
決して倒れません

申麗麟

麗麟に答詩を送ろうと何時間も努力したが、幼稚な言葉だけ出でくる。誰よりも文章力はあると自信を持っていたがどんなに貧困であるか痛感した。

一九四一年二月九日　日曜日

麗麟に手紙を書いた。海の話をした。実際私は日本に来る時、初めて海を見た。眩しいばかりの陽光を浴びて海辺に立つと、自然の素晴らしさに感動する。ビクトル・ユーゴが「海より偉大なものは人の心」と言ったが実感できる。

世界のすべての川、すべての水が海に流れ出るように、いつの日か日帝と戦う朝鮮の若者たちが解放の海に流れ着くのでないか。その解放の日が来れば私たちがひとつになれる。海のように大きい、いや、それぞれが海よりも偉大な志を持つならば。

一九四一年二月一一日　火曜日

日本の建国の日だ。日本とは何だろうか？　そうだ。組織力に優れた民族、私たちと似ていながら誰かを中心にまとまっている民族、日本という国名自体が持っているはっきりした性格。

それでは朝鮮は何だろうか？　静かな朝の国が世界史に貢献する道は何だろうか？　それこそ朝鮮の若者の一員である私に与えられた課題だ。

一九四一年四月一日　火曜日

満州でパルチザン闘争をしていた金日成《キムイルソン》将軍部隊が壊滅されたとの消息が日本の放送で流れた。ごく一部だけ生き延び、ソ連に逃れたらしい。幸いにも金日成将軍が死亡したとは報じてなかった。四年前に咸鏡南道《ハムギョンナムド》普天堡《ポチョンボ》を攻撃し、日本の警察署を掌握した。金日成将軍の部隊はその後、日本軍の攻撃対象となり集中砲火を浴びていた。最後まで戦い抜くことができず残念である。国境地帯の全武力抗争が幕を下ろすようで辛い。

今あらためて忠州の三龍兄さんの家で聞いた李観述同志の熱弁を思い出す。李同志はあの時すでに満州武装抗争の限界を指摘していた。現段階の目標は朝鮮国内における労働階級の組織化であり、労働階級を中心に京城や国内重要地域で一斉に蜂起してこそ解放されると言っていた。

そうだ。その言葉が正しかったことを時間が立証しているではないか。他の希望は無残に消えてしまった。中国の臨時政府［上海にできた大韓民国臨時政府］は、なんの実体もない名望家を中心とした政府にすぎない。このことはすでに知れ渡っている。

結局、中国と満州で中国共産党の枠の中で朝鮮人共産主義者が闘っても朝鮮を解放させる可能性はありえない。そうした情況で、独立を勝ち取る方法はひとつしかない。国内に基盤を置き、京城を中心に人民たちを組織することだ。毛沢東同志の中国革命と朝鮮革命の道ははっきりと違うのだから。そうだ。今、私がここにいるべきではないと。

一九四一年五月一八日　日曜日

前回の手紙で麗麟に大学で思想研究会に入会したわけを聞いてみた。実際彼女がおかれた家庭環境では不思議に思えたのだ。

麗麟はその答えとして今日、民衆運動に目覚めたいきさつを明瞭に教えてくれた。彼女の心のこもった文を書き写そう。

大学入学前でした。入学を記念して両親と旅行に出かけた時のことです。大きな家で何不自由なく育った私にとって、農村の貧しい姿は大きな衝撃でした。まして父が経営している農場の小作人家族との出会いは忘れられません。同い年ぐらいの女の子が胸元を隠しきれないようなみすぼらしい服を着ていました。浅黒く焼けた顔に輝いた目、その目が私をその場で凍らせたといえるでしょう。誤解しないでね。「輝いた」といいましたが、正直なところ「燃えるような目」に見えました。夜、動物の目は炎のようだというでしょう？　私は彼女の目の中にその炎を見ました。餌を前にした動物のような目つきでした。私に対する敵愾心に満ちた、刺すように鋭い目、私は不覚にも泣き出してしまいました。

初対面のとき麗麟の目がなぜか悲しげだったわけがやっとわかるような気がした。

一九四一年六月二〇日　金曜日

「京城コム・グループ事件」の二次検挙旋風が吹き荒れている。私だけひとり安全圏で過ごしているのではないかといらだつ。なるべく落ち着こうと哲学の授業に身を入れねばならない。レーニンの『唯物論と経験批判論』を精読中である。

一九四一年六月二二日　日曜日

明け方、ドイツと同盟国一九〇師団がとうとうソ連に侵攻した。ファシストたちは不可侵条約をただの紙くずにしてしまった。戦争は一気に世界的規模で拡散している。日本帝国主義も機会さえあればソ連に入り込みそうな勢いだ。

李真鮮、お前は今、戦争の真っ只中にいることを忘れるな。

一九四一年九月三〇日　火曜日

昨年末から身を隠していた金順龍同志が京畿道《キョンギド》高陽《コヤン》で逮捕された。組織が敵の手に落ちていく。朝鮮に戻らなければならない。

一九四一年一一月一三日　木曜日

何日か前の『朝日新聞』朝刊に、ある日本人大学生の記事が大きく載った。海で船が沈没しそうな時、他の人々を先に救命ボートに乗せ自分はタバコをふかしながら沈んでいく船と運命をともにした京都大学哲学科の学生の話であった。新聞には書かれていなかったが驚くべき事実を今日知った。日本の救助隊がボートに乗れる人数が限られているので朝鮮人を拒否し、日本人だけ乗せた愚行に恥ずかしさを感じ救助を拒否したとのことだ。

日本に対する敵愾心とともに彼の死に冥福を祈らずにいられない。そうだ。民衆はひとつになれる。すべての川が海に流れつくように。

日本帝国主義の搾取に喘いでいるのは朝鮮の民衆だけではなかったのだ。ここ日本の民衆もまた同じであった。

一九四一年一一月二四日　月曜日

麗麟が手編みのセーターを送ってきた。大好きな赤茶けた色のセーターは一寸の狂いもなくぴったりで、彼女の器用さには感動で胸が熱くなった。ひと編みごとに込められた麗麟の思いに触れたからこそ、今は着られないと思った。私にそんな資格はない。

いつの日か、祖国解放の祝いの日に着ると決心し、小包の包装通りにきちんと戻し本箱に置いた。

一九四一年一二月三〇日　火曜日

尹東柱先輩から手紙が来た。卒業記念に詩集『病院』を出そうと一九編の詩を書いたが、李良学《リリャンハク》教授に危険だと慰留されたのが心残りだと吐露していた。そして自作詩の中から私に似合う詩を一篇選んで送ってくれた。以前の詩に比べると感傷がかなり抑えられていた。その詩が胸を打つ。

死ぬ日まで空を仰ぎ
一点の恥じることもないことを

木の葉にそよぐ風さえ
私を苦しめる
星を歌う心で
すべての死にゆくものを愛さねば
そして私に与えられた道を
歩いていかねば

今夜も星が風にかすれて泣いている

先輩の詩はやはり闘う前線と距離を置いたインテリの傍白のような違和感があった。それでも、詩の世界が彼なりに育ちつつあると思えた。すべての人が思想運動や組織活動をする必要はないと思う。先輩の詩はまた、眠りにつく友達を「朝鮮の感性」として呼び起こす力になるのではないか。

一九四二年一月一日　木曜日

日本帝国主義が遂にアメリカに宣戦布告した。一二月八日、真珠湾奇襲攻撃の勝利に日本国中が沸きに沸いている。いくら日本が太平洋上のあちこちで勝ち続けているとしても少なくても今回だけは私も確信できる。

はたして日本はアメリカを負かせるだろうか？　答えは明らかではないか。日本の敗北は充分に予見できる。では朝鮮は？　もっと主体的に準備をしなければならない。

世界情勢が大きく変わろうとしている。あの無敵を誇るドイツのモスクワ侵略さえソ連人民の強靭な抵抗を受け挫折したのだ。

世界革命の勝利も時間の問題だけだ。世相の流れを見極める展望が明るく見え何よりも嬉しい。満月が夜空いっぱいに広がっている。

一九四二年三月五日　木曜日

哲学科の授業で見かけた朝鮮青年がいやに気になった。出席簿に名前が無かったので聴講生かも知れない。外見よりも真面目そうで勉強態度もなかなか熱心だ。私より二、三歳は下のようだ。誠実そうで格好いい。興味がわく。次回には一度話しかけてみよう。

一九四二年三月九日　月曜日

青年の名は黄長燁《ファンジャンヨプ》。平安南道江東《ピョンアンナムドカンドン》出身らしい。私が年上とわかるとすぐに「兄」と呼ぶ姿勢が頼もしい。夜間専門部法科だといいながら、平壌《ピョンヤン》商業学校の時すでに哲学に興味があったらしい。

黄君に日本哲学界の近況を簡単に説明した。日本でも思想統制がきつくなり、ドイツ観念論に偏りすぎて、講壇哲学にはもはや限界が見えてきたこと、学校の授業に期待をかけすぎたら失望も大きいことなどを伝えた。

哲学を志すのならば、まずマルクス・レーニンの思想から始めるようにと忠告した。

カントの言葉を借りて哲学は誰かが教えるのではなく自ら学ぶものと付け加えた。彼もやはり孤独の身なのだろう。私の忠告を真摯に聞き入れてくれた。良い後輩に会えて嬉しかった。

一九四二年七月二〇日　月曜日

長いあいだ悩んだが、意を決し退学届を出した。今、私なりに考えてみると日本留学時、三龍兄さんから日本留学部の仕事を手伝うようにと言われていた。だが、すでに本部が瓦解し有名無実の状況だ。朝鮮国内の組織再建がより重要ではないか。

事情を知る由もない日本の指導教授が家にまで訪ねて来てしきりに引き止めた。「君は哲学者として大成する器だ」と私を持ち上げて残念がった。有難たかった。自由とは君のように容易に即断しえない哲学的概念であると説得された。

私が植民地下の朝鮮において、自由とは何よりも民族解放であり、私は京城に帰り民族独立のために闘うつもりでいると告げても先生は諦めなかった。

先生は哲学者には「わが祖国」という言葉が適切ではないと言う。

確かにそうだ。この時点でははっきりと私たちは決別せざるをえない。先生は日本人であり、私は朝鮮人なのだ。断固として言った。祖国という言葉が哲学者に無意味だとおっしゃったが、先生が朝鮮人であったら決して受け入れられないでしょうと。

しばらく考え込んだ先生は首をうなだれ、目尻に涙を浮かべ言った。

「私の力で君に卒業証書を与えられるようにするよ。君の成績では今学期中の早期卒業も可能だ。いつでも大学院に進めるからな。待っているぞ」

胸が痛かった。延禧専門学校でもたやすく探せない尊敬すべき先生である。しかし、彼は日本人ではないか！　きっぱりと忘れよう。忘れなければ。

一九四二年八月五日　水曜日

故郷に戻った。予想通り家の様子は一変していた。三龍兄さんが事実上組織した「京城コム・グループ事件」の影響で父まで当局の監視を受けていた。燃えつきた灰のように無力に横たわる母の姿が悲しかった。漢学に造詣が深かった実父の影響で典型的な良妻賢母になる教育を受けた人だ。綺麗な顔は見る影もなかった。

母の病状も心配だが一日も早く京城に戻り麗麟に会いたい気持ちをどうすることも出来ない。しかしあと四日は母の傍にいてあげよう。

一九四二年八月一〇日　月曜日

麗麟は花のように眩しかった。離れているあいだ、とても成熟した女性になっていた。日本で目にしたどの女性よりも美しかった。麗麟の気品は朝鮮美そのものであると再認識した。

しかし、今は奪われたままの朝鮮。

麗麟の美しさも私がいつまで守ってあげられるかと考えると悲しくなる。あまりにも美しすぎるからだろうか。私が本当に彼女を幸せにしてあげられるであろうかと根本的な疑いさえ持ってしまう。どのように考えても私には分不相応な女性ではなかろうか！

一九四二年八月二〇日　木曜日

尹東柱先輩が日本に留学していることを知った。私とすれ違いになったようだ。とても心配だ。日本が分別なき戦争に我を忘れていくなかで、東京は文字通り「敵の心臓部」であるから、朝鮮青年にとって最も危険な場所となってしまったのに……

一九四二年九月一日　火曜日

朝鮮各地を回りながら、私が何をすべきか最終的に整理したかった。胸の隅に残っている仏教に対する未練とも真っ向からぶつかり、なくしてしまいたい。しつこく付きまとう日帝の監視網からも逃れたかった。

一五日間母を説得し、やっと三カ月間の旅行を許してもらった。日本の中央大学から延禧専門を通じ卒業証書が届き、母の心をなごませたらしい。日本の大学、それも早期卒業証書がこれほど母を喜ばすなんて考えてもみなかった。

　いつものように麗麟は、気をつけるようにと言った。麗麟はすぐにでも家を出て工場に入りたいと打ち明けるのだ。私は焦ってしまった。少なくても私が京城に戻るまで決断を保留するように頼んだ。多少いらだつ表情ながらも、うなずいた彼女の目に涙が溢れていた。

　この純潔な魂を日帝の過酷で卑劣な弾圧が待っている道に引き入れたくはなかった。この率直な心境はそのまま私自身に対する懐疑心となる。

　基本的に私は反動ではないだろうか。これだから出身が重要なのだろう。しかしそれがどうしたというのか。まず私自身に素直になろう。この時点で麗麟に私と違う道を勧める考えは微塵もない。だから反動だと言われてもどうしようもない。私自身が揺るぎない確信を持つのが先決であろう。

　とにかく京城を離れよう。共産グループ人民戦線部の責任者であった李鉉相《リヒョンサン》同志が病気療養名目で出獄し、休養のため智異山《チリサン》［慶尚南道にある標高一、九一五メートルの山］のピア谷で「隠遁」生活をしていると聞いた。彼との再会を考えただけで心が躍る。

一九四二年九月二日　水曜日

昨晩まではすぐにでも智異山に行こうと思っていたが、金剛山《クムガンサン》［江原道にある名勝地］で身心を休ませるようにとの父の言葉に従い金剛山に向かった。私自身何度も耳にした民族の名山を一度目にしたかった。

　どのように素晴らしい山ゆえに一万余の峰々が仏名で呼ばれているのであろうか。

一九四二年九月八日　火曜日

愉岾寺《ユジョムサ》に昨日着いた。涼しげな禅気が漂っていた。昨日の夕暮れもそうであったが明け方の霧が特に美しかった。

境内に入りすぐに若い僧侶に会い合掌をした。僧侶も丁重に合掌をしてくれた。姿勢を正し尋ねてみた。

「泊まることが出来ますか？」

気乗りしないような表情で私を見つめていた僧侶が小さい部屋に案内してくれた。有難うと礼をしたら直ちに答えた。

「お帰りの際、お布施でお返しください」

にこやかに笑う若い僧侶の顔が秀麗だった。どこで出家したのか尋ねたらすぐに意外な答えが返ってきた。

俗離山法主寺。

一カ月前こちらに来たらしい。即座に休虚和尚の安否を尋ねた。法主寺という名が懐かしかった。しかしいっそ聞かなければよかったとすぐに後悔した。

休虚和尚は昨年の夏、貯水池で泳いでいるとき急死されたというではないか。心臓麻痺とのことだ。彼の鋭い眼光が思い出される。これが人生なのだろうか。

色即是空　空即是色

休虚和尚の見事な泳ぎ、そして「は、は、は」と声高に笑いながら言った言葉が、今の瞬間ほがらかな声で響きわたるようだ。

「宇宙は虚無ではないぞ。ただ人間が虚無というだけだ！」

東京帝大を中退して出家し、朝鮮仏教界の未来を嘱望された彼が何も残さず人生の幕を閉じた。仏法さえむなしいものだ。

それゆえに「逢仏殺仏　逢祖殺祖」が頭をよぎる。出会う境界をすべて抹殺せよ。お釈迦様さえも、師匠さえも！

一九四二年九月一九日　土曜日

禮山《レサン》郡修徳寺《スドクサ》の高僧、満空《マンゴン》和尚が滞在されていると聞いた。深夜唐突に高僧の部屋を訪ねてみた。法主寺で休虚和尚から満空和尚の名前を聞いたことがあった。朝鮮仏教界の法脈を蘇らせた鏡虚《キョンホ》僧が最も大事に育てた禅僧といわれていた。

七〇歳ぐらいの満空和尚は噂通り、かくしゃくとして体つきも巨体であられた。

「和尚様、どのように生きていくべきかわからなくなりました。どの道に進んだら良いのかはっきりしないのです。教えをいただこうと御無礼を承知で訪ねてきました。お導きいただきたく存じます」

無言で私を見つめていた高僧が甲高い声で聞いてきた。

「青年、悩み多き心を隠さずに私に差し出しなされ」

「和尚様、私なりに仏典をひもといてはみましたが、現在も悟っておりません、禅問答ができる器でございません。私の無作法をお許しください。世俗的な話し方で申し上げますので、どうか世俗的にお答えください。和尚様、植民地下の朝鮮青年はどのように生きたらよろしいのでしょうか」

「ほほう、その心を差し出せと言っているのに！」

言葉に詰まってしまった。だからこそ素直でなければと落ち着かせた。

「仏門に惹かれながらも、レーニンこそ人民の救援者であるという考えを捨てられません。仏門への道と社会主義革命への道、両者の間でさ迷っています」

高僧の目は赤々と燃えるようで、その視線を避けるように胸元を見つめた。

どのくらい時が流れたであろうか。やがて満空和尚が口火を切った。

「レーニンは立派な御仁と思われる。しかし、私が僧侶の身である以上は仏法に従わなければならぬのだ。だからといって仏教を厳格な規律だけで捉えなくても宜しい。無碍行という言葉がある。どこにもこだわらず行動せよと元暁《ウォンヒョ》和尚［六一七〜六八六。統一新羅初期の僧。大乗仏教の実践者にして仏教学者］も訓じられた。心に刻まれたらもうお行きなさい」

返す言葉もなく深々とお辞儀をし、部屋を後にした。

一九四二年九月二五日　金曜日

中秋の夕食供養がこざっぱりと行なわれた。はじめて見るナムル［総菜］の香が口の中に漂った。供養を済ませ寺院前の渓谷にさしかかった時、川面に映した満月を背に大きな岩の上で一人の僧侶が精進しているのを発見した。どなただろう？

座禅とはいいがたい独特の姿勢であった。だが、腰を曲げたまま、渓谷の水面にゆらゆら映る月光を見つめるような風光は、他のいかなる僧侶座禅姿より芳ばしい。まるで現世のあらゆる苦痛を一身に背負っておられるように感じた。彼を見つめている私の心内まで洗われるようで崇高ささえ感じた。

何時間かが過ぎた。岩と一体化していたような僧侶が微風に人の気配を察したのか顔を上げられた。慌てて丁重に挨拶をし、合掌した。修行の邪魔をし、申し訳ないと詫びた。顔を上げ僧侶の顔をみてびっくりした。

なんと大雄殿をいつも清掃している老僧ではないか！　腰が曲がったこの僧侶は全身全霊をこめ雑巾がけをしていた。若い僧たちも別に気にもかけないように思えて、私自身正直いってしがない寺男ぐらいに高を括って見ていた。しかしそうではなかった。月光の下雲の陰が消えたその顔は仏陀そのものであった。微笑む目元には慈悲が溢れていた。

「和尚様、いまだお見逸れし恐縮いたします。小生李真鮮と申します。宜しければ御法名をお教え願えますか?」

老僧は失笑された。

「名を知ってどうする。法名ではなく法を知ろうとしなさい!」

清らかな声であった。その瞬間頭のもやもやがすっきり解消されるようでもあるし、当惑した。気まずい沈黙を避けたかったのだろうか。先日満空和尚を訪ねたことを話した。

すると老僧は答えた。

「そなたはふたつの道の真中でさ迷っていると言ったが、そうではない。そなたはすでに進む道を決めているはずじゃ。ただ誰かの確認を得たいだけであろう。だが、誰もそのような確認など出来ぬものだ。そなたに世俗で生きながら守らなければならない話の糸口を教えよう。書きなされ」

鋭い指摘であった。急いで手帳を探した。すると老僧はけらけらと笑われた。

「字を紙に書いてどうする。心に刻むのですよ!」

老僧は黙って月を背景に空中に指でなぞった。

「塵土坌身　和光同塵」

私はさぞかし面食らった表情だったのだろう。老僧はほほえみを浮かべ次のようにおっしゃった。

「若いのだから辛い時この言葉を思い出しなさい。汚泥に咲く蓮の花の如くじゃな。塵埃を一身に受け衆生とともに生き衆生済度せよとの教えである。灰頭土面という言葉も記憶なされ。頭に灰を被り顔が泥まみれになろうと我かまわずという意味じゃ。何かのとき参考にしなさい。私の考えだがそなたがいうふたつの道は決して違う道ではない。ひとつの道だ。私はもう一度月光を吟味しよう」

閉ざされていた経界が一瞬に開かれたようであった。漆黒の夜、空を見上げると輝いた月の真横にダイヤモンドのように輝く星ひとつが目に入った。すでに背を向けられた老僧に向い、あらめて心の底から大礼をした。

一九四二年一〇月一日　木曜日

百尺竿頭進一歩

切迫した経界の中で今日の明け方、神渓寺《シンゲサ》で授戒を受けた。昨日は夜が明けるまで観音連峰をさまよった。鬼面岩に至り月光に照らされた万物像を眺めながら座禅を組んだ。

どれほど時間が過ぎただろうか。月の光が消え東の空が薄明るく白ばんできた。戒を受けることに決めた。山の冷たい風のせいだろうか。喉が痛く熱もあるようだが、なぜか気はしっかりしていた。法名は法田。とても気に入った。文字通り「真理の畑」。その通りだ。最終的なよりどころとしての法名を授かったのだ。いつの日か刑場の露と散る瞬間に、死の恐怖から救ってくれる「阿片」を持ちたかったのかもしれない。だがはっきりしていることは今まで悩ましていた自我意識という枠から解放されたという事実だ！

少なくとも私にとって、仏教とは民族解放と労働階級解放の道を力強く歩んでいく立派なつっかえ棒になったと確信した。

授戒はこの時点で仏門への入門であると同時に出家ともいえる！

火花に身を焦がす匂いをかいで一〇八回唱えた。

塵土坌身、灰頭土面、和光同塵。

一九四二年一〇月四日　日曜日

神渓寺境内で澄み渡った秋の空を見上げているときだった。サッカ［笠］をかぶった僧侶がひとり歩いてきた。歩く姿が美しすぎて見惚れていたが、すれ違いざまに合掌して礼をした。顔を上げた瞬間、サッカの影の下に僧侶の顔が見えた。見え隠れした微笑みは濃い瞳に染み込んだ悲しみさえ帯びていた。尼僧だった。ほんの一瞬だったが尼僧が通り過ぎた後もうしろ姿が見えなくなるまで眺めていた。まるで麗麟の剃髪した姿を見ているようであった。

なぜあのような美しい女人が仏門に入ったのだろうか。人生とは誰にとっても辛いのだろうか。ひたすら尼僧の満行を願う。

一九四二年一一月一日　日曜日

李鉉相同志を訪ねようと智異山に向っている。李同志とは日本留学前に三龍兄さんに連れられ麻浦の舟渡し場付近の農家で初めて会った。夜通し討論をしながら正直なところ彼の品格にすっかり参ってしまった。同性から見ても男らしくて格好良かった。

一九四二年一一月二一日　土曜日

李鉉相同志と再会した。

ノルモク［鹿の道］に至ると、あっという間に竹槍を持った見知らぬ若者に囲まれた。ひと目で李鉉相同志派の青年であると直感した。精悍な面構えをしたひとりの青年に訪ねたわけを告げた。彼らは目配せをし、規則だと断りながら目隠しをした。ある青年が暖かい手で私の手を引き、安心してついて来るようにと言った。

どのくらい歩いたのだろうか。目隠しを外されたときはまるで軍隊に来たかと錯覚するようだった。松林の間から、がっちりと作られた小屋が何軒見えた。その内の一軒に案内されると、一五、六人の青年たちと車座になって懇談中の李同志の姿が見えた。

山中で見たからだろうか。彼の風貌は一層際立って見えた。目がぎょろぎょろしていたが、和やかな眼差しに自慢の真っ黒いあごひげが似合っていた。入ってきた人には気をとめず朝鮮革命のため遊撃戦を準備する時が来たと熱弁をふるっていた。一人の青年が近寄り耳打ちをすると李同志は私に目を向けた。燃えるような黒い瞳に笑みを浮かべ、力強い声で言った。

「よく来たな、李同志！」

同席していた人たちが私のために席を立った。李同志は私を紹介して三〇分の休憩を告げ、別室に案内した。

京城はもちろん日本の情勢まで入念に聞かれた後、智異山に残らないかと誘われた。しかし私はいまだ準備不足だ。李同志に私の思いを残さず打ち明けた。

「誠に恐縮に存じ上げます。日帝の滅亡が近いという同志の確信は間違いないと思います。私もときが来たら李同志の指導下で闘いたいと思います。お互い民族解放のため闘うならばまためぐり会うことになるでしょう。しかし現段階で朝鮮の地理的条件を考慮した場合、遊撃戦よりも都心での労働階級の蜂起が適切かと思います。三・一独立運動が良い例といえます。三・一運動が全国津々浦々で一斉に起きそれも労働階級の主導により武力も備えた時、それこそ解放の決定的瞬間を迎えられると思うんです。この地の労働階級を社会主義思想で武装させる道こそ民族解放への近道といえるのではないでしょうか。遊撃戦はその次ではないでしょうか」

李同志は私の意見を最後まで真摯に聞き快く同意された。

「真鮮同志、素晴らしい考えだ。良くわかった。だが遊撃戦は『その次』の問題ではないよ。同時でなければ。今、前後を問う場合でない。よかろう。共に闘う時も遠くないはずだ。宣伝術にたけた人材が欲しくて欲ばり過ぎたな。李同志はまず京城の労働者の中で働いたほうがよさそうだ」

一九四二年一一月三〇日　月曜日

智異山を下山した。青年たちは黒い布切れで目隠しをしようとしたが、李同志が止めた。そのわけは明らかだった。「彼は再びここを訪ねるのだから」。

申し訳ないので何度も固辞したのに李同志は山の中腹まで見送られ、固い握手をかわした。

そうだ、これ以上なまけては生きてはいけない。急ごう、家に、京城に。そこが私の「智異山」なのだ。

一九四三年一月一日　金曜日

皆、変節していくようだ。このままでは朝鮮と朝鮮人は歴史上から抹殺されてしまうのではないかという恐怖感にさいなまれる。ハングルはなくなり、創氏改名で名前も変えられ大々的な民族抹殺政策が繰り広げられている。

問題はこれらに対抗する勢力がまったく組織化されていないという点だ。朴憲永先生こそわれわれの希望であるとあらめて考えさせられる。

一九四三年三月一日　月曜日

己未独立宣言［三・一独立運動］二四周年の日。あのときの先人たちに面目ない。解放の日を迎えるためには今の状態ではいけない。急いで国内で主体勢力をまとめなければ。そうでなければまたしてもわれわれの運命を外国に任せる事態に陥ることになるだろう。

心の整理をしなければ。これ以上深思熟考していられない。決断しなければ！

編集者：この後、李真鮮の日記は二年間中断した。私たちはその理由を次の記録から推測できる。

一九四五年二月五日　月曜日

二年間、麗麟とともに心血を注いだ龍山工作永登浦工場組織が先月末、露見した。工場への道に入った瞬間であった。「朝鮮独立万歳！　労働解放万歳！」

耳慣れた声が途切れながら絶叫した。直感的に組織が露見されたと判断した。警察に逮捕されながらも暴行を受けるのは覚悟の上で同志を一人でも多く救おうとする壮絶な姿勢といえる。そのとおり私も同志の悲鳴を聞き、踵を返し一目散に走り出した。

アジトに向い麗麟をわけも言わず連れだした。

彼女は私が龍山工作に入った直後に家を出た。家に戻るようにと説得したが——実際私はどれほど彼女を説得したか疑問だが——麗麟は残ることにこだわった。麗麟を幸せにする自信がないと涙ながら訴えたが、麗麟は毅然とした表情で言った。まず私に失望したこと、そして麗麟は私にとってその程度のものなのかと軽蔑さえ感じてしまうと。

結局私たちはひとつの小さな部屋に同居することになった。

麗麟はあまりにも外見がそぐわないからという同志たちの忠告もあり、直接工場には入らなかった。永登浦地域の女性労働者たちを工作する第一線の同志たちのために新聞を作り読書資料等を提供し討論会も開いた。金属労組を担当した金在炳《キムジェビョン》同志が時折指導のため私の部屋で会議をしたりした。一部屋で寝食をともにしながら麗麟と私は愛を育んでいたがお互い一線を越えることはなかった。

京城帝大出身の金同志は笑いながらどうも理解できないと言ったが、われわれの決心は揺るがなかった。運動に身を投じ「新女性」とか「女性解放」とか言いながら乱れた私生活をする風潮には同調できずにいたからだろう。いつの日か結ばれることは間違いないのだが、その夢を育てることは切なかった。麗麟は両親の祝福を受け、晴れて結婚式を挙げるまで——その日はわれわれの戦いが必ず結実するのだから——清らかな仲でいようと時々欲望を抑えきれない私に言い聞かせた。そんな時はどれほどわが身を恥じただろうか。

昨年の四月、延禧専門が日帝の財産として差し押さえられたというニュースを聞いたときのことが思い出される。朝鮮人教授陣は皆追放され、校名も京城工業専門学校に強制的に改名された。麗麟は二人の美しい思い出の場所の命運をとても悔しがった。しかし私にはそれ以上に特記すべき意味があった。麗麟が何げなく「二人」、「美しい」と言う言葉を口にしたことが！

ともかく彼女に今われわれは追われている身であり、抜き差しならない情況であると強調した。そして心を鬼にして嫌がる麗麟をやっとの思いで人力車に乗せ敦岩洞《トンアムドン》の家まで送った。

麗麟は是が非でも一緒に行動すると首をたてに振らない。日帝の獣《けだもの》のような弾圧が日々強まりつつあるいま、愛する彼女の身の安全を託せる人は父親しかおらず、私も安心して身を隠せると哀願したのが功を奏した。家の大門を叩き「日帝の敗北がそう遠くないのですぐに逢える」と言い、去ろうとした。その瞬間であった。

麗麟の顔が急に私の視野をふさぐように近づいてきた。ああ！　私の生涯で永遠に刻まれる幸せな瞬間！　麗麟に唇を奪われるなんて！　そして熱い抱擁！　一瞬の出来事であったが今もときめいている。初めての口づけ、唇の感触、体のぬくもり。門が開いた瞬間、麗麟は眼にいっぱい涙を浮かべた。

一九四五年二月一三日　火曜日

旧正月である。鄭泰植同志の指示により、目立たない韓服を着て全羅南道《チョンラナムド》光州《クァンジュ》市月山洞《ウォルサンドン》のレンガ工場に行った。正月で工場に人気がないのを狙ったようだ。金成三《キムソンサム》という男性に会い、彼に京城の同志たちの様子を簡単に話した。彼の問いに答えたら身を隠す場所を教えてくれるだろうと聞いたからだ。

やっとの思いで訪ねたレンガ工場はかなり規模が大きかった。事務室に行き、故郷から来た従兄弟だと名乗り金氏の所在を聞いた。いったいどんな人なのか気になった。肩に手ぬぐいをかけた中年男性が目を輝かせながらあらわれ、旧知の仲のように迎えてくれた。誰もいない部屋に連れて行かれ、訪ねてきた経緯を聞かれた。鄭泰植同志の名が出ると、彼はにこやかに微笑んだ。聞かれるまま京城の近況をかいつまみ説明すると、そのひと言ひと言をかみ締めては永登浦労働者の全情況を根掘葉掘聞いてきた。同時に時々さりげなく私の意見を聞くのも忘れなかった。

いくら考えても単なる地域組織の責任者には見えなかった。初印象からして尋常ではなかった。まして少ない会話の中で問題点を鋭く突く姿に圧倒された。

「もしかしたら?」という疑問が閃光のように頭をよぎった。まさにそのとき、彼は私の手を握りさやくように、しかし威風堂々と名乗った。

「李真鮮同志! どんなに会いたかったか! 私は朴憲永です」

息が止まるかと思うくらい胸の鼓動が高まり、無礼にもあぐらをかいていた私はうろたえ立ち上がろうとした。彼が、いや、朴憲永先生が私の肩に手を乗せた。

「どうかそのまま座ってなさい。あなたがとても優秀な頭脳の持ち主だという噂は以前から金三龍同志から聞いていましたよ」

そして長いあいだ話し合った。なんというめぐり合わせだろうか。今日は私の二十五歳の誕生日であった。

一九四五年二月一六日　金曜日

智異山遊撃活動準備のため朴先生の元を去った。ここが私の人生の重要な転換点といえよう。

一九四五年二月一七日　土曜日

智異山の李鉉相同志を訪ねた。

二年三ヵ月ぶりの再会。李同志は手を強く握り歓迎してくれた。

「同志よ！　よく来てくれた」

李同志に朴先生とお会いしたことを告げると、とても喜ばれた。そのうえ朴先生から智異山の李同志を訪ねなさいと指示を受けここに来たと伝えると満面に笑みを浮かべた。私はというと、言いつくせない充実感に浸っていた。李同志の指導により青年たちがずいぶん訓練されたみたいだ。

一九四五年二月一八日　日曜日

智異山には新しい革命参謀部が準備されていた。私には明らかにしてくれなかったが——強いて聞きもしなかった——京城とは緊密な連絡網があるようで最新統計資料まで準備されていたようだ。

去年、日帝が思想犯という名目で検挙した人たちが八、五五八人にのぼるという事実も初めて知った。私が属している組織も京城グループのごく一部に過ぎないという事も！　それに李同志は私の永登浦での活動も知り尽くしていた。彼は私の二年余りの組織管理成果を機会あるごとに他の同志に強調されるので妙に恥ずかしかった。

一九四五年二月二四日　土曜日

すべてが目新しく非常に心地よい。山麓のあちらこちらに畑を耕し自給している。山砦を囲む稜線の要所に見張りに立ち、交代や移動のたびに身体鍛錬を兼ねて駆けるのが原則であった。駐在所の日本人憲兵や巡査が来ようものなら、即刻山砦とは別の方向に誘き出る偽装工作をした。

主食はジャガイモである。見た目がごつごつして特別な美味とはいえないが、智異山のジャガイモはいくら食べても飽きなかった。しかもゆらゆら蒸気が立つ中ふっくらと蒸しあがったジャガイモの薄皮をむくと、山の冷たい風で冷え切った体を溶かすのはもちろん、口の中でとろりと溶けた。火を炊くときは煙が出ない萩の木を必ず使った。李同志はアカシアやツツジも煙を出さないが萩が一番安全だということを忘れないようにと念を押した。

マルクス・レーニン主義の学習と身体鍛錬や銃剣術で毎日明け暮れた。私自身、智異山の懐に抱かれ身も心も鍛えられていくのがよくわかった。

山の人々は真に「生きている人々」だ。大勢の同志とともに私は李同志の指導の下でパルチザンに生まれ変わりつつある。

一九四五年三月一八日　日曜日

京城からの使いが偶然にも延禧専門学校英文科の学友であった。おとなしそうであった彼がいつの間に組織の一員になったのか。李同志に報告を終えた後、二人きりで陽の当たる草場に座ると思いもよらぬ悲報を聞いた。

先月の一六日、尹東柱先輩が日本の福岡刑務所で獄死したというではないか。二年前の夏、逮捕されたと聞いていながら、われわれがあまりにも無関心すぎたと彼は悔いるように言った。監獄では日常的に薬物注射を打たれていたというから、日帝は尹先輩の純潔な魂を汚し野蛮な生体実験を行なったのに違いない。もう解放の日が近いというのに彼の気高い詩魂があまりにも痛々しい。

尹先輩とチャンネ野原と漢江を歩いた記憶が昨日のことのように浮かんでくるのに、彼が虐殺されたなんて信じられない。彼の詩のなかで私の心に刻まれている一節が浮かぶ。

「私が生きるということは、ひたすらなくしたものを探すということです」

なくしたものを手にする瞬間が近づきつつあるというのに虐殺されるなんて惜しい。死を迎える瞬間まで彼が天を仰ぎ、一点の恥じらいもなかっただろうに。

一九四五年四月一日　日曜日

春の夕立が黒雲を蹴散らし空が晴れた。水気をおびたせいだろうか。智異山全体が新しく生まれ変わったようだ。

智異山はまばゆい陽光を浴び緑が甦ったようだ。大自然の偉大さをあらためて教えてくれる。緑豆将軍革命軍の生き残り戦士たちが生を終えた智異山。この地で再び朝鮮革命の新芽が生まれている。これが一片の夢でなければ、必ず朝鮮の春をわれらの力で耕すことになるだろう。

一九四五年四月一〇日　火曜日

李鉉相同志が休憩時間に懶翁《ナオン》和尚の禅詩を朗読した。何人かの同志は既に覚えていたらしく声を合わせた。

青山は私に言葉もなしに生きろと言い
青空は私に清く生きろと言う
欲も脱ぎ捨て怒りも脱ぎ捨て
水のように風のように生きて逝くがいいと言う

詩自体もそうだが李鉉相同志の見識の広さに驚かされる。詩を詠む彼の瞳いっぱいに緑の山と青い空が溢れていた。その通りである。

緑の山と青い空を心に秘め、水のように風のように生きること。まさに真の革命家の道ではないか。解脱と革命は二束のわらじではなく同一なものだ。

愉岾寺で会った老僧が懐かしい。

一九四五年五月五日　土曜日

射撃訓練の後、李鉉相同志に散歩に誘われた。松林の中で李同志は懐から赤い布に包まれたものを取り出し私に差し出した。

拳銃であった！

李同志は「預かっていた銃の新しい持ち主を探していたが、やっと見つけた」と言いながらわけを聞かせてくれた。

李同志の話しによると、このソ連製拳銃は李載裕同志の「武器」であった。李載裕同志が昨年一〇月清州刑務所で獄死した後、この銃を保管していた彼の妻朴《バク》鎮《チン》洪《ホン》同志から相応しい持ち主を探してほしいと預かったようだ。

そのような銃を与えられたことに胸が震える。

李載裕同志の名を初めて耳にしたのは高校時代の一九三七年四月ごろであった。『京城日報』がいきなり号外を出した。どれほど号外の見出しが煽情的だったのか今も目に浮かぶようだ。紙面に踊った大きな字は「執拗凶悪なる朝鮮共産党壊滅」となっていた。

「二〇年あまりの朝鮮共産党史が終息し、農村と工場に明るい大気が躍動し始めた」という記事は私に李載裕という人が一体どんな人物だから彼の逮捕が朝鮮共産党史の終焉につながるのかと憧れさえ抱いた。

その同志が愛用していた拳銃が今私の懐にあるなんて！

鄭泰植同志を延禧専門前で初めて会ったとき、彼は李載裕同志が不屈の革命家であり、李同志が出獄したら運動が大きく変わるだろうと言っていた。それなのに李載裕同志は戻らなかった。一九三六年一二月に逮捕され敵の獣《けだもの》のような拷問の後遺症と持病の脚気が重なったようだ。

李鉉相同志は拳銃を渡しながら付け加えた。

「同志！　肝に銘じなさい！　この拳銃は不屈の革命家の血がにじんだ解放の武器だぞ！」

その通りだ。「解放の武器！」。私の命が尽きる日まで忘れてはならない。そして、今日はカール・マルクスの誕生日でもある。なんという運命の巡りあわせなのだろうか。

一九四五年五月一〇日　月曜日

ドイツが敗北したというニュースに皆が歓喜した。

こうなれば日本の敗北も時間の問題ではないか！

解放の日が切迫している。

一九四五年五月二一日　月曜日

一〇日のあいだ李鉉相同志と一緒に智異山南部をまわってきた。市場をまわり商人に扮した李同志は海南《ヘナム》と康津《カンジン》の組織を収拾した。いつの間にここまで地下活動を組織していたのかと内心驚きながら希望が満ちてきた。李同志は日本の敗北は目前に迫ってきており、心の準備はもちろん決定的瞬間に蜂起する支度を整えるようにと指示した。

彼の精力的な活動に随行しながら尊敬の念が増してくる。だが、李同志に惹かれるのは単に組織活動だけではなかった。海南と康津のことをみても私にとって永遠に忘れられない感動を与えてくれたからだ。

海南の達磨山《タルマサン》美黄寺《ミファンサ》での出来事もそのひとつだ。

李同志と以前から面識があった住職はあたたかく歓迎してくれた。達磨山頂に登り南海と西海に広がる海を眺めながら李同志は無言のまま夜更けまで座っていた。厳粛な姿のせいかひと言も声を掛けられなかった。それよりも私自身その沈黙を楽しんでいたのだといえる。

この地が白頭大幹［北の白頭山から南の智異山までひとつに連なる山脈］の最後の峰だという。朝鮮の地の果てから海へと続く景色。太陽が海を真っ赤に染める夕焼けは心が洗われるようだ。

星が輝く夜空を見上げ三年前に訪れた洛山寺《ラクサンサ》での悲しい追憶に浸っていると李同志が急に低い声で話しかけてきた。

「あちらの空を御覧なさい」

李同志は海に浮かぶような月を指差した。そして言った。

「よく見ると月が少しずつ海に舞い降りるようですよ。海に沈む月は神秘的ですね」

まさにその通りだ。思いもしながったが月は少しづつ海に降りていくようで、海面に至ると夕焼けとは反対の現象が起きた。月光は日光とは逆に光を失っていく。黄色い光が少しずつ朱色に変わり真っ赤になった。暗い夜空に赤い月は本当に魅惑的であった。そしていつの間にか赤い月は夜空に、夜の海に消えていった。

李同志が私にくれたもうひとつの感動は康津での出来事だ。仕事を終えた後、見せたいものがあるから期待しなさいと言い、深い山道に導いていった。山の中腹に着くと小さな寺があった。

李同志は目を輝かせて小さな寺を指差して言った。

「同志！　ここが丁若鏞《チョンヤギョン》先生［一七六二〜一八三六。実学思想の集大成者］が流刑され、実学を集大化された草堂です！」

私を驚愕させたのはこれだけではなかった。彼は頭崙山《トゥリュンサン》大芚寺《テドゥンサ》に寄り、ここに西山大師《ソサンテサ》「朝鮮王朝時代の名僧。文禄慶長の役のとき義僧兵を指揮した」の衣鉢があると淡々というのであった。世が世なら彼は間違いなく偉大な学者になっただろうと確信した。

一九四五年七月四日　水曜日

夕立が山を浄化するようにひとしきり降った。雨がやみ、木立は緑が冴えた。林の中を散策した。道端の岩の下で二匹の蛇が愛し合っていた。わずか少し離れた場所でカタツムリ二匹が白い泡を吹きながら抱き合っていた。

ああ！　生命を育むとはなんと美しいことであろう！　夕立後の林ではいたる所で動物たちの愛の合奏が営まれている。

麗麟が懐かしくてたまらない。解放された朝鮮の林で麗麟をおもいっきり抱きしめたい衝動に駆られる。あの蛇のように、カタツムリのように。生命を礼賛しながら。

一九四五年八月一三日　月曜日

六日と八日、二回にわたり日本の広島と長崎に強烈な爆弾が落とされた。

八日、一六〇万規模のソ連極東軍が日本軍に攻撃を開始した。

今、南部地域一帯では来たる二〇日から繰り広げられる遊撃戦の準備が行なわれている。智異山でも全軍で戦闘体制に入った。

とうとう待ちわびた日が来たようだ。

熱い風

一九四五年八月一五日　水曜日

天皇裕仁の降伏宣言がラジオから流れ、涙がどっとほとばしった。胸も張り裂けんばかりだ。決してうわついた気持ちではない。感激だけでは済まされない。解放の日が思ったより早くやってきたことに悔しさを感じる。溢れんばかりの喜びの中、智異山の同志たちが感じている取り留めのない虚脱感をどうすればいいのか。われわれが闘わず得た「解放」ゆえ実感がわかない。

放送終了直後、殺気立った表情で李鉉相同志が演説した。

「同志のみなさん！　気持ちはよくわかります。われわれが長いあいだ、歯をくいしばって準備してきた遊撃戦に幕を下ろさなければならなくなり残念です」

重苦しい雰囲気の中、彼は朗々とよく響く声で続けた。

「しかし同志のみなさん！　今、虚脱感に浸っている暇などありません。これからが重要ではないでしょうか。力を合わせ、党を再建し、革命事業に本格的に取り組めば親日派のいない新しい国家、皆が平等に幸せを分かち合える新しい社会を必ず作り上げることが出来ます」

その通りだ。解放は、革命は、新しい国家建設は今日出来上がったわけではない。今日から新しい局面に入ったにすぎない。これからが重要だ。日本軍国主義の恐ろしい抑圧の束縛から放たれたが、この四十年近く、支配構造は根深く温存されたままではないか。人民が親日派を断罪する力をどのくらい持ち合わせているか冷静に判断しなければならない。

人民が真の自由と幸せを謳歌する国を創るための朝鮮革命。すでに数多い同志たちの尊い血が流された朝鮮革命は今から新しい出発なのだ！

光州の月山洞に身を隠している朴憲永同志の存在が頼もしい。

李真鮮。朴憲永先生を生涯の師と仰いで朝鮮革命に骨をうずめる覚悟をしっかりと持て。それから

……

忘れずに記したい。麗麟に会いたい。これで堂々と麗麟と結婚できるという期待が、解放感に負けないくらい私を喜ばしている。これも私にとってひとつの解放であるから。

一九四五年八月一八日　土曜日

李鉉相同志の指示で、昨晩全州《チョンジュ》に着いた。明け方、全州刑務所に三龍兄さんを迎えに行った。夜明けとともに刑務所の門が開くと、しっかりした足取りで堂々と出てきた義兄は顔がやつれていたものの闘志がみなぎっていた。三龍兄さんは私を強く抱いて言った。

「真鮮！　苦労が多かったろう」

私が言う前に先をこされた。三龍兄さんは朴憲永先生が光州から全州のアジトに来られているかもしれないから確かめようと言った。長い間の地下活動で備えた「革命家感覚」といえるのだろう。そのアジトで私たちは朴憲永先生に会えた。白い韓服にコムシンを履いた身なりの朴先生は三龍兄さんとしっかり抱き合った。思わず鼻筋がジーンとし目頭が熱くなった。

三龍兄さんが「組織の構成員がやっている洋品店があるから」と出かけた後、しばらくして洋服と革靴を持ってきた。先生は時間がないとおっしゃって私たちを促した。全州駅前には正装した人たちがたくさんトラックに乗っていた。

トラックに乗る前に朴先生は彼らが建国準備委員会光州代表たちであり、ソウルに向かう途中だと手短に教えてくれた。決して身分がわからないようにと言われトラックに乗った。

一九四五年八月一九日　月曜日

敦岩洞の麗麟の家を訪ねた。ご両親に正式に挨拶をしようと思った。麗麟を見ると胸がキューンとなった。少しやつれたようだが美しさは洗練されていた。

麗麟の父は家におられることが明らかなようだが、「不在中」だと言う。母親がやさしく迎えてくれた。麗麟の年老いた姿を想像させた。幸いにも麗麟の母は私を気に入ったようだ。麗麟もひと安心だと言った。
麗麟は感涙に咽ぶようであった。麗麟とともに歩む幸せの日々がこのように現実となるなんて、まるで夢を見ているようだ。

一九四五年八月二〇日　月曜日

朴憲永先生がソ連領事館を訪問するので金三龍同志とともに随行した。シャーフシン副領事と朴先生は旧知の仲のように抱き合った。二人はシャーフシン氏の部屋で長時間話し合った。光州で身を潜めていた朴先生がいつの間に、シャーフシン氏と親密な間柄になっていたのかと気になった。

一九四五年八月二一日　火曜日

三龍兄さんに二日ほど暇をもらい忠州の両親に挨拶に出向くことにした。夜遅く家に着いたので、ひとまず麗麟を外で待たした。父は私を見て目を真っ赤にされた。だいぶ老けられたようだ。母は私をひしと抱きしめ涙を流された。父は母が解放後だいぶ健康を取り戻したと言われた。
父母に挨拶をすまし、紹介したい女性を連れて来たと思い切って告げた。二人ともとても驚いたようだ。だしぬけにそれも夜遅く一緒に来るなんてどういうことなのかと、母の小言まで聞くはめになったが、父の許しがあり麗麟を家に入れた。麗麟を見た母は満足そうだった。典型的な朝鮮女性の美しい顔立ちにつつましやかな姿が気に入ったのだろう。両親は麗麟の家柄や今までの二人の関係を聞いてとても喜ばれ、早く式を挙げるように言われた。すべてを理解してくれた両親に心から感謝する。

すべてがなんの障害もなく流れていく。麗麟は好事魔多しというが、あまりにも順調すぎて心配だと言う。しかしどんな悪魔が入り込んでくるというのか。とんでもない話だ。

一九四五年八月二六日　日曜日

ソ連の赤軍が朝鮮人民の熱烈な歓呼の中、ピョンヤンにやって来た。ソウルに来る日はいつだろう。噂で聞いたプロレタリア軍隊の威容を直接目にしたい。

一九四五年八月二七日　月曜日

全国津々浦々で労働者が立ち上がった。工場を掌握し自主的に管理しようとしている。同志たちと力を合わせ長いあいだ地下組織管理を行ってきた効果が現れている。生きがいを感じるからだろうか。胸いっぱいの希望と感動が溢れてくる。

一九四五年九月一日　土曜日

朴先生の指示により、再建間近の朝鮮共産党機関紙発行準備委員会が構成された。主筆兼政治部長に鄭泰植同志が内定された。私に新聞社で働いてほしいと要請してきた。以前から文筆活動をしたかった私は何の躊躇もなく、言論活動に身を投じた。

レーニン曰く、新聞は集団的宣伝および先導者であり集団的組織者である。新しい朝鮮のための組織者になりたい。

一九四五年九月八日　土曜日

マッカーサー司令官が二日、三八度線を境に米ソ両軍の朝鮮分割占領策を発表し、本日とうとう米軍が進駐してきた。米軍をどう認識すれば良いのか。

日帝を追い出した解放軍には間違いないが、ソ連とは違い資本主義国家という点が不安になる。だが、朝鮮人民を信じよう。不吉な予感は敗北主義的思考だ。

一九四五年九月一一日　火曜日

感激！　やっと朝鮮共産党を再建した！

一九二五年四月一七日に朝鮮共産党が創立されたが、すぐに弾圧された。それ以後の二〇年間、党再建の祭壇を染めてきた革命家の熱き鮮血を忘れまい。

この党に私も骨を埋めよう。

一九四五年九月一九日　水曜日

『解放日報』創刊号を発行し、本紙が朝鮮共産党中央委員会機関紙であると明言した。「朝鮮共産党の統一再建万歳！」という大見出しが一面を飾った。

明日は中秋の名節。大衆とともに人民の祭りを行う決定をした。新しい朝鮮のために宣伝組織の第一歩を踏み出す。

一九四五年九月二五日　火曜日

解放直後、息をひそめていた親日派勢力が米軍を背景にして少しずつ勢力を拡大している。八月三〇日から京城紡績工場労働者が八時間労働制と工場管理委員会設置を要求していたが、とうとう米軍が介入してきた。親日派金季秀《キムヨンス》［国民精神総動員朝鮮連盟理事。高麗大學校創設者金性洙《キムソンス》の弟］の強い要請があったらしい。

親日派が反省どころか、こともあろうに自信ありげだ。奴らをどうしたらよいものか。

一九四五年一〇月一日　月曜日

麗麟と私の結婚式。朴憲永先生の主礼《チュレ》［結婚式で結婚を正式に宣布する人］のもと先生の執務室にて略式で行なわれた。二人の革命家の結合が朝鮮革命の巣になってほしいと言われた時、先生と目が合った。微笑みと威厳の入り交ざった目だ。

麗麟のように清純な野菊の花束をだいて二人で西大門刑務所を散歩した。これが私たちの「新婚旅行」だ。新居は敦岩洞にかまえた。妻の実家の隣に義母がこじんまりした一軒家を準備してくれた。気が引けたが当分の間だけという条件で使わせてもらうことにした。麗麟は幸せそうだ。

多くの革命家が投獄され虐殺された西大門刑務所はわれわれの聖地といえる。

麗麟と私はお互い手を重ね合い、やっと私たちが一緒になれたように、全人類がひとつになるその日のために私たちの人生と命を捧げんと「宣誓」した。そして三龍兄からプレゼントされた赤ワインで革命の勝利を願い祝杯をあげた。「革命公約」を永遠に忘れないと誓いながら。

そして今、麗麟は体を清めている。どれほど待ちわび夢見た瞬間だろうか。どれほど抱きしめたいと思い続けたことか！　生きていくということはなんと素晴らしいのだ！

一九四五年一〇月一〇日　水曜日

ピョンヤンで開かれた朝鮮共産党「西北五道、党責任者及び熱誠者大会」が北朝鮮分局の結成を決めた。

朝鮮の実情で分局を結成する政治的意味は何なのか。独自で党を建てるという意志の表示ではないのか。統一した朝鮮共産党を結成して、まだ一カ月も経ってないのに、ソ連軍が駐屯している北側に分局ができるのは一国一党の原則に正面から反する行為ではないか。

一九四五年一〇月一三日　土曜日

最近お目にかかれなかったのに、『解放日報』に訪れた朴憲永同志の表情が暗かったわけを金三龍同志が打ち明けてくれた。

去る八日、ピョンヤンで朴憲永同志は金日成同志と会ったらしい。ちょうどピョンヤンの北朝鮮分局のニュースで困惑していた時だったので失礼を承知でしつこく事情を聞いた。口が固いので有名な三龍兄さんであったが私を実の弟のように可愛がってくれていたので話してくれた。

金日成同志が朴憲永先生に「北朝鮮ではソ連が共産党を主権党として保証している。反面、南朝鮮では米軍の占領下という事情から党活動は地域的特性を考慮しなければならない」と強調したらしい。さらに金日成同志は、党中央は当然に解放地区に置くべきだと強調した。これについて朴憲永先生が反論すると今度はロマネンコ少将［ソ連占領軍司令部政治委員］が首を突っ込み、共産党中央をピョンヤンに置き朴憲永同志もピョンヤンに来て活動すればよいと提案したらしい。

常識を逸脱したとんでもない話だ。朝鮮の首都は五五〇年前からソウルではないか。まして革命的党が力を集中させ活動しなければならないのは解放地区ではなく未解放地区のはずだ。金日成同志の本意は別のところにあるのではないかと懐疑心を抱いてしまう。

三龍兄さんに朴憲永先生はどのように答えたのか聞いた。三龍兄さんは朴先生が金日成に逆提案をしたと言い、意味ありげに笑った。必ず北側の共産党組織を含めたかたちで設置するのなら、ソ連共産党中央委員会のようにソウル中央党に北部指導局を置き、金日成同志はソウルに来て党書記兼北部指導局を担当したらどうかという提案であった。

正しいと思う。しかし金日成同志は、ソ連は国土が広く多民族国家でもあるので中央委員会がそのすべてを指導できないが、朝鮮は違うと反対したという。

私は三龍兄さんに聞いた。

「それならば金日成同志自ら北朝鮮分局の必要性を否認したことになるではありませんか？」

三龍兄さんがじっと私を見つめては膝をパンと打ちながら、げらげらと笑った。

「本当だ！　そういうことだ！」

しかし私は笑えなかった。北側で行なわれていることが尋常ではない気がした。

歴史的正統性を担い出帆した朝鮮共産党総書記・朴憲永同志を否認しようとしている。金日成同志に少々失望した。あまたの共産主義運動の先輩を押し退け若干三三歳の彼が革命の最高指導者になろうとしている野心を露骨にさらけ出している。それよりも深刻なのはソ連が予想以上に深く介入し金日成同志を指導者にしようと後押ししている点だ。朴先生の表情があのように暗い理由もその点に違いない。

朝鮮共産党北朝鮮分局。党がふたつに分かれるよりももっと大きな悲劇を招きはしないか、と不吉な予感にさいなまれる。

一九四五年一〇月二〇日　土曜日
鄭泰植同志から来たる二三日に結成する朝鮮新聞記者会議の宣言文草案を作成するように指示された。荷が重い任務と受け止めながらも、心が躍る。

一九四五年一〇月二三日　火曜日
鐘路《チョンロ》にある中央キリスト教青年会大講堂において全朝鮮新聞記者大会が開かれた。李承晩《リスンマン》［一八七五〜一九六五。独立運動家。一九四八年に韓国初代大統領］と呂運亨《リョウニョン》先生［一八八五〜

一九四七。独立運動家。一九一四年に中国に亡命。解放後、建国準備委員会を結成」が祝辞を述べた。鄭同志から激賛された宣言文が何の修正もなしに採択された。宣言文が朗読された瞬間、麗麟も感激のあまり涙ぐんでいた。あらめて誓う。

「われわれは筆を武器に戦う者として自覚を持ち、われわれの国家建設に生じるあらゆる障害物を正当に批判し、大衆にその正体を明らかにすることにより、民族の進路を大衆に照らす灯火になることをその使命とする。民衆が望むところは力強く正しく勇敢な筆鋒だけである」

一九四五年一一月五日　月曜日

中央劇場において朝鮮労働組合全国評議会が結成された。南北四〇数地域から一、二〇〇の分会五〇万人の代表者五〇五人が代議員として参加した。労働階級の驚くべき力に再三敬意を表す。許《ホ》成《ソン》澤《テク》同志を委員長に選出し、朴憲永同志、金日成同志、レオンジューオ同志、毛沢東同志を名誉議長にむかえた。大会では四カ条の決議も採択された。

一. 本大会を開催した朝鮮無産者階級の首領であり愛国者であられる朴憲永同志に感謝のメッセージを送る。
二. ソ・米・英・中連合国労働者諸君に感謝のメッセージを送る。
三. 朝鮮無産階級運動の撹乱者李英《リヨン》［長安派のメンバー］一派を断固撲滅する。
四. 朝鮮民族統一戦線に関する朴憲永同志の路線を絶対的に支持する。

大会は朴憲永先生が朝鮮共産主義運動の首領であることを明確にした。

一九四五年一一月七日　水曜日

昨晩七時ごろ、朝鮮労働組合全国評議会大会で許成澤委員長が閉会の辞に入ろうとした時であった。棍棒や凶器を手にしたヤクザ者が会場を襲撃した。見境なしに凶器を振り回す輩《やから》のせいで会場は血の海と化した。いまだ死傷者の数が定まらない。奴らは甚だしくは銃まで撃った。

米軍はわざわざ時間をおいて出動し止めるふりだけした。単に親日派に飼いならされた走狗である政治ゴロツキたちの愚行と、片付けてはならない理由はここにある。合法的な労働運動でさえ、わが党と関連があれば容認しないという米軍政の意図がありありと見えていた。金斗漢《キムドゥファン》［一九一八〜一九七二。右翼政治家］一派が大挙参与したと聞いた。われわれもゴロツキどもの暴挙に対策をたてねばなるまい。

一九四五年一一月二三日　金曜日

『朝鮮日報』が復刊された。『朝鮮日報』は続刊辞で「われわれは軍政庁の友好的支持と理解ある斡旋により本日付けで再起する」と露骨に米軍政に秋波を送った。『朝鮮日報』の復刊にあわせ『東亜日報』もビラを撒いた。「解放された山河に復活する『東亜日報』、言論陣営に数日内に再進軍」という。

解放直後は親日色が強すぎて復刊などおくびにも出せなかった新聞が、ぬけぬけと復刊にこぎつけたことは、私たちの革命運動をとりまいている客観的情勢の変化を示している赤信号ではないか。

彼らに問いたい。あれほど「日本精神高揚」を騒ぎ立て、米・英鬼畜撲滅を目指したあの「精神」はどこへ行ったのか。破廉恥な人間たちよ！

一九四五年一一月三〇日　金曜日

ピョンヤン公会堂で朝鮮労働組合全国評議会北朝鮮総局が結成された。分局ではなく、今度は総局だなんて！　単一の指導路線で党が「権威」を掲げ建国事業に取り組まなければならないのに、北側は引き続き分派的行動を行うのではないかと憂慮する。それでもピョンヤン大会緊急動議第一項で「朝鮮無産階級の指導者朴憲永同志に感謝のメッセージを送る」が採択された点で平常心を保つべきか。

だがすでに朴憲永先生の「権威」を否認しようとする輩がまたぞろ頭をもたげだした。闘わねばならない人とは闘わず、同志間での争いを競う彼らの見苦しい有り様は決して革命家の姿とはいえない。

一九四五年一二月一日　土曜日

『東亜日報』が親日地主勢力の結集体である韓国民主党の機関紙として復刊された。売国奴の新聞だとして印刷労働者たちが新聞印刷を拒否すると、米軍政が朝鮮総督府機関紙であった京城日報社の施設を利用できるように斡旋したらしい。

もちろん『解放日報』に対する人民たちの反応は相変わらず良い。それにしても解放後三カ月足らずで『朝鮮日報』に続き『東亜日報』まで復刊されたということは、われわれの仕事ぶりのふがいなさを示していないか。深い反省を強いられる。なによりも思想的に「再武装」しなければなるまい。

一九四五年一二月二〇日　木曜日

「解放の年」が暮れようとしている。

日々、親日派が米軍政の力を借り勢力を拡張している。親日地主たちの驚くべき変身にあきれる。

「皇軍を支援し、米・英を撃退せよ」と主張した親日派たちが、その米軍が進駐すると、再びアメリカに尻尾を振っている格好ときたら。

アメリカの呼名もいつの間に変わった。「米国《ミグ》」から「美国《ミグ》」にと。アメリカは美しい国というらしい。まったく常識人なら目を疑いたくなる展開だ。親日派になんの目ろみがあるのか。

問題なのは奴らが祖国解放後の指導者になろうと先陣を競っているということだ。米軍政の強力な支援を受けてまで。許しがたい売国背族的行為である。

一九四六年一月一五日　火曜日

『東亜日報』が莫大な資金力にものをいわせ新聞を大量に印刷している。人民大衆を糊塗し始めたことだ。モスクワ三国外相会議の結果を歪曲しているのが端的な例といえる。

『東亜日報』は昨年一二月末からモスクワ三相会議を連日大きく報じている。米軍は完全独立を主張したがソ連が信託統治に固執したと。これこそ真実とは正反対の歪曲報道である。『東亜日報』のでたらめな歪曲報道で人民大衆の意識がふらついている。

その延長線上で韓民党と『東亜日報』が「信託か？　反託か？」として盲目的な愛国心を呼びかけて大衆の目をごまかそうとしている。その反面、われわれはというとモスクワ会議決案を通じ「三八度線を維持させるか？　統一朝鮮が良いか？」と世論を呼び起こすのに失敗してしまった。

このときとばかりに親日派は一歩踏み出し、巧妙にも自分たちこそ民族陣営であると自任している。呆れてしまうようなことが堂々と繰り広げられている。

おまけに米軍政はことあるごとに『解放日報』の言葉尻をとらえている。誰かが意図的に局面転換を計ろうと緻密な計画を練り、演出しているような気がする。

一九四六年二月八日　金曜日

ピョンヤンに北朝鮮臨時人民委員会が発足し、土地改革を行なった。数千年の間、支配階級が握っていた土地がとうとう人民の元に戻ってきた。しかし南側の情況を無視したまま、北側だけ独走しているのではと憂慮する。

一体この事態が朝鮮革命発展にどれほどの意味を持つのだろうか？　鄭泰植同志に聞くと、「君の眼目の鋭さはたいしたものだ」とはぐらかされてしまった。私の不満気な表情を察し少しの間を置き（話をしようかどうか迷っているような表情で）、実は先月末に北朝鮮臨時人民委員会の結成と関連して論争が起きていた事実を伝えてくれた。

金日成同志は「北朝鮮を民主基地にするためにも独自の改革が避けられないので人民委員会を結成しなければならない」と主張した。

この問題で呉淇燮《オキソプ》同志が「すぐにソ米共同委員会が開かれる」ので「臨時政府樹立後に論じ合う問題を言い争い、わざわざ南北間のごたつきを見せつける必要はない」と反論した。鄭達憲《チョンダロン》同志も「人民委員会樹立は国の分裂を生じさせる重要事案だけにソウル中央と協議して決めること」と強調した。しかしソ連の介入により、臨時人民委員会は発足し、土地改革は実施に至ったのだ。

南と北の同志たちが少しずつ距離を置きはじめているいらだちを押さえられない。なぜ金日成同志は呉淇燮同志や鄭達憲同志の妥当な反論に耳を傾けないのか。

一九四六年二月二四日　日曜日

朝鮮革命の前途はどうなるのか。党中央の権威がこれ以上北側に喰われていいものか。仮にこのままの状態でも革命は進んでいくのだろうか。こともあろうに南朝鮮でもこの事態に便乗し分派主義者が悪態をつき始めた。

もし仮に北側にソ連軍が介入せず朝鮮革命に干渉しなかったとしたら、金日成同志もソウルに来て朴憲永同志と力を合わせていたに違いない。

一九四六年三月二〇日　水曜日

ソ米共同委員会が開催された。この難しい時期、国と党の分裂をまぬがれる唯一の希望といえる。成功を願う。いや、成功するように党と人民が最善を尽くして情熱を注がなければならない。

一九四六年四月一三日　土曜日

八月に延禧大学に昇格する延禧専門学校から文学院哲学科の教授に迎えるとの誘いを受けた。白南《ペクナ》雲《ムン》先生［一八九四〜一九七九。全羅北道出身の社会経済史学者。越北後、科学院院長］に誰かが私のことを話したらしい。手紙には教授として働きながら学位を取ればよいと親切な助言も添えられていた。

私自身も驚いたことは革命戦線に身を置いている私が、その中に隠遁したいとの強烈な誘惑だった。父の長年の夢であったからかも知れない。

妻は表情こそ変えなかったがそれを望んでいる様子がありありとしていた。それなのに何も言わない麗麟がありがたかった。

だが……はっきりしている！

今は哲学を修業するときではない。哲学を実践するときだ。

一九四六年四月一九日　金曜日

延禧専門学校の話にどうしても未練が残る。麗麟にこれ以上黙っているのも不自然なので正直に打ち明けた。葛藤が激しいと。

　麗麟は懸命に考え込んでから言った。

「理解できるわ。あなたの気持ちを私がわからないと思っているの？　いいえ、もしかしたら私の方がその気になっているかもしれないわ。でも今は同志たちから一歩たりとも後ろに下がれないことは、あなたも私もよくわかっていることでしょう。あなた、学校に行ったら葛藤はもっと激しくなるわよ」

　物静かな声であったが力強く言い切った。妻は私より優れた人材であると再確認した。

「私にはあの人たちの考えが理解できないわ。みんなで幸せに暮らそうとするのになぜ、いやだと言うのかしら。民族を背信した親日派たちを清算しようとするのになぜ、それを反対するの。一体あの人たちは自分たちだけが良ければいいというの。許しを乞えばいいのに、親日から親米に衣替えして外勢にすり寄るあの人たちが恐ろしいわ。まさかあの人たちも資本主義がみんなに幸せをもたらすなんて思ってはいないでしょう？　資本が主人になる社会、お金が人を左右する社会を、あの人たちも理想社会と思ってはいないでしょう？　そうでしょう？」

　私の全霊が麗麟の眼力で吸い込まれそうに感じた。大きくうなずくと麗麟は続けた。

「だからなおさら許せないのよ。あの人たちがこの国の子どもたちまでをも支配することを、じっと見ていることはなおさらできませんわ。資本ではなく人間が主人になる社会、人民が中心になる社会を私たちが創らなければならないわ。私はあなたを一生懸命支えます」

　麗麟の手をしっかり握った。温かい手の上に麗麟の熱い眼差しが注がれた。香ばしい香りに全身が包まれた。

一九四六年四月二四日　水曜日

身重の麗麟の姿は聖女のようだ。麗麟がもとから持っていた清純な表情にふくよかな満足感が加わったせいだろう。麗麟と私の初作品、どんな顔をしているのだろうか。

一九四六年五月二日　木曜日

ソ米共同委員会が決裂の兆しを見せてきた。もしソ米共同委員会が決裂してしまったら？　革命の前途はどうなってしまうのか。大きな不安にさいなまれる。

一九四六年五月八日　水曜日

朴憲永同志がモスクワのスターリン同志に手紙を出したらしい。三龍兄さんから聞いた手紙の内容は項目ごと実に明快だ。

金日成同志が朝鮮共産党中央を無視し独自路線を歩んでいる点、南朝鮮の実情に合わない政策を一方的に主張し党を分裂させている点、北朝鮮のソ連軍指導部が党総責任者・朴憲永総書記を除け者にしている点、その結果、党の権威が地に落ち革命事業につまずきが生じている点などだ。

明快な論理である。私自身、常に感じていた問題であった。ただ、このような手紙をスターリンに送らなければならない朝鮮の現実が悲しい。

問題はその手紙がスターリンの元に届くかどうかにある。また、北朝鮮側がこの事実を知った際、葛藤がよりいっそう深まるのではないかという点だ。憂うつだ。

一九四六年五月一五日　水曜日

『解放日報』への侵奪が始まった。ソ米共同委員会が決裂すると米軍政が直接弾圧を加え始め、朝鮮革命は完全に新しい局面に入った。

今日、米軍捜査隊が朝鮮共産党本部や『解放日報』を発行する精版社に乱入して来た。彼らは偽造紙幣を探すと騒ぎ立てた後、まるでわが党と新聞が偽造紙幣を造っていたと言わんばかりに親日派言論機関を総動員して一大センセーションを繰り広げた。

一九四六年六月三日　月曜日

李承晩が全羅北道井邑《チョンウプ》で南朝鮮だけでも直ちに政府を建てねばならないと演説した。もうろくした年寄りの軽挙妄動だけだと片付けるには米軍の動向が怪しい。そして李承晩に口実を与えている北朝鮮分局の同志たちに憤りさえ感じる。

一九四六年七月二〇日　土曜日

夕方、三龍兄さんのところに立ち寄り話し込んでいると朴憲永先生が突然来られた。李鉉相、鄭泰植同志が朴先生に随行していた。三龍兄さんの表情に緊張が走った。

私が席を外そうとすると朴憲永先生がにっこりと微笑まれ、私はそのまま座った。

一同が席に着くと朴憲永先生は再びさびしく微笑みながら一人づつ見回された。長い沈黙の後、悲壮な面持ちで最近ソ連に行って来た話をされた。スターリン大元師と会ってきたが、ここだけの秘密にしてほしいとも言われた。

一同はいっそう緊張した。朴先生はスターリン同志が金日成同志の北朝鮮人民委員会の活動と南朝鮮革命家の革命闘争、両方を高く評価されたと言われた。

少し間をおき、先生はため息まじりで続けられた。

「どうやらソ連軍が金日成同志を積極的に後押ししているようだ。これから組織活動や宣伝活動など党活動の全分野で、少しでも金日成同志を刺激することは避けたほうがよさそうだ」

参席者一同ショックが大きすぎてしばし重苦しい沈黙が続いた。確認する必要などなかったが、われわれは皆「いったい誰が、勝手に朝鮮革命の最高指導者を決めたのか」という憤りを感じた。

皆を代表するかのように金三龍同志が重い口火を切った。

「私たちは賛成しかねます。朝鮮革命を推進する主体は私たち自身、朝鮮人民です。朝鮮人民のみ党の指導者を選出できると思います」

われわれの心情に共感を覚えられたのか、朴憲永先生は目をつむったまま何も語られなかった。閉じたまつ毛が少し揺らいでいるようで胸が詰まった。

一九四六年八月一四日　水曜日

麗麟と私が一心同体であるという証しとして元気な男の子が生まれた。解放記念一周年を迎える前夜！　運命の導きのように息子の将来に曙光が差すような予感がする。汗まみれの麗麟に頑張ったね、ありがとうと声を掛け、手をしっかり握りしめた。

麗麟が妊娠した時、私が見た夢が男の子だったので、私たちはすでに息子の名を決めていた。麗麟と一緒に子どもの名をそっと呼んでみた。

「ソドリ！」

まだ焦点が定まらないはずなのに黒い瞳は私たちをしっかり見ている。麗麟がソドリを見つめる表情はまるで天使のようだ。

ソドリ！　この言葉は家を建てるのに要となる垂木、梁、柱などの総称を意味する。朝鮮に共産主義という家を建てるのに息子が一翼を担えばとの願いが込められている。麗麟と私は強いて礎石になってほしいとまでは思わない。

一九四六年八月三〇日　金曜日

北朝鮮共産党と朝鮮新民党が統合し北朝鮮労働党が創設された。

分局を作った時から予見されたことだ。一国一党の原則は朝鮮で完全に壊れた。金日成同志を中心とした北朝鮮同志たちが同じ道を歩む同志というよりも、権力欲が強い政治家のように徐々に思えてくる。

一九四六年九月一三日　金曜日

鉄道局京城工場がストに突入した。米軍政の度重なる失政にとうとう労働階級が怒りを爆発させた。わが党は人民の志を支持し積極的に指導することにした。食料配給と解雇反対は生存権の基本ではないのか。

一九四六年九月二六日　木曜日

ゼネストに突入した。宣言書ではまず米の配給を要求し、次に民主主義運動指導者に対する指名手配と逮捕令の撤回、そして『解放日報』など停刊された新聞の復刊を要求した。

一九四六年九月三〇日　月曜日

米軍政と親日派たちが殺戮を始めた。警察とヤクザなど三、〇〇〇余名が竜山《ヨンサン》鉄道工場のスト本部に殴り込んだ。血なま臭い大乱闘の末、幹部一六人をはじめ組合員一、二〇〇余名が逮捕された。同志二名の尊い命も奪われた。これこそ人間の皮をかぶった獣の仕業といえる。だが、問題はこれが始まりに過ぎなかったという点だ。

一九四六年一〇月一二日　土曜日

人民抗争が熱く繰り広げられている南朝鮮に後髪を引かれながら、朴憲永先生に随行し三八度線を越えた。ボディーガード二人が同行したが、李鉉相同志は私が拳銃を持っていることを確認すると実弾を手渡した。そして「先生の身の安全を必ず守るように」と厳重に指示された。

一九四六年一〇月一三日　日曜日

ピョンヤンの空気は少し重苦しかった。金日成同志の影響力が大きかった。朴憲永先生が越北「北に行くこと」する時に覚悟はしていたがそれでも悩まされた。朝鮮共産党の最高指導者は一体誰なのか？　疑問がはてしなく広がる。

考え直そう。本当のところ、それがそんなに重要な問題か。重要なのは誰が指導者なのかというより党そのものが重要なのだ。

それなのに……いくら考え直しても何か引っかかる。なぜ、朴憲永ではなく金日成なのか！

一九四六年一〇月一五日　火曜日

北朝鮮労働党の党舎で北労党「北朝鮮労働党の略」指導部との会議が開かれた。長いあいだ待ちわびた出会いだ。金日成同志を初めて見た。

『解放日報』時代から写真で見かけたが、満州で抗日遊撃戦を繰り広げた革命家らしく壮健そうで迫力があった。しゃきっとした美男子だ。朴先生にとっても金日成は決してあなどれない。ひと言では言えないが、一見率直そうだがどこかひと筋縄ではいかない雰囲気がただよう。先入観がありすぎるのではないか。考え直そうと心がけた。

朴憲永先生は一〇月人民抗争を通しソ米共同委員会の再開をアメリカに強く要求し、抗争の成果如何では米軍政が北朝鮮人民委員会の形態である政権を認定せざるを得ないという要旨の報告をした。

しかし金日成同志をはじめとする北労党指導部はあまりにもひどすぎた。南朝鮮の急迫した情勢とはかけ離れたまま、朴先生の報告を観念的に批判するだけであった。具体的根拠や内容もないのに朴先生の路線を左傾路線、冒険主義と決めつけしきりに批判した。

実際彼らは南朝鮮の厳しい革命条件をどれだけ正確に把握し批判しているだろうか。

ああ！　彼らはまさしくピョンヤンでぬくぬくと革命を傍観しているだけなのだとの疑いの念を拭いきれない。

一九四六年一一月一〇日　日曜日

南北連席会議に参加する朴先生に随行した。予想通り金日成同志をはじめ北労党指導者たちは隙さえあれば朴先生を傷つけようと功撃的発言を繰り返した。そのせいであろう、北労党中間幹部まで朴先生を軽んじる態度がありありだ。にもかかわらず平静を装い権威をくずさない忍耐力に感嘆する。

記録をつけているときふと、会議場での照れくさい瞬間が浮かんだ。

朴憲永同志の報告内容をソウルに伝えるため、記者席でメモしている時だった。誰かに見られているような気がして見回すと若い女性と目が合った。情熱を帯びた黒い瞳は私の視線を避けようとせず直視続けた。典型的な北の女性と思った。今思うと顔もはっきりしないが、麗麟以外の女性に少しでも関心を持つなんて自分自身に失望する。

麗麟が恋しくてたまらない。生まれたばかりのソドリは元気に育っているだろうか。同志たちに麗麟も北に来られるように頼んだが、まだ便りがない。義理の父が韓独党［一九三〇年頃上海で結成。一九四〇年五月、金九を中心に改編された独立運動団体］の実力者であるので安心しているが、こちらの方が安全なはず。もしかしたらその義父がそれを許さないかもしれない。

一九四六年一一月一五日　金曜日

南北連席会議に参加する金三龍同志がピョンヤンに来た。三龍兄さんは朴憲永先生の指示を受けた合党事業の推進過程で一部のセクト主義的事業作風があったのを認めながら、朝鮮人民党と南朝鮮新民党を牽引する腕前を見せた。本当に誠実で優れた指導者であられる。朴先生がなぜ三龍兄さんをあれほど信頼しているのかわかるような気がした。

会議が終わった後、三龍兄さんは北労党の旧友から打ち明けられた話を伝えてくれた。ソ連軍政治司令部メクレル政治担当官が五月ごろ、酒に酔った勢いで金日成同志に自慢げに喋ったという。メクレルは「朴憲永同志は強情すぎてロマネンコ将軍の前でも自分の主張を変えようとしないからだめだ」と報告書にも書いたと語ったらしい。参席した同志たちの手前、金日成同志の表情もゆがんだらしい。

ソ連軍政治司令部のこのような報告書はスターリン同志の判断材料として大きく影響すると思われる。

一九四六年一一月一九日　火曜日

麗麟が来た！　息子ソドリも大きくなった。三カ月しかたっていないのに頬がむちむちして麗麟の顔より大きな感じだ。そしてにこにことよく笑う！

麗麟は三八度線を越えるまで実家の父が助けてくれたと言う。ソドリを目に入れても痛くないくらい可愛いがいながらも、二二日に誕生百日目のお祝いを父親なしにするわけにはいかないとピョンヤン行きを取り持ってくれたらしい。ありがたい義父を少しでも疑った自分を恥じた。

一九四六年一一月二四日　日曜日

ソウルで南朝鮮労働党が創党された。これにより南北両方で朝鮮共産党の旗は降ろすことになった。一年前、党を建て直したときこんなに早く旗を降ろすなんて想像さえしなかった。しかし本質的には南労党［南朝鮮労働党の略］が本筋であるという事実が重要だ。

一九二五年以来、朝鮮共産主義運動の正統性はこれより新しい大衆的政党に受け継がれる。

今後、新しい革命の道を行く同志たちの前途に待ち受ける試練を考えると、夜も眠れない。

一九四六年一二月二七日　金曜日

昨日、海州《ヘジュ》に来た。新年からここを拠点に南朝鮮革命事業を本格的に支援していく。朴憲永先生の住居も連絡所の横に準備した。何よりも南朝鮮人民大衆に朴先生がともに戦っているという一体感を与えなければならない。そのたびに朴先生の指導が南朝鮮に伝わらなければならない。麗麟もともに出版事業を手伝ってくれている。

一九四七年二月二二日　土曜日

北朝鮮人民委員会が出帆した。「臨時」という肩書きさえ付かない。北側と南側の情勢が少しずつ変わってきている。このように一方だけ進んでいって良いのだろうか。

一九四七年三月五日　水曜日

北労党・黄海道《ファンヘド》党が使っている第一印刷所を南労党も使わせてもらうことになった。それなのに黄海道党書記がわれわれにいちいち干渉し、偉そうな態度を取るので、皆を憤慨させている。

私もやはり彼が私たちを指導するように振る舞うのは納得できない。その必要性がどこにあるのか。

革命について猜疑心を抱いてしまう。人間にとって権力欲とはこれほど根深いものなのかと。

一九四七年三月一三日　木曜日

私が必要以上に南労党と北労党問題にこだわりすぎると麗麟が忠告した。最高指導者が誰になるのかと、朝鮮革命の成功のどっちが重要なのかと問い詰められた。名もなく革命に全生涯を捧げた人々がたくさんいるのに、あなたはあまりにも政治的に考えているようだという言葉にショックを受けた。

「朝鮮革命に一身を捧げればいいに、あなたはそれ以上何を望んでいるのですか？」

私が永遠に忘れてはいけない忠告であろう。妻がいとおしく思える。

一九四七年四月一五日　火曜日

麗麟と夢のような日々を送っている。私たちは新しい国を建てるまで二人目の子どもを作らないことで合意した。

一九四七年七月一九日　土曜日

ソウルで呂運亨先生が暗殺された。混乱している。かつて朴憲永同志の越北を反対した私のとてつもない間違いを実感すると同時に、想像するだけでも目まいがする。

一九四七年八月一二日　火曜日

事実上、ソ米共同委員会が霧散し、米軍政は待っていましたと言わんばかりに南労党に大々的な弾圧を加えてきた。南からの報告を総合すると、奴らは南労党中央本部を捜索し六月に創刊したばかりの『労力人民』を廃刊させ、党幹部を大量に検挙したというのだ。

第一次共同委員会が霧散した後、朝鮮共産党と『解放日報』を弾圧したやり方とまったく同じだ。われわれのあらゆる平和的努力にもかかわらず、事態はどんどん悪い方へ向かっていく。

今われわれは何をすべきか。はっきりしている。今現在、蒋介石軍と戦っている中国共産党がヒントを与えてくれている。しかし問題はわが国が分断されているという現実、そして南朝鮮を支配している米軍の存在にある。

一九四七年八月一三日　水曜日

ピョンヤンに北朝鮮中央博物館現代史室が開館されたと聞き、南朝鮮に紹介記事を書くため取材に行った。

驚いてしまった。金日成将軍の抗日武装闘争記録に終始していた。一九二五年以来、朝鮮国内で繰り広げられていた革命闘争に対する言及はまったくなかった。

慌ててしまった。南朝鮮で戦っている同志たちにどう伝えたらいいのか。

連絡所に戻って同志たちに伝えると皆興奮していた。

麗麟は押し黙って聞くだけであった。

一九四七年九月一日　月曜日

北労党第一印刷所を引き継ぐことになり、三・一印刷所と改名した。麗麟は南朝鮮に送る印刷物の校正を担当している。

どんな仕事を任せてもきっちりと完璧にこなす麗麟は実に頼もしい。「朴憲永書信」はいつも彼女が校正をしている。健康を損ねはしないか心配してしまうほど、一生懸命働く姿は、実に美しかった。日帝の制圧下、永登浦で働いている時も麗麟は手を抜くことはなかった。

昨晩、仕事中の麗麟を後ろからそっと抱きしめ頬を寄せた。疲れているみたいだから明日にしたらいいのにと言った。すると麗麟はそっと言った。

「私が今日の仕事をきっちりこなせば、それだけ朝鮮革命の完遂が近づくと思えて眠くならないわ。ソドリが大きくなる前に革命を成功させなければ。この子まで戦場に送りたくないもの」

心憎いセリフに目頭が熱くなり、流れる涙が口の中まで伝わる。みっともない私を見つめ麗麟は囁いた。

「涙もろいのも、いかがなものかしら」

窓から注がれる月の光を受けながら、二人は寄り添い幸せなときを過ごした。

一九四七年九月二〇日　土曜日

ピョンヤンから戻った朴憲永先生に酒を飲もうと誘われた。正直いって驚いた。いまだかつて朴先生が酒を飲む姿を拝見したことがなかったからだ。

何かあったのだろうか。南北間の葛藤のせいで辛くないですかと訊いてみた。やはり的中したようだ。塞がれた気分の中で、朴先生が大きな溜め息をつかれた。そして最近南から来た同志たちに失望してしまったと吐露された。そしてこれはすべて自分の不徳の至りと言われ酒をあおられた。

先生の涙目を見た瞬間、息が詰まりそうであった。孤独の表情とはああなのだろうか。今の先生の立場は、どの革命指導者より孤独なのだろうと思わずにいられない。

朴先生は現在の朝鮮での全琫準といえる。

一九四七年一〇月三日　金曜日

ピョンヤンと海州の間を往来し革命事業に没頭している。特に南朝鮮で革命事業を展開していく党幹部を養成する政治学校設立準備が忙しさに拍車をかけている。一昨日、ピョンヤンに金日成総合大学が開校されたので南朝鮮同志たちが対抗意識を燃やしているようだ。

これではいけないと思ったものの、どうする術もない。あけすけに南朝鮮同志を冷遇する一方で、金日成同志に対する過大な英雄化作業が行なわれている現実を否定できないからだ。

不安感にさいなまれながらも平常心を保とうと努めた。同じ道を行く革命家の間で起きるささいな見解の違いではないか。革命家といえども人間に変わりない。そう考えようと努めた。

朝鮮革命成功のあかつきには総合大学がひとつでは済まないだろう。ソウルであろうがどこになろうが朴憲永総合大学も建てればよいのだ。いや、そうではない。次世代の革命家を育てる学校に特定革命家の名をつけるのは共産主義者の道徳とはいえない。警戒しよう。彼らと同じような思考を。

一九四七年一〇月一〇日　金曜日

結局、われわれは江東郡勝湖《スンホ》面大成《テソン》里の大成炭鉱跡地を確保した。炭鉱労働者合宿所と食堂をそのまま利用する。

坑道の切羽《きりは》採掘場内の労働階級の汗が染み込んだこの場所に、労働階級解放を目指す革命の産室が設けられた。米帝と親日派により虐殺が繰り返される南朝鮮自体が朝鮮労働階級の「切羽」といえよう。

一九四七年一二月二四日　水曜日

南朝鮮で身を隠していた『労力人民』の趙斗元《チョドゥウォン》主筆同志が海州に無事到着され、印刷所でともに仕事することになった。趙同志から北朝鮮でピョンヤンを中心に金日成政府を建てようとしていることが、ソウルを中心に南朝鮮反動勢力を結集する口実になっていると聞かされた。心配事が現実の問題となってきた。残念である。

一九四八年二月八日　日曜日

昨日は、南朝鮮で労働階級を中心にした大々的な救国運動が行なわれた。全国一四カ所でストが決行され同盟休校が六〇カ所、警察署襲撃も二六件おきた。南朝鮮だけで単独政府を建てようとしている李承晩一派に対する怒りの爆発である。救国運動に立ち上がった労働者と知識人は、弾圧の嵐をかきわけ山にこもり遊撃戦を準備することになった。

南側の状況とは正反対に、北側は急速に国家としての形態を備えようとしている。今日公式に朝鮮人民軍の創設式が行われた。催庸健《チェヨンゴン》同志が総司令官になった。

人民の軍隊の誕生に喜んでばかりいられない。建国さえままならない状況で朝鮮人民軍創設を急ぐ必要があるのだろうか。まして北労党は昨年、金日成同志の要請により愛国歌まで制定した。まだ統一民族国家も樹立されていないのに愛国歌を作り、人民軍を創設するのは一体何を意味しているのか。

南北はもはや接点を探せないくらい距離を持ちだした。

それでだろうか、朴憲永同志はいつの間にか北労党に対して何も語らなくなった。朴憲永同志の思慮深い沈黙から学習するとしよう。

だが相変わらず疑問が空回りする。

「はたして沈黙を守るのが本当に革命家として最善の道であろうか？」

一九四八年三月一日　月曜日

心配していた通りハッジ中将は五月に南朝鮮で単独選挙を行うと発表した。米国と朝鮮人民の一大対決が避けられない局面に達した。激しい血の嵐が起きるだろうと思われる。

一九四八年四月三日　土曜日

済州島《チェジュド》で人民蜂起が起きた。単独傀儡政府をもくろむ李承晩徒党に対し人民の雷が落ち始めた。済州人民蜂起が全島に広がり、乾いた平原を燃え尽くす勢いだと聞いたが不安も隠せない。それは党が全面抗争をする前に自然発生的に怒りを爆発させた闘いといえるからだ。考え方によると大きな革命的損失といえる。

だが、どうしようもない。北労党と昨今の革命情勢を考えると、多少の誤差があろうと、すでに武装蜂起に決起した済州島が解放地区になれるよう最善を尽くすべきだ。

一九四八年五月一〇日　月曜日

とうとう親日派は南朝鮮だけで単独選挙を強行した。自分たちさえ良ければどのような国になっても構わない利己主義者たちの反民族的行為は、いつの日か奴らに厳しい審判を下すことになると確信する。

一九四八年七月二五日　日曜日

ソ連陸軍大学入学のために海州に寄ってからピョンヤンに向かった李鉉相同志がまた戻って来た。表情はなぜか暗かった。わけを聞いても答えてくれなかった。夜も更け麗麟が見繕った酒をしばらく酌み交わした後、重い口を開いた。

三〇名ばかりが集まり陸軍大学入学をめざし合宿訓練を始めると、北労党幹部部長李相朝《リサンジョ》同志が何人かを家に呼び酒席を設けた。酒が進むと誰が朝鮮人民の指導者かという話題になり微妙な葛藤が生じた。李相朝同志と金昌満同志は「現段階において政治的中心地はピョンヤンであり、金日成将軍が最高指導者だ」と主張した。これに対し李鉉相同志は金日成同志には朝鮮人民と離れ中国共産党に入党し闘った経歴しかないと強調した。李同志は更に一歩踏み込んで朝鮮共産党創党後の二五年間、国内で朝鮮人民とともに闘ってきた朴憲永同志こそ最高指導者であると力説すると、その場は大混乱となった。

このことが金日成同志をはじめとするピョンヤンにも知らされ、朴憲永先生も激怒されたという。そして李鉉相同志は自分のソ連陸軍大学入学も取り消されることになり、かえってせいせいしたと笑われた。

「真鮮トンム！　今度のことではっきりわかったことがあるよ」

けげんそうな表情の私を優しく見つめていた李鉉相同志は力を込めて言いきった。

「今は軍事留学など行っている時ではない。軍事活動をしなければ。ソ連ではなく南朝鮮に行くべきではないかね！　実践こそが社会主義者には最も優れた学校だとは思わないかい？」

朝鮮の歴史に詳しい李同志はその昔、元暁大師と義湘《ウイサン》大師［六五二〜七〇二。新羅における華厳宗の開祖］が、唐の国に求道したことにたとえられ、自分の選択が間違ってないと強調された。

李同志は私に南朝鮮で革命が達成されない限り、われわれ南朝鮮出身革命家の居場所はないのだと忠告し、これを肝に銘じるようにと何度も言った。

私は、一言一句おっしゃる通りだが、今は南北の同志たちが団結しなければならないと主張した。

麗麟が私の意見に感動しているようなので一段と声高に語った。

「まして北朝鮮に朴憲永同志が留まっている状況では、先生の微妙な立場を充分に考慮しなければなりません」
しまったと思った。しかし李鉉相同志は生意気な私の意見にすんなり同意してくれた。李同志は爽やかな笑顔で朴憲永同志をよろしく頼むと言われた。自分は智異山に行き人民遊撃隊を組織するとのことだ。日帝と戦うため準備したパルチザン闘争をやっと活動させる時が来たと語る彼には悲壮感が漂っていた。李同志から銃を受け取った時の智異山の松の香が懐かしく思い浮かぶ。

尊敬する李同志、彼のように謙虚で重厚な品性を私も見習いたい。

一九四八年八月二一日　土曜日

午前一〇時、海州市人民講堂において歴史的な南朝鮮人民代表者大会が開かれた。地下秘密選挙の結果選ばれた南朝鮮人民の代表一、〇八〇名が講堂を埋めつくした。

朴憲永同志は開会辞の後「南朝鮮人民代表者大会代表選挙に対する報告」をした。

済州人民蜂起の英雄・金達三《キムダルサム》同志の参席が紹介されると、彼は会場が割れんばかりの拍手喝采を受けた。

人民代表者たちは三時間も続いた朴同志の報告の途中で何度も「朴憲永同志万歳！」を叫び拍手を惜しまなかった。

一九四八年九月一日　水曜日

朴憲永先生からの指示で海州からピョンヤンに居住を移した。海州印刷所の仕事は最近南朝鮮から来た同志に引き継いだ。ピョンヤンのあちらこちらに金日成同志の肖像画がずいぶん増えていて驚いた。

一九四八年九月九日　木曜日

とうとう朝鮮民主主義人民共和国が樹立された。共和国の首都は「ソウル」。まだ「未完成」ということだ。

副首相兼外相に就任された朴憲永先生は私に、外務省の仕事をするように提案されたが丁重にお断わりした。言論事業に再びつきたいと伝えた。

考え直すように言われた朴先生に、できることなら私は新生朝鮮の舵取りとして文筆活動を一生の仕事にしたいし、願わくばマキシム・ゴーリキに次ぐ大作を残したいと告げると、それ以上すすめられなかった。

熱気を帯びた目元は残念そうであったが、何も言わず両手を力強く握っていただいた。

それでなくても朴先生は今回共和国樹立過程での南朝鮮同志に対する冷遇問題では金日成首相と葛藤が深まっているのだ。それでも私への細やかな配慮に深く感謝したい。

一九四八年九月一二日　日曜日

『労働新聞』南朝鮮部記者との発令を受ける。妻はピョンヤン女子高の教師になった。朴憲永同志のお陰である。彼の期待を裏切らないよう党と革命に最善を尽くそう。

一九四八年九月二〇日　月曜日

とうとう洪増植《ホンジュンシク》同志が問題を起こしてしまった。洪同志は内閣と最高人民会議幹部一同が集まった野遊会で酒に酔い我を失い、内閣人事に対する不満をぶちまけた。お互いに胸倉を掴みあう喧嘩沙汰になってしまった。

興奮しすぎて誰の意見も聞こうとしない洪同志の耳元で囁やいた。この責任は朴先生に行くのにどうするつもりなんだと。やっと彼は正気に戻った。焦ってしまう。

一九四八年一〇月一一日　月曜日

昨日の夜、藪から棒に麗水《リョス》と順天《スンチョン》で軍人たちが蜂起を起こしたとの知らせがきた。朴憲永同志はもちろん私も驚いてしまった。ことの経過を即刻報告するようにとの朴憲永同志の緊急指示が下った。

一九四八年一〇月一五日　金曜日

済州蜂起圧殺の出動命令が出されたことに反抗して、軍人たちは同族同士で争ったり殺し合えないと立ち上がったらしい。

現地で南労党細胞委員会が緊急会議を開き、金智会《キムジフェ》同志が「党中央委員会の指示なしにこのようなことをしでかすのは党規律違反であり極左冒険主義」と主張したが、激昂した党員たちの手で反対に身柄を拘束されてしまった。

順天を占領した後は光州も手に入れ、ソウルに進撃しようとするなんて、典型的冒険主義に他ならない。幸いにも金智会同志は解放され、何人かの同志を連れて智異山に組織的に退却したことになるが、人命の損失は免れたようだ。それよりも朴憲永同志や南労党で気がかりなのは、この事件により過去の二年間、李舟河《リジュハ》同志を中心に必死に育てた南朝鮮軍部内の組織がすべて露見されるのではないかという点である。

一九四八年一二月二六日　日曜日

ソ連軍が撤収した。問題は米軍にある。

一九四九年六月二四日　金曜日

南労党中央委員会と北労党中央委員会が連合会議を開いた。朝鮮労働党に統合されることに決まった。朝鮮共産党が朝鮮労働党に変わるまでになんと多くの葛藤が刻まれているのだろうか。その「理由」を証言する時が必ず来るだろう。南朝鮮解放のその日が来れば。

どうであれ朝鮮労働党の出帆は朝鮮共産主義運動の新しい船出だ。委員長には金日成首相、第一副委員長に朴憲永副首相、第二副委員長に許哥而《ホガイ》［一九〇〇～一九五三。モスクワのロモノソフ大学卒業。解放後帰国し副首相］同志が選ばれた。政治委員会にはソウル地下南労党の義兄である金三龍同志が選出された。

一九四九年六月二六日　日曜日

呂運亨に続き金九《キムグ》［一八七六～一九四九。独立運動家。一九四〇年、大韓民国上海臨時政府主席］も暗殺された。

李承晩の恐ろしさを、私はあまりにもあなどりすぎていた。

一九四九年八月一日　月曜日

中国共産党が満洲から蒋介石軍を完全に追い出した。中国革命に参与していた朝鮮人武装兵力が共和国に戻り始めた。第一次として方虎山《バンホサン》同志が引率する一二、〇〇〇名あまりが新しい義州に入り、朝鮮人民軍第六師団に再編された。朝鮮人民軍の兵力がより強力になっていく。

一九四九年八月一五日　月曜日

朴憲永同志の『八・一五解放四周年に際しての報告書』を謹んで聞いた。「朝鮮の統一が遅れれば遅れるほど南朝鮮の人命はどんどん失われていく恐れがあり、統一問題は党と人民の最も重要で緊急なる課題」という題目が印象深かった。

朝鮮全体を見ようとせず北朝鮮だけを念頭においている金日成同志に対する遠回りの批判である。南朝鮮解放闘争も六月の米軍撤収後、新しい局面に入っている。

一九四九年九月三〇日　金曜日

朴憲永先生が私たち夫婦を自宅に招いた。先月に秘書尹《ユン》レナ同志と再婚した先生は尹同志の手厚いもてなしのせいか以前にまして健康そうであった。

実に久しぶりの穏やかな時であった。朴先生は中国共産党があれほど強かった蒋介石軍を事実上壊滅させた事実にパワーをもらったようだ。同時に朴先生は朝鮮革命の客観的条件が中国と異なるにしても、あまりにも浮いている党の雰囲気がとても心配だと付け加えられた。

夕食の最中、朴鎮洪同志がひどく動転した様子で現れるやいなや慟哭されるではないか。たった今、南朝鮮の七時のラジオニュースで夫である金台俊《キムテジュン》同志の死刑執行が報道されたという。

朴先生も私も手にしていたスッカラ「さじ、スプーン」を置いた。これで朝鮮が生んだ天才、国文学の星は殺されてしまった。常に強靭な姿勢を崩さない朴鎮洪同志の嗚咽はいつまでも続いた。一体誰が彼女を深い悲しみから救えるというのか。

家路を辿りながら麗麟に朴鎮洪同志の数奇な運命を話した。日帝支配下で結婚した李載裕同志は獄死し、今度は再婚した金台俊同志を解放後の祖国で失ったのだ。

部屋の引出しから拳銃を出し妻と手を添え、南朝鮮革命のため命を捧げた革命家たちの冥福を祈った。必ず朝鮮を統一させる決意を込めて。まさにその時であった。よちよち歩きのソドリがもみじのような手を重ねたではないか。ソドリのふとしたしぐさに私と麗麟は驚いて目が合った。ソドリの純真な瞳が私たちを交互に見つめた。ああ、「永遠なる至福の瞬間」というのはきっとこのような時をいうのであろう。

朴先生宅を去るとき、先生に無用な記録はやめるようにと忠告を受けた。麗麟も心配げにそうすべきだと言った。

一九四九年一〇月一日　土曜日

中国革命が遂に成功した。毛沢東同志が中国天安門の壇上にて中華人民共和国の誕生を宣言した。ラジオから伝わる毛同志の声は力でみなぎっていた。麗麟も顔を上気させていた。実に羨ましかった。朝鮮民主主義人民共和国はいまだ未完である。しかし革命の成就はすぐそこまで来ている。ただ時間の問題だけだ。

退勤した麗麟と焼酒で乾杯した。中国革命の成功を祝い朝鮮革命の成功も確信し、二人の結婚記念日を祝った。新しい歴史のページを麗麟とソドリとともに綴っていこう。一瞬一瞬の生に情熱を燃やして。

編集者：この時から李真鮮の日記は韓国戦争［朝鮮戦争］が始まるまで途切れている。彼に日記をやめるように言った朴憲永と申麗麟の忠告に従ったのであろう。細かいことだが日記が再開された一九五〇年六月二八日付から李氏は曜日を書かなくなった。戦時中の切羽詰った状況での習慣になったのかと推測される。

一九五〇年六月二八日　正午

ソウル、ソウル、ソウルだ。たった今到着した。あらためて書きださずにはいられない待ちに待った感激の日だ。四年前に追い出されるように去ったソウルに今日、堂々と人民解放軍とともに『労働新聞』従軍記者として凱旋した。

一九五〇年六月二八日　夜

天をも恐れぬ重大事件が起きた。奴らが逃走のどさくさに紛れ、なんと金三龍同志と李観述同志を銃殺したのだ。不吉な予感が的中してしまった。三龍兄さんの屍《しかばね》にしがみついて慟哭した。愛する夫と兄を同時に亡くし嗚咽していた李順今同志はついに失神してしまった。日本帝国主義の支配下でも二人は仲むつまじく過ごし、革命同志としてどんなに深い愛を育んできたことか。

それだけではない。奴らはわが党員のみならず、たくさんの良心的知識人をも虐殺した。民族の明日を背負う若い人材が革命の渦の中にいつのまにか消えてしまった。何という大きな民族的損失だろうか。

それよりも朴先生が一番心配されるように、米軍がまた介入することにでもなったら革命は大きな壁にぶち当たるかも知れない。金日成首相同志は米軍の再介入はないと確信しているらしい。首相同志の判断を信じよう。

一九五〇年六月二九日　朝

鄭泰植同志と再会した。鄭同志は張澤相《チャンテクサン》の娘である党員が手を回しやっと助け出すことができた。ソウル市臨時人民委員会の庁舎入口で久しぶりにあった鄭同志は開口一番に、なぜ朴憲永同志ではなく李承燁《リスンヨップ》同志が全権を行使しているのかと聞いてきた。

それは私も正直言って理解できない。ソウル市民には朴憲永同志と李承燁同志では知名度においても比べものにならないはずなのに、党はかたくなに朴憲永同志をピョンヤンから出そうとはしなかった。しかし今それを論じている場合ではない。

昨晩遅く義父宅を訪ねたが、韓独党国会議員である義父はもちろんのこと家族の誰一人いなかった。家政婦のおばさんが一人で屋敷を守っていた。封建的に扱き使って来たご主人一家を大切な人たちだと心底思っているおばさんである。うすあばたで純朴そうな彼女にはこの私もご主人のように思えるのか、丁重に出迎えてくれた。ささくれた手で私の手を握り、今まで大変ご苦労様でした、もう解放ですねと。

とり急いで義父家族の近況を尋ねた。

涙ぐんでいたおばさんはピクッと身をかため、私の問いに答えもしないで逆に「お嬢さん」の安否を聞いてきた。元気だと伝えると、「奥様がお嬢さんの身を案じながら息を引き取られた」と言い泣き出した。

タバコに火をつけた。感慨にふける。私に優しかった義母に婿として何もしてあげられなかった自責の念にかられた。麗麟にどうやってこの事実を伝えたらいいものかと動転してしまう。

それに解放された後の義父の運命について考えてしまう。大地主であり、韓独党議員である彼を私は守れるであろうか？

一九五〇年六月二九日　夜

中国革命で赫々たる武勲を立てた戦士たちが主力部隊になったソウル攻撃は予想通り順調に行われた。しかし春川《チュンチョン》と洪川《ホンチョン》方面に進撃した第二師団と第七師団が予想外に苦戦して作戦上大きな誤算が生じた。これにより漢江大橋を爆破して逃走した敵の主力部隊をせん滅出来なかった。そのうえ第二師団の兵力損失が予想より大きそうでそっちも心配だ。

一九五〇年七月一日

鄭泰植同志のもとに昔の同志たちが集まりだし『解放日報』復刊に向け動き出した。しかし南朝鮮の党事業全権を握った李承燁同志が『労働新聞』出身者を主筆に任命した。鄭同志はたいそう委縮した表情である。

結局、春川と洪川を占領した第二軍団と歩調を合わせるはずの人民軍がソウルで貴重な三日間を浪費し再び進撃した。鄭同志に頑張りましょうと慰労した後、再び戦線に戻った。鄭同志には解放された暁には必ず『解放日報』に戻ると約束した。

一九五〇年七月四日

作戦失敗の責任を問われ、第二軍団指揮部が大幅に交代された。軍団長には高名な中国八路軍歩兵団長出身である武亭《ムジョン》将軍［一九〇四〜一九五一。八路軍朝鮮義勇軍司令官として抗日戦を行う］が就任した。第二師団と第七師団長も交代した。第七師団は師団名も第一二師団に変わった。はじめから武亭将軍に任せておけばよかったのにと惜しい気がしてならない。

一九五〇年七月一二日

空が崩れ落ちてくる。ひび割れた空がとめどなく頭上に落ちて来ているみたいだ。三龍兄さんを埋葬したとき頭をかすめた不吉な予感が的中してしまった。

人民軍が忠州を解放した時にやっとその事実を知った。私が北側に渡った後、父は捕まりそのショックで母はその年に亡くなったことを。そして……獄中の父は後退する韓国軍に銃殺されたということだ。

南労党の同志に教えてもらい、やっとの思いで母の墓を探し父も一緒に埋めた。

心に誓った。このとんでもない親不孝の許しをえる道はただひとつだ。革命の成就以外ない。親日分子たちに対する敵愾心が容赦なく頭をもたげる。一人息子の私だけを信じ生きて来られた両親に恩返しどころか生命を奪うという罪づくりな親不孝者になってしまった。涙がとめどなく流れる。

一九五〇年八月五日

人民の軍隊が勝ち進んで行く。米軍でさえ中国革命の過程で鍛錬された人民軍の戦闘力に手を焼いている。これ以上の米軍介入がなければ私たちの解放は目前に迫っていると断言できる。朝鮮革命は遂に完成するのか。感動さえ覚える。

砲煙の途絶えた洛東江《ラクトンガン》［慶尚南北道を流れる五二四キロの川］の川辺で見上げる夜空に星が輝いている。まるで解放の日を祝福しているように。大きな悲しみが続いたからか。若い時に秋の夜空にかかる落山寺で見た弱々しい星の輝きとは違った。ひときわ壮厳で希望に満ちた星群が素晴らしい。

一九五〇年八月二五日

智異山李鉉相同志が率いる遊撃隊が居昌《コチャン》の米軍司令部を襲撃した戦果が報告された。一〇〇数名の敵を殺した。洛東江の向こう側で英雄的に戦う李鉉相同志と南労党戦士たちの姿が目に浮かぶようだ。李同志と再会する時が待ちどおしい。銃のかわりに筆を持つことにした私自身が羨ましいと思うぐらい、智異山遊撃隊の米軍司令部攻撃はとてつもない興奮を呼びおこす。まったくその通りだ。この雄大なる朝鮮革命の前で傍観している場合じゃない。私の筆もやはり敵を倒す武器にならなければならない。私には党の機関紙があるではないか。李鉉相遊撃隊の戦果を丁重に記事とした。

一九五〇年九月一〇日

あまりにも多くの友が洛東江で倒れていく。米帝の爆撃で倒れた友の悲鳴で私も狂いそうだ。空と地上で怒り狂ったように止めどなく火を噴く米帝の砲弾は朝鮮人民の大事な若者の生命をむやみに奪っていく。爆弾はすでに息絶えた革命戦士たちの崇高な屍さえ吹き飛ばす。川のように流れる鮮血を目にして私は身の毛もよだつ思いがした。破片が刺さり苦痛に耐えられずあっちこっちでうめく悲鳴を聞いて髪が逆立つ思いだ。

祖国解放の星と散るたくさんの若い花。革命が完遂されるその時、彼らの英雄的闘いを証言者として必ず本にしよう。

一九五〇年九月二〇日

青天の霹靂である。一五日、米帝が仁川《インチョン》に上陸した。奇襲により不意をつかれたのだ。急いで仁川に戻る途上で出会った人民軍兵士たちの動揺を隠し切れない表情に接し当惑する。米帝の力を私たちはあまりにも過少評価したのではなかろうか。

爆撃を避けるのが忙しい日々だ。行く先々で爆撃にあい若い戦士が倒れて行く。

私も死を意識し恐怖心を抱く。麗麟とソドリに会いたい。

解放戦争が始まった朝、ピョンヤンの自宅を出るときソドリが言ったひと言が胸に迫る。長い間、留守をするから母さんの話しをよく聞いて元気でいるようにと言うと、ソドリは目を輝かせひと言づつしっかりと答えた。

「お父さんがどこに行くか僕知っているよ」

心配そうな麗麟を見つめ私は微笑んだ。

「そうかい？　ソドリは賢いなあ。父さんはどこに行くのかな？」

「革命をしに行くのでしょう？」

もう一度麗麟と目を合わす。

「お前は革命って何だかわかるのか?」

「当たり前だよ。ちゃんと知っているよ」

ソドリの清らかな目つきは真剣そのものであった。

「みんなで幸せに暮らせる美しい家を建てることだよ。違うの?」

愛らしい声であった。胸が熱くなった。麗麟の鼻柱が赤くなった。大きな目は感動にあふれていた。ソドリのぽちゃぽちゃとした頬を両手で包んで訊いた。

「誰から教えてもらったの?」

誇らしげに思い訊いてみると、その答えは更に感動的であった。

「ふん、そんなこと自分で考えられるよ」

いつの間にソドリは成長したのだろう。私と麗麟の会話を注意深く聞いていたのだろう。そうだ。私たちにはかわいいソドリがいる。革命をここで終わらせてなるものか!

米帝が再び侵略してきた以上、何の妥協も許されない。われわれが屈服し、また植民地になるのか、米帝を追い出し、南朝鮮を解放させるか、ふたつのうちひとつだけだ。

ソドリのためにも全力を尽くし、たとえ生命を失うことになっても戦い続けよう。ソドリの世代に二度と植民地祖国の頚木《くびき》を与えるわけにはいかない。

解放された祖国を与えよう、「美しい家」を建てよう。

編集者:日記はこれより翌年九月まで再び中断される。推測するに、党機関紙従軍記者として李真鮮氏は切羽詰る「革命戦争」状況で情熱的に報道活動を行い、私的な記録を綴る余裕がなかったようだ。

一九五一年九月一五日

九月四日に西南部戦線取材中、腹部に爆弾の破片が刺さった。気を失い倒れた後、目覚めたら海州野戦病院にいた。気がついたとたん下腹部から横腹をえぐられるような激痛を感じた。誰かが横で恐ろしい悲鳴を上げた。なんと麻酔もなしに手術台に上がった若い中国人兵士の腿から白い蛆虫が続々とわいているのが見えた。目をそらし固く閉じた。すると被爆の瞬間が浮かんだ。

記事の構成を終え、席を立った時であった。「伏せろ!」という叫び声が聞こえたかと思うと耳をつんざくような爆音が炸裂し、私の体が何かに弾け、吹っ飛ぶように感じた。鼻を突く爆薬の臭いがしたことと、腰が砕けそうな激痛が走ったことと、思い出せるのはそれだけであった。ああ、忘れられない。あれほど残酷な瞬間は一生忘れないだろう。血で染まった下腹から何かが続々とはみ出てくる。血まみれのその上から生ぬるい湯気がもくもくとたっている。なんと腸ではないか!

死の恐怖におののいた。麗麟とソドリの顔が走馬灯のようによぎった。腸を腹の中に必死に押しこみながら助けてくれ、助けてくれと泣き叫んだ。誰かが近づく気配を感じながら気を失った。

それから目が覚めるまで一週間もかかった。戦争の真っ最中だからだろうか。窓の外に見える満月の光が映す花瓶の影を見ていると、とうとう涙を流してしまった。

一九五一年九月一六日

病室の外でカササギが騒がしく鳴いていたからだろうか。

夕方、軍医が来て病院の事情で長期入院が無理なので帰宅するようにと命じられた。幸いにも腹部以外のけがはたいしたことはなかった。腸をだいぶ切り取ったが、そのくらいは問題ないからと説明された。君は運が良かったと肩をポンと叩かれた。

考えてもいなかったので、家に帰れると思うだけで胸がわくわくした。麗麟は達者だろうか、当たり前だ。天使のような人なのだ。そして、愛する息子ソドリはずいぶん大きくなっただろう。六月には戦線が膠着し休戦協定の会談が始まったが、一層激しさを増す米軍の爆撃がどうもひっかかる。最近、爆撃シーンの夢をよく見る。不吉な想像はやめよう。そんなはずはない。

一九五一年一一月一八日

私自身生きている心地がしない。私が正気の沙汰でいられるのが信じられない。一九五一年九月一九日。私は死ぬまでこの日を忘れることはないであろう。

その日、廃墟となりつつあるピョンヤンに到着し妻子の安否を心配したが、奇跡のように残っているわが家を見ると不吉な予感も嘘のように吹っ飛んだ。それだけではない。窓から一層優しさが増したように見えた麗麟がソドリと本を見ながら話し合っている風景が目に入った。その瞬間、こみ上げる感動で私は足を止めた。ああ、この瞬間が永遠に続きますようにと祈る。

胸いっぱいの幸せをかみしめ玄関の門を開けて入った。驚いた麗麟が目にいっぱい涙を浮かべ、何も言えず微笑んだ。私もただ涙ぐむことしかできなかった。ああ、そこでにこにこしながら叫んだソドリのひと言。

「わあ、父さんだ。母さん、父さんが帰ってきたよ！」

ひしと抱き合おうとしたその時、無情な空襲サイレンが悪魔の雄叫びのように鳴り響いた。ソドリを抱き上げた妻を急がせ、私は報道手帳などがぎっしり詰まったカバンをとりあえず机の下に隠し外に飛び出した。むこうの路地で待っていた妻が早く来いと手招きした。その瞬間であった。

爆弾が麗麟を直撃した。愛する麗麟とソドリがなんと私の目の前で吹っ飛んでしまった。

ああ、これ以上の呪わしい体験をする者がこの世にいるだろうか。形もとどめないぐらいに散った妻子の体を探し集めた。私は失神してしまった。

麗麟とソドリを埋めながら血の涙を流した。墓に落ちる赤い涙に誓う。私の命ある限り、地獄まで追いかけても、米帝国主義者を撲滅してやると。

党に筆を置き、銃を手にして戦いたいと訴えた。しかし、党は戦時中の執筆活動がどれだけ重要かもっと冷静に考え、取り乱さないようにと諭された。革命戦争で勝利することこそ愛する妻子の敵を討つことになると党は強調した。

編集者：この日付のページの所々に赤褐色ににじんだ、しみのような跡が見られた。李真鮮氏の涙の跡であろう。

一九五一年一二月二〇日

急に党中央から召還された。明日の朝、党組織部に出頭せよとのことだ。いったい何の用なのかと考えると一向に眠れない。

あの時から押しつぶされそうな悲しみをやっとの思いで耐えているのに、党内では政争が起きているという噂を耳にした。昨年、ソ連大使館で行われた一〇月革命記念の宴会席上で、朴憲永同志と金日成同志が戦争責任問題で言い争ったと南労党の同志が話していた。彼はおそらくその時、金日成同志が朴憲永同志に決定的な危機感を持ったはずだと付け加えた。

耳を疑ってしまう。戦争中だというのに内紛とは話しにならない。聞かなかったことにしようと努めた。それなのに藪から棒に党は私を呼び出すのか？

一九五一年一二月二一日

極度に緊張し出向いたが、党は私にモスクワ留学の話を持ちかけた。当然のごとく私は即刻拒否した。

「祖国解放戦争の真っ最中に祖国を離れるなんて私にはできません。米帝国主義者に父も母も、そして妻と息子まで殺されたのですよ！」

断固として言った。

党組織副部長の白仁秀《ペクインス》同志が不思議そうに私を見た。上司であるということからか。私と年格好は変わらないはずなのに高級幹部くささがぷんぷん臭った。北労党同志たちの典型的な態度といえる事務的な、ひと言づつ切り込むような、かん高い声で言い切った。まるでそれこそ共産主義者が取るべき姿勢であるかのように。

「党はトンムが負傷するまで、一日も休まず前線で記事を書き続けたことをとても評価している。だからわれわれも李トンムをモスクワに送るのは惜しいような気もする。しかし君の留学決定には朴憲永同志の強い推薦があったのだ。君は知らなかったのか？」

内心驚いてしまった。朴憲永先生が？　強硬に？　なぜ？　何が何だかわからなくなった。まして白同志ははっきりと「党」と「われわれ」といいながら党副委員長である朴憲永同志を除外しているような言い回しだ。事実初耳であったので知らなかったと答え、推薦理由を聞いた。

「朴憲永同志は李真鮮トンムが優秀な哲学的頭脳を持っていると口が酸っぱくなるほど褒め称えたよ。是非モスクワに留学させなければと頑として主張したわけさ」

組織副部長はそれがまるで不快でたまらないというような表情であった。

私はそういうことならば朴憲永副首相に私の意思を伝えると答えた。

押し黙まった組織副部長はまじまじと私を見つめ眼光鋭く少し声を高めた。

「李真鮮トンム！　南朝鮮から来た人たちはどうして何から何まで朴憲永同志にひそひそと相談して決めるのかね？」

「それは違います。副部長同志が先に朴憲永同志の話を持ち出してきたのではないですか！」

すぐさま、怒りに体が震えた。お互いに睨み合い険悪な空気が流れた。彼はサッと顔色を正し冗談っぽく言った。

「は、は、は、冗談を真に受け顔色まで変えるなよ」

ひと呼吸おいてから、私にもう一度鋭い視線を投げながら話を続けた。

「留学を断る君の革命精神を高く評価するよ。しかし、思想事業も重要な革命の一つなのだ。戦争が終れば共和国には様々な部門で優れた人材が必要とされるのだ。すでに党の決定事項であるから、党の命令に従いなさい。すでに君の切符まで準備してある。人事決定書を持って行きたまえ」

中央党舎を出る心境は錯綜としていた。朴憲永先生に相談したかったが組織副部長の雰囲気からして会わない方がいいように思えた。

一九五二年一月二日

モスクワ留学出発のため、家を出ようとした時であった。軍服姿の朴憲永同志が急に現れた。

「李同志！　今日出発だろう。顔色が良くないなあ。ちょうど用事があってこの辺まで来たついでに別れの挨拶に寄った」

朴憲永先生はいつもとは違い初めて会った時のように私を「同志」と呼んだ。朴憲永先生との思いがけない再会に感激し、何も言えずどうしたらよいかわからなかった。朴先生は私を軽く抱擁し、耳元で言われた。

「黙って聞くだけにしなさい。もう会えないかも知れない。君は私が頼りにしている若い革命家だ。

必ず共和国で生き伸びなさい。南朝鮮解放はまだ先の話だ。肝に銘じなさい。朝鮮革命が世界史に貢献するためには必ず独自の革命思想を持たなければならない。君が帰国する時まで私が生きていられるかわからないが信じているよ。君が、いや、李真鮮同志が必ず朝鮮革命の明日を導く思想的武器を持って帰るとね。何も言うな。お願いだから必ず生き残るのだぞ。それだけが私の希望であり、申麗麟同志とソドリ同志の願いでもあるのだよ」

顔も見ないうちに先生はさっさと行ってしまった。去り際に見かけた先生の目に一瞬であったが涙が浮かんでいるようであった。

感無量であった。囁くようではあったがひと言ひと言が耳元で力強くこだまして響いた。

二度と会えないかも知れないという言葉、そして何かに追われているように去って行くうしろ姿、それでいて私を否応なしにモスクワに送り、朝鮮革命の思想的武器を持つようにと頼む瞬間などが胸の奥に迫って来る。

特に最後に言われた「申麗麟同志とソドリ同志」という表現は心を震わせた。その通りだ。私の永遠なる同志に違いない。私の中で輝き続ける星。私が突き進まなければならない革命の嵐の中、北極星のような光を照らし続ける同志。申麗麟とソドリ。私の胸は真っ赤に染まっていた。

一九五二年一月八日

昼夜もなく汽車を走らせても終りなき平原と森がどこまでも続く。ソ連はまさに祝福の地といえる。巨大な月の暈《かさ》を描いたようなシベリアの雪景色を見ていると麗麟とソドリの顔が浮かび枕をぬらした。目の周りがただれてしまうほどに。やっと眠りについても麗麟とソドリが爆撃に襲われ体が引き裂かれる悪夢、いや、夢ではない現実が再現される。祖国では忘れていた傷口が再び体中でうずくようだ。

私ひとり生き残り何をしようとしているのか。何度も自問してみる。

一九五二年一月一七日

モスクワ。世界革命の首都に着き四日が過ぎた。一三日にモスクワに到着した後の四日間、革命遺跡地を見学した。

赤の広場に安置されたレーニン廟を参拝し朝鮮革命と世界革命について考えてみた。世界革命の父レーニンは静かに横たわっていた。たくさんの世界革命家の胸に灯をともしながら。

眠っているようなレーニンの前で再び麗麟とソドリの冥福を祈った。涙が溢れ頬に伝わる。

結婚式の日に麗麟と誓った革命公約を繰り返す。

「すべての人類がひとつになるその日のためにわれわれの生涯、われわれの命を捧げます」

胸に熱いものが込み上げてくる。忘れまい。誰よりも愛する革命同志二人を米帝国主義者に奪われたことを。今この瞬間にも米帝との戦いで散る革命戦士たちの冥福を祈り長めに合掌し、レーニン同志を見つめた。

廟から出ると赤の広場には牡丹雪が降っていた。赤の広場とクレムリン宮殿一帯がまばゆいばかりの銀世界に変わっていた。

立派な建築物のひとつひとつに労働階級の偉大な潜在能力が歴然としていた。特にスターリン同志が意欲的に建てたモスクワ市内に点在する七階建ての建物には目を見張った。モスクワ大学もそのひとつといえる。四方を平原に囲まれたモスクワで唯一の丘であるレーニン丘に位置している。雄大な大学校舎の前で私の新しい世界が広がり、その新しい文明に朝鮮も力強く同参している喜びを感じている。問題は同時進行中の朝鮮革命戦争をどのように帰結させるかという点にある。とりあえず長い目で見よう。米帝を過小評価し困難にぶつかっているが、それは時間の問題で勝利の女神はわれわれの方に微笑むであろう。多少不吉な兆候があるが、朝鮮革命の前途を思想分野で照らせよとの朴先生の指示を心にしっかり刻もう。

一九五二年三月一〇日

モスクワ総合大学哲学研究院に入学した。とりあえずロシア語から勉強しなければ。特記すべきはモスクワ朝鮮人留学生委員長である。歓迎大会に現れたのは驚いたことに、黄長燁ではないか。久しぶりなので彼も驚いたようだ。黄トンムは日本の中央大学時分より気品があるように見えた。

再会。それもモスクワで。喜びもひとしおであった。別れ際、彼は金日成首相の弟・金英柱《キムヨンジュ》同志が少し前までここで留学していたと言い、手紙になるが紹介すると言った。彼にしたら相当な好意――おそらく可能な限り最大なるものといえよう――だろうが、私にはきまり悪かった。強いて必要ないと言うと、彼は納得できない表情を見せた。

一九五二年三月三〇日

大学内の食堂で食事をとるたびに、郷愁に浸る。特に並んで食事をする男女学生たちを見ると羨ましさを通り越して美しいとさえ思う。それだからいつも心に誓う。忘れてはいけない。私が今ここでこのように安価で栄養たっぷりの食事ができるのもソ連人民の労働によるものであり、そして何よりも現在、祖国解放戦争の最前線で戦っている同志たちの加護によるものだ。

食事を終え講義室に向かう道でもう一度自分に言い聞かせる。世界各国から集った美しい友とともに、共産主義が世界中を支配するその日まで、人類がひとつになるその日まで朝鮮共産主義者として最善を尽くそう。

一九五二年四月八日

大学構内の白樺林の中、雪道を行く黄長燁トンムと朴承玉《パクスンオク》トンムの姿が見えた。美しい。麗麟の姿が目に浮かぶ。あれほどモスクワに憧れていたのに。涙が溢れ白樺に顔を寄せ、しばらくすすり泣いてしまった。

これではいけない。私的な情は無用だ。麗麟のためにも、ソドリのためにも！

今までの幸せで充分じゃないか。私はあの時、麗麟とソドリと一緒に死んだ人間だ。私に個人的な幸せを求めるなんて道徳的にも許されない。私に残された道は決して孤独ではない。革命があるじゃないか。まして今は戦時中で同志も友も戦っている。私も哲学を闘うつもりで学ばなければ。感傷に浸る暇などない。雑念を振り払い朝鮮革命の科学的路線を打ち立てるために最善を尽くそう。

一九五二年九月一九日

モスクワ総合大学哲学講義室で知り合ったクルプスカヤからダーチャにある別荘に招待された。彼女は党高級幹部の娘らしい。社会主義・ソ連の高級幹部の別荘を見学したいと好奇心が生じた。モスクワからバスで一時間ぐらいのところにあったダーチャは想像以上の絶景であった。クルプスカヤは両親がいると言っていたが不在だった。彼女はどこに行ったのか知らないと惚けていたが、明らかに嘘をついている。

大木が茂った林の中、清らかな小川が流れている。静かな水面にはアヒルが浮かんでいた。別荘の二階から眺める景色は素晴らしかった。

「ここに来ると自然に筆を走らせそうな気がするなあ」

ふと発した言葉にクルプスカヤは瞳を輝かせた。

「いつでもいらっしゃってそうしなさい」

まずい雰囲気になってしまった。彼女が意味ありげにもたれかかって来たので交わすように移動し、学業の話をした。この美しい女性を傷つけず一定の距離を置くにはどうすればいいかと考える。

一九五二年一〇月三日

クルプスカヤとの関係が悩みの種になってきた。姓がレーニン夫人と同じなので初対面のとき好意的に接したのがまずかったらしい。仲良くすればロシア語上達にもなると思ったのも事実だ。

前回ダーチャに遊びに行った後、クルプスカヤはより積極的になった。清純でありながらほのぼのとした雰囲気を備えた典型的なスラブ女性である。二一歳にしてはふくよかな胸と温かい心になぜかしら惹かれ、多少癒されたい気持ちがあったかもしれない。これから花咲く年頃のクルプスカヤとこれ以上、だらだらと付き合うと彼女を傷つけてしまう。今日、心に決めクルプスカヤにきっぱりと言った。

「私にはやらなければならない仕事が山ほどある」

清い瞳が一瞬に曇るのを見て私の胸も痛んだ。だが、これで良かったのだ。世の中に彼女のような温かい女性の存在を知っただけで満足だ。ソ連の労働階級の中に彼女にふさわしい立派な若者がいるはずだ。ああ、なんと人類は美しいのだろう。

一九五二年一〇月一三日

クルプスカヤとの仲を勘ぐって留学同僚が冗談交じりで意見した。

「おまえ、たいした奴だなあ。彼女の父親が誰だか知っているのか？ あの人の婿になるだけで朝鮮に帰っても皆が一目置くようになるぞ」

普段ならばそんな浅はかな言葉を気にもかけない私であった。しかし、今日は違った。彼が赤面するぐらいはっきりと言い放った。

「君は党を何だと思って、そんな馬鹿なことを言っているのだ？」

本心であった。必要以上にソ連を美化する傾向が多かった。自力で思想を備え、自力で革命をしようとする意気込みが北側出身者にはどうも足りないように思えて不可解だ。いや、ここでも北側を色眼鏡で論じようとする私の思考自体が問題なのだ。

何よりも私自身の傲慢と偏見から抜け出さなければならない。

一九五二年一一月五日

まるで絵画の世界を想わせるクルプスカヤの別荘を時々思い出す。そのたびに、頭の隅でもやもやとし、消えない疑惑がある。すべての人民にあのような別荘が与えられているわけではないのだ。これでいいのか。クルプスカヤの父は共産党高級幹部だという。世界革命の最前衛に立っている立場ではないのか。皆が平等に良い暮らしができるまで、耐乏生活とまで言わないが慎ましい生活をすべきではないのか。やはり私はいつか誰かに言われた通り、あまりにも分別がない理想主義者だろうか。

一九五二年一二月二〇日

私の足元をひっくり返すようなニュースが、祖国から伝わった。

黄長燁トンムが寄宿舎の私の部屋に来て、一五日に開かれた党中央委員会第五次全員会議について、あたりに気を遣い伝えてくれた。黄トンムは参考になればと金日成首相の報告書を置いていった。その報告書を読みながら、はっきり言ってぶるぶると震えた。怒り半分、恐怖半分というか。

金日成首相の報告書は大半が「宗派主義者」に対する批判であった。

「党の路線と党中央をうわべでは支持し裏では裏切り、口では賛成を唱えながら頭では違う夢を見て、顔を合わせると義理堅いふりをし、後ろを向くと舌を出し悪さをする」

引き続き金日成同志の批判は一層辛らつになる。

「あらゆる革命的党の経験がいう通り、仮に宗派主義者を放置したままでいるなら、最終的には敵の回し者に転落してしまうことを忘れてはならない。また一部の党員の中には党の路線や組織ではなく、特定の一個人を信じ拠りどころとする傾向があるが、これは結局のところ個人英雄主義者に利用されてしまう」

間違いない。首相同志の報告書は南朝鮮出身同志たちに照準を合わせている。そして個人英雄主義に対する批判は、朴憲永同志に狙いを定めていることは、火を見るより明らかである。

革命戦争の真っ只中、前線では同志たちが命がけで戦っているというのに、合党以来最大の内紛が起きているとは、痛感きわまりない。

今にして思えば、南労党と北労党が合党した時、いや朝鮮共産党北朝鮮分局が創られた時から今日の出来事が予見されていた。しかし間違いなく朴憲永先生は朝鮮共産党創設の初期から自分に対する崇拝に対して厳格であった。徹底して防いできた。個人英雄主義でいうなら金日成首相の方ではないか。

今問題なのは誰がという点ではない。更に深刻なのは首相同志の演説の中の「回し者」云々という指摘だ。ひょっとしてこれは同志たちの生命まで脅かすことになる。報告書を手渡してくれた黄トンムが私のことを心配していたわけがやっとわかった。彼もこの事態を憂慮しているに違いない。

一九五二年一二月二九日

チェコスロバキア共産党内で、とうとう悲劇が起きてしまった。さる四八年九月、チェコ共産党に統合されたスロバキア共産党のスランスキー書記長を含む一一名の高級党幹部が、この秋一斉に逮捕された。この事件の衝撃は大きかったが、誰もが彼らの生存を信じて疑わなかった。それなのに何ということか。一一名全員に死刑が執行された。宣告ではなく「執行」だ。罪名はチトー主義とスパイ行為だ。生涯を捧げた革命途上で同志の手により、背信者として処刑されてしまった彼らの運命はむごすぎる。

心が凍りそうだ。まるで南朝鮮労働党の運命を予告しているようで。

一九五二年一二月三一日

悩みは尽きないが、党を信じてみようと思う。今の時代の真理がなんたるかを探知している朝鮮労働党を徹底的に信じることが共産主義者としての義務ではないか。

無駄な年月を費やし、古くさい社会でしみ込んだ猜疑心をあっさり捨てることにした。自信をもって新年を迎えよう！　少なくともこの瞬間まで一点も悔いることなく、革命の道を突き進んで来たのではないか。

一九五三年二月一日

一月の『プラウダ』に載った記事で極寒のモスクワが凍り付いてしまった。『プラウダ』は一面に「医学系教授たちで構成された破廉恥なスパイと暗殺者たち」という記事を載せた。記事は彼らを「人民の中に紛れ込んだ目に見えない敵」と断言した。続いて公安警察はスターリン同志の暗殺を企てた医師らのテロ集団を摘発した。

だが問題は彼らを単なる医師とだけ見ていないという点にある。当局はユダヤ人反乱軍の背後に「他の人たち」との表現を使っていた。ソ連共産党員ならば誰もが、いつ公安警察の手が自分に及ぶか予断の許されない恐怖を抱いている。

昨年一年間だけでも二五名のユダヤ人作家や知識人が「シオニストと帝国主義者のスパイ」として銃殺された。

スターリン同志を理解することはどうも難しい。ほとんどのソ連人民がスターリン同志を偉大なる指導者としながら、少なからぬ人が今回の事件で本当に彼らがスパイなのかどうか疑問を持っているようだ。登山用斧で殺されたトロッキーのことが脳裏から離れない。

祖国でいま起きている様々なことも似たようなことではなかろうか。不安を打ち消せない。

一九五三年二月二日

合点がいかないことが、戦況下の祖国で現実に起きている。万が一でも叶えられればと思う儚い希望さえ虚しく崩れていく。まさかと思うことが人を殺すとはよく言ったものだ。

朝鮮民主主義人民共和国の国家転覆陰謀及びスパイ罪嫌疑という、実に恐ろしい罪名でほとんどの南労党同志たちが逮捕された。

幸いにもと言っていいのか、朴憲永同志は除外されていた。しかし時間の問題だろう。

朴憲永先生はこうなることを察していたのではなかろうか。私にあれだけ強くソ連行きを勧めた理由がいまにしてやっとわかってきた。最後に語られた話が痛ましくよみがえる。「二度と会えないかも知れない」という言葉に託された朴先生の悲壮感が恐ろしいくらい実感できる。ましてあれほど強調されたではないか。私を「信頼している革命家」だと。

それに私にどんなことがあっても必ず共和国で生き残るようにと言われた。朝鮮革命が南朝鮮の解放をもって達成し、世界史に貢献するためには、必ず独自の革命思想を持たなければならないので、あれほど頼まれたのだ。私が帰った時、生きているかどうかわからないと言われた言葉の持つ意味を深刻に受け止めなかった私の馬鹿さ加減が無性に腹立たしい。

やはり党を信じるしかない。

朴憲永同志、南労党同志たちが自己批判を甘んじて受けるかどうかはさておき、彼らを米帝のスパイだという主張が間違いであることなど、三歳児にもわかることではないか。いま、この瞬間も智異山で孤立無援の闘いをしている李鉉相同志が無性に懐かしい。

一九五三年三月六日

衝撃が走る。朝から信じられないニュースが繰り返されている。

「レーニンにもっとも近い同僚であられ、彼の継承者であられ、ソ連共産党と人民の賢明な指導者且つ教師としてわれわれとともに闘ってこられたジョセフ・ビサリオノビッチ・スターリン同志の心臓の拍動が止まった」

葬送曲が一日中流され国中に鳴り響いた。モスクワの民衆は泣き崩れている。

一九五三年三月九日

レーニンの亡骸の横にスターリンを安置する国葬が営まれた。全国津々浦々から人々がスターリンへの最後のお別れをしようと、モスクワへ押し寄せて来る。その数が多すぎて将棋倒しで数百人も亡くなった。

作家ミハイル・ショーロホフの哀悼の辞を記す。

「さようなら、偉大なる父よ！　突然孤児になり残されたこの悲しみをどのように消せましょうか！」

一九五三年三月一〇日

マレンコフ同志が党第一書記兼閣僚会議議長に選出された。はたしてマレンコフ同志がスターリン同志のように世界革命の最高指導者としてふさわしいかと考えてみる。

その結果、余計に頭を抱え込んでしまう。スターリン同志の死去により南労党同志たちはもちろん、朴憲永先生の名誉回復を願う最後の希望さえ消えてしまうのではないのか。仮に一体誰が、共和国の金日成首相を牽制できるというのか。モスクワの人民がスターリン同志を哀悼し、泣き濡れている中で私はまったく違う理由ですすり泣いている。

一九五三年四月一四日

スターリン同志が去った後、祖国の休戦協議は急展開している。そんな中でも一三日には、米軍が再びピョンヤン市と清津市に無差別爆撃をしたことを報道で知った。

髪の毛が逆立つようだ。米帝に対する憎悪が湧き上がる。奴らは五一年六月以降二年余りの間、絶え間なく爆弾を落としている。いわゆる焦土化作戦の名で狂ったように爆撃を投下するわけは、戦後の朝鮮を再起不能にする魂胆に違いない。

そして第二次世界大戦後、有り余った軍需産業物資を消費してしまおうとする資本家らの狡猾な意図が愛する祖国の山河を血で染めている。

ああ！　何人もの麗麟とソドリが息絶えていっただろうか。いや、これから先、数えられないほどの麗麟とソドリが死んでいくに違いない。たとえ休戦協定が結ばれたとしても、朝鮮人民に対する米帝の野蛮な無差別爆撃を決して忘れることはない。

いまモスクワ時間で一五日の明け方三時。ピョンヤンはすでに朝を迎えていよう。全く眠りにつけない。麗麟とソドリの無残な最期が生々しく再現される。胸が張り裂けそうだ。ウォッカをひっかけ酒の力で眠ってしまおう。

革命家の澄んだ眼

二〇〇〇年八月一六日午前。ソウルに戻る飛行機の中で私は年がいもなく浮かれ気分でいた。大特ダネを釣り上げた喜びで舞い上がっていたのだろう。重要な個所を抜粋し新聞に連載すれば読者の反応もすばやいだろうと確信していた。

維新体制［一九七二年一〇月に朴正熙大統領は永久執権を企て、非常戒厳令を宣布し、国会を解散。その後「維新憲法」を公布］の下、一九七八年の新聞社入社以来、記者としての毎日は恥ずかしい失敗や後悔の連続であった。記事もたくさん書いたが何ひとつとして満足できるものはなかった。その歳月を「一発」で挽回できる特ダネになりうると、ほくそえむ浅薄な自己満足に過ぎなかったのかも知れない。

編集者として読者の皆さんには礼儀に反するむだ口になると思うが、敢えて所感を記したい。実際のところ、彼の記録に立ち入らないことが編集者としての美徳であると充分わかっている。読者の皆さんが李真鮮の生涯を静かに紐解《ひもと》こうとしているのを妨げるつもりは微塵もない。しかし、険しい山頂を目指すとき適当な場所で息を整え休む余裕がいる、というのは生活の知恵だと思う。もしかしたらそれは、一知識人の秘められた六〇年の生涯を余すことなく垣間見る、読者としての当然の美徳かも知れない。

もしも、李真鮮自身の肉声により興味がある読者は、私的なことを伝える「編集者のむだ口」を飛ばしても一向に構わない。

大特ダネをものにしたという舞い上がった気持ちは、帰国翌日から彼の日記をひと文字、ひと文字書き写す過程で一気に萎えていった。新聞で彼の日記の内容を掻い摘んで連載すれば、彼が言わんとする真実がきちんと伝わらない可能性が高く、適切ではないと思えたからではない。李真鮮、彼の人生の持つ重さがずっしりと迫って来たからだ。

李真鮮は祖国の南北両方でジャーナリストとして活躍された大先輩だ。まして彼を知るにつれ、心の深いところに封印してきたある人に対する懐かしさが深く身にしみてきた。

一九五〇年春、忠清北道永東《ヨンドン》で暮らしていた一人の若者の顔は純朴な農民そのものだ。セピア色の白黒写真に残る父は、解放直後「永東のモスクワ」と呼ばれ、雪渓里《ソルゲリ》で親日地主に立ち向かう南労党党員として働いた。一九四九年の晩秋、父は村のマドンナであった娘と婚礼を挙げたが、新婚二日目には組織が摘発された。警察の追跡から逃れるため新妻を残し山へ入った。

翌年、戦争が勃発し、父の仲間たちは「肩章」輝かしい人民軍の軍服を着て鼻高々で故郷に錦を飾った。しかし父の姿はなかった。そして若妻は父の仲間から「あなたの夫は前年の春、珉周之山《ミンジュジサン》［小白山脈にある標高一、二四二メートルの山］で警察討伐隊に虐殺された」という悲報に接する。そんな衝撃の中、私は八カ月足らずの未熟児として戦争の地に生を受けた。

たった一枚だけの結婚記念写真の中で何の感情もなく会っていた父が、母に貧しさと寂しさだけの人生を強いたという理由で恨んできたのだが、李真鮮という人物と出会い痛恨の思いが迫ってきた。

いつだったか母がささやくように話してくれた父は、学校に通えなかったが、誰よりも物知りであったという。父が典型的な民衆タイプであるのに対し、李真鮮は当代の知識人として、日帝時代からパルチザン活動をして来た朝鮮共産党の中核党員だったという点では全く違う。

しかし、李氏の文を通じ父が革命の道で夢見た美しい世界が描かれるにつけ、息子の誕生すら知らされずに三〇前の若さで心ならずも息を引き取った父の若かりし顔が涙で滲んできた。胸の奥深くに残されたしこりのせいであろうか。私の生活も落ち着き親孝行の真似事でもしようと思った一九八〇年の春、母は癌で亡くなった。母の生前になぜ両親のラブストーリーと、一生涯貞節を守り通した父への愛を聞くことができなかったのか。後悔だけが押し寄せてきた。李真鮮の記録をノートパソコンに写していると、どこからか母の溜め息が聞こえてくるようで、底知れぬ淵に体が沈んで行くような錯覚を覚えるのもそのせいだろう。

これまで読者の皆さんは、一九三八年には一八歳だった朝鮮の一人の知識人が三三歳に至るまでの一五年間を彼が残した肉筆で知ることになった。

ご承知の通り李真鮮の日記は誰かに読まそうとして書かれていないので、読者としてはことの成り行きで気になる項目が省略されたりして歯がゆい思いもされただろう。しかし編集者としてはどうしようもない。

日記が日々の記録とするならば、厳密にはこの記録を日記とはいえない。しかしそれにはいろいろわけがあったと思う。

何よりも、革命の道を選んだ若者として日々の生活を記録するのには困難が多かったと思える。自ら日記で明らかにしているように、日本帝国主義の暴圧体制下で、文字で記録を残すということは危険で無謀に近かった。なぜなら、その記録により自分が捕まる証拠になることはもちろん、組織に致命的な損傷を与える刃に転ずる危険があったからだ。

実際に彼は朴憲永と金三龍の二人から記録の中断を言われた。しかし彼は記録を断念しなかった。「……自制せざるを得ない。もとより同志の名を絶対明記してはいけないとは、私は考えも及ばなかった。いつまで書き続けるかわからないが、この原則だけは肝に銘じよう。徹底的に自制しながら私自身と向かい合う時、生の区切りをつけるたびに、短く整理しておこう」という決意（一九三九年六月二日）がそれだった。

読者にはおわかりかと思うが、李真鮮が日記を書き続けることにはそれなりにわけがあり、あたかも運命のように彼の人生を支配して行く。

それはそれで頷けるのだが、若い頃の記録には大部分、後から加筆された跡が見受けられる。一〇代から二〇代における日記のほとんどが文章というより単語の羅列であった。ある題目ではまったく新しく書き直した痕跡すら残っている。

読者の皆さんは一九八〇年のある日の日記で知ることになるが、李真鮮は自ら読み直した後、時間を見ては若い頃の日記を書き直したようだ。たとえば元の日記には朴憲永はもちろん、李鉉相、金三龍、鄭泰植の名前が記号で処理されていた。アンダーラインを引き羅列された隠語を文章に書き替えたり、あるいは新たに文章を追加したりした様子から察して、彼が六〇代になって若かりし日々をふり返り、敢えて書けなかった題目を書き足したようにも見える。

それでなくても胡麻粒のように細かい文字の上に、重なるように書かれた崩し字は読みづらくて虫眼鏡でやっと読めたくらいだ。彼がなぜ加筆をし、修正をしたのかわからない。それでも李真鮮の記録であるというのは厳然たる事実だ。

李真鮮が日々の出来事を書けなかったもうひとつの理由は、若い革命家として日記を記す時間すら惜しむくらい活動に情熱を燃やしていたからだろうと思える。実際に李氏は永登浦工場で働いていた二年間、全く記録を残してない。気になるところだ。

それでも李氏は自分の人生で大きな意味があると思い当たる日は忘れず記録に残した。彼がいかに自分の生き方を大事にし、自分自身に誠実であったかを物語っている。だからこそ、彼の顔はどうだったのかとても気になる。残念なことに一枚の写真すら残っていないから、読者は勝手に想像するしかない。

実際のところ、彼の人生を彼の独白だけで垣間見ること自体、李真鮮という人間を理解するには限界がある。本来、日記とは一人の人間が自分にとって重要だと思う事柄を記録するものだが、同時に自分の一番弱い内面と向かい合える素直な告白ともいえよう。彼の記録にもやはり自分が挫けそうになった時、立ち直ろうとの決意を込めた吐露が随所で見られる。

記録から推測すると彼は気が弱く顔面蒼白の平凡なインテリだったと思える。だが彼は幼い時から義兄の金三龍から学び、彼を通じ朴憲永、李鉉相という希代の「英雄」から深い影響を受けた革命家だった。革命家としての彼の熾烈な活動については読者諸君の想像力にお任せしよう。

ここまで読まれた皆さんには様々な新しい発見が出来るのではなかろうか。何よりも衝撃的なのは、あの解放空間［一九四五年八月の解放から三八度線を境に南と北にそれぞれ政権が樹立された一九四八年八月、九月までの左右両派対立の期間］において、一人の知識人が堂々と朝鮮共産党に入党し活動した姿ではなかろうか。

事実、編集者として、李氏の手帳をここまで読み進むにつれ、はたしてこのまま出版してもいいのかとの一抹の不安を覚えたことを告白せざるを得ない。ましてこの地は国をあげて反共ラッパを吹き鳴らし、やたらと思想検証の刃を振りかざす冷戦の孤島ではないか。

しかし誰にでも一人の人間として必死に生き抜いた真実があり、その生き様をそれなりに尊重すべきだと思う。解放空間において朝鮮共産党が組織の規模から見ても第一党であったことは厳然たる歴史的事実だ。多くの知識人と民衆は朝鮮共産党に入り、親日民族反逆者を処断し、真の民族国家を建設するため「愛も、名前も残さず」戦ったことは当代の歴史的真実だ。

だからこそ、私は若き革命家李真鮮の切ない話にこれほど強く魅了されるのだ。あの頃、米軍政が実施した世論調査でも当時の一般大衆が圧倒的に支持した政治体制は社会主義だった。

一九四六年八月、米軍政庁世論局が全国八、四五三名を対象に行った世論調査で支持する理念に関する設問結果がその生々しい証拠だ。資本主義は一四％に過ぎなかった。七七％が社会主義または共産主義だった。一九四七年七月、朝鮮新聞記者会がソウル市民二、四九五名を対象に行った世論調査でも結果は似たものだった。国号を問う設問でも「大韓民国」は二四％に過ぎなかった。ソウル市民の七〇％は「朝鮮人民共和国」を選んだ。

もうひとつの事実として、日帝時代末期は「暗黒時代」と呼ばれたが、それが歴史的事実とは異なるという点だ。もちろん、当時の植民地朝鮮の有志といえるような「指導層人士たち」がいわゆる「創氏改名」に合流し親日派に転じたのは事実だ。しかしそれはあくまでも「民族指導者」次元の話である。

朝鮮民衆の闘争は国の内外で熾烈に燃え上がっていた。中国東北地方の満州と、延安では頻繁に武装闘争が起き、朝鮮でも社会主義革命家たちが地下に潜り、日本帝国主義者の検挙網に追われながらも労働運動と農民運動を活発に展開していた。

解放直後に短い期間にもかかわらず朝鮮共産党が第一党として登場し、進歩的な新聞が言論界をリードしていった土台はここにあった。だが解放空間が歴史的破局を迎えたように、時代の主流にあって輝いていた李真鮮の生き様も無残に踏みつけられたことをここに確認できる。

彼に「朝鮮美の最後の女性」として美しく寄り添った申麗麟と一粒種の幼いソドリは、米軍のピョンヤン爆撃で凄惨な最期を迎えることになる。反日民族独立運動に一身を捧げた若い革命家親子の純潔な夢は、その身体とともに粉々に砕かれてしまった。

編集者としてはこの日記の記述を読みながら、李真鮮がこの先どのように立ち直り、人生を歩んで行くのだろうかと心配になった。泣きっ面に蜂というか、彼が革命の師と仰いだ朴憲永と李鉉相の運命も風前の灯火になっていた。

一九三八年から一九五三年に至るわが国の近・現代史において、もっとも大きい歴史的意味を持つその時空間で、若き革命家の美しき夢が木っ端微塵になってしまった。彼の悲しい運命は戦争後、朝鮮民主主義人民共和国でどのように繋がるのだろうか。李真鮮が残した命の片鱗を読み続けることにしよう。

偉大なる愛

一九五三年七月二七日

ラジオで休戦の知らせを聞いた。モスクワ放送は朝鮮戦争が三年もの年月を費やし壮絶に戦われたが、南北境界線は戦争前の三八度線とほぼ同じ位置に決まり、原点に戻ったと論評した。

胸が痛んだ。米帝の侵略から祖国を死守したことで「勝利」を自負する以外には何も得られなかった。反面、犠牲がどれほど大きかったことか。共和国の多くの経済施設が破壊された。それよりも何と多くの優秀な人材を失ってしまったことか。南北朝鮮の全域で先進労働階級のほとんどが革命戦争の嵐の中に若き純潔を捧げ散っていった。このことが南北それぞれにどのような影を投げかけるのかと思うと、あまりにも悔しい。

ああ、なによりもこの戦争は、私が愛する人たちを奪ってしまった。父は銃殺され、妻子は爆殺された。三龍兄さんと李観述同志も銃殺され、ほとんどの南労党同志が血みどろになり戦場で息を引き取った。

朝鮮の山河は血の海と化したが、結局、革命戦争はその目的を果たせなかった。われわれが流した血の雨がまだ足りないというのか。このすべてが米帝国主義のせいだと考えると、はらわたが煮え繰り返る。それなのに、その戦いを生き抜いた同志までもが「スパイ」容疑で命を脅かされている。朴憲永先生ですら例外ではない。何が何だかわからなくなる。革命戦争前はあれほど確信に満ちた世界だったのに、こんなに不信感を抱いてしまうのはなぜだろう。

留学で私の思想性が弱まったのか。革命の熱い風が過ぎ去った大地の持つ虚しさのせいなのか。

一九五三年七月二九日

留学生委員会が昨日ピョンヤンで「祖国解放戦争勝利慶祝ピョンヤン市群衆大会」が開かれたと伝えた。解放戦争の勝利を祝い群衆大会を組織した党の意図がわからないわけではない。だが、どうして人民の前でもう少し正直になれないのか。朝鮮革命の完全勝利は米帝の介入で達成できなかったが、アメリカの侵略に対する防御は成功したとするほうが正しいのではないか。なぜ人民の前で正直になれないのか。

不安だ。党の路線と私の考えがずれはじめている兆候ではないか。結果論かもしれないが、実のところ朝鮮戦争は全面戦争への転換が不適切な時期に冒険的に起きてしまったと思われる。智異山や五《オ》臺山《デサン》［太白山脈にある標高一、五六三メートルの山］など、南朝鮮のあらゆるところで朝鮮人民遊撃隊の遊撃戦が過酷な弾圧を受け萎えて行き、南労党の地下組織さえも大部分壊れてしまった状況では、全面戦争への革命的発展を望むこと自体無理だ。

金日成同志は朴憲永同志が南労党同志たちの決起が必ずあると誇張し騒ぎ立てたとし、失敗の責任の矢を南労党同志たちに向けている。しかし最も重大な判断ミスは、老獪な米帝を相手に戦わなければならない事態になりうるということを、まったく想定していなかったところにあるのではないか。最小限の対策すら備えてなかったと思える。

党の権威が人民たちの中で急落して行く厳しい現実の最中、誰かが責任を取らなければならなかった。党の最高幹部の責任が、まったく関係ない朴憲永同志と南労党同志たちの頭上に重くのしかかってしまったようだ。朝鮮労働党の祭壇へ祀られる贖罪の羊となり。

一九五三年八月五日

三日から李承燁同志ら南労党同志たちに対するスパイ事件の公判が始まったらしい。体中の血が逆流するようなめまいを覚える。私もおそらく党に召還されることになるだろう。激しい不安が押し寄せてくる。なぜこんなに揺れ動いているのだろうか。朴憲永同志がすぐにでも無罪放免されるだろうと信じていたはずなのに、それが自分自身を欺く気休めに過ぎないと気付く。今ここでじっとしていて良いのだろうか。
祖国に帰り、彼らがスパイではないことを断固として証言すべきではないか。必ず生き残れと言われた朴憲永同志の言葉をどう受け止めるべきなのだろう。眠れぬ夜が続き頭を抱える。

一九五三年九月一日

金日成首相同志がソ連を訪問するためピョンヤンを出発したとの放送を聞いた。金日成同志と留学生たちの交流会も予定され、休戦後の党の路線を肉声で聞ける絶好の機会になるだろう。待ちどおしい。機会があれば朴憲永同志について質問してみたいが、差支えないだろうか。心が騒ぐ。

一九五三年九月二日

他の留学生と金日成首相同志を迎える準備作業をしていると、突然に党から帰国命令を受けた。大使館で召還命令を受けた時は軽いショックを感じ不安だった。
だが今はむしろせいせいした気分だ。そうだ。党を信じなければならない。それこそ共産主義者が執るべき姿勢だ。私が党と人民の前で天に誓い、一点の恥ずかしさもなければ堂々と召還に応じようではないか。何も隠す必要はない。党が望むなら、この手帳を差し出し、ありのままを見せよう。私の真実を隠さず党の要求に応えよう。
急いで荷物をまとめねば。今までの記録を一枚もなくさないように！　真正面から裸のままで臨もう。たとえ党の審判が何であろうとも共産主義者らしく！　党のために！　潔く受け入れよう。

一九五三年九月七日

朝八時。モスクワを発つ汽車に体を委ねた。複雑な心境であった。汽笛が鳴った瞬間、恥ずかしいことだがクルプスカヤを思い出した。いつもほのかな好意を感じていたからか。

やおら汽車が発車しモスクワ駅ホームを離れていくと、柱の影でこちらを見つめるロシア人女性の姿が目に入った。あっ、クルプスカヤだ！　あわてて立ち上がり窓を開けた。必死に顔を出し彼女を見つめた。紅潮した頬に一筋の涙が流れていた。最後の姿を忘れまいと静かに手を振った。クルプスカヤもそっと手を振った。彼女の姿が視野から消えてもしばらく手を下ろさずにいた。どのくらい過ぎてからだろう。どっと疲れが出てシートに座り込んでしまった。

そう、これは愛なんかじゃない。それにしてもなんとかわいらしい女性だったか。もう……、忘れてしまわねばならない思い出なのだ。

一九五三年九月一二日

この一週間、汽車は革命の地、ソ連を横切り走り続けた。去年の一月は世界革命の首都に行けるという期待感でわくわくした思いだった。この二〇カ月あまり、私は何を学んだのだろうか。スターリン同志をはじめとするソ連共産党の現実を目の当たりにしたことが、大きな収穫になったのではないのか。そうとは限らない。盲目的にソ連共産党を称賛している時ではない。わが党はソ連共産党の長所は生かし、短所は止揚せねばならない。

モスクワからウラジオストックへと汽車は力強く疾走した。行けども行けども終わりのない森林と平野を眺めているとたくさんの想いが浮かんできた。陽が昇る東方に位置するわが祖国、朝鮮。だが、その朝鮮で私を待ち受ける運命について考えると心がかき乱される。

なぜこんなことになってしまったのだろうか。朴憲永先生をはじめ地下組織で活動した同志たちとソウルに朝鮮共産党を再建した時には想像すらしなかった。これが「歴史の姦計《かんけい》」であるならば問いたい。いったい何のつもりだ！

一九五三年九月一四日

帰国の途中、祖国の山河がどれくらい廃墟と化しているか心配した。豆満江《トゥマンガン》〔中国、ロシアとの国境地帯を流れる全長五四八キロの川〕を渡り朝鮮の地に入ると戦争の傷跡が想像以上に深刻だと実感した。夕刻に到着したピョンヤンも完全に廃虚になったままで、あっちこっちに土窟だけが目に付いた。夜になっても建設作業に励む労働者の姿に胸が熱くなり涙が溢れた。

九時が過ぎようとしていたが、党舎の明かりは煌々《こうこう》と輝いていた。緊張しながら帰国申告を済ませた。頬がこけた、見知らぬ顔の同志が事務を担当していた。申告書を提出すると書類ケースから私の資料を見つけ口を開いた。

「白仁秀同志がいらした時に出発したのだね？　モスクワ大学での成績は優秀だと評価されているね。白同志も君についてかなり良い報告を残しているよ。彼は党の重要任務を受け移動されたよ。親しい仲なのかい？」

そんなことはないと答えた。実のところ彼がなぜ良い評価をしたのか理解に苦しむ。いずれにせよ事務担当の彼は初印象より優しい、気立ての良い人だった。机に仰々しい職名を置かないことからして素朴な感じだ。彼は現在共和国で、米帝のスパイ、李承燁の「共和国転覆陰謀事件」との関連で、南から越北してきた人たちの思想検討作業が行われていると簡略に説明してくれた。それでいて私に、君はどう思うかとは敢えて聞かなかった。

私をくまなく観察しながら、今すぐ『労働新聞』に復帰するのは難しいし、どういう仕事に就きたいかと聞いてきた。私は党が命ずるところならどこでも構わないと答えた。優等生ぶるつもりはなかったし本心だった。もう一度聞かれたので、あくまでも党の命令に従うが、希望としては『労働新聞』でなくても構わないが、新聞を通じて人民大衆の事業に続けて従事したいと言った。

彼は了承し、しばらく滞在する宿舎を決めてくれた。この一週間以内に職場の配置先が決まるはずだと付け加えた。宿舎は党舎から近かった。ともかく、組織副部長の雰囲気を見る限りひと安心した。疲労がどっと押し寄せてきた。

一九五三年九月一五日

朝、真っ先に妻と息子が永眠する墓を訪れた。もうすぐ二回忌。しかし私にはあの瞬間から時は止まってしまった。墓前に立つと嗚咽が込み上げてくる。日が暮れるまで墓石にしがみつき、声を押し殺し泣いた。

ピョンヤンへの帰り道は麗麟がいないせいだろうか。まるで見知らぬ土地だ。米軍の爆撃があらゆる思い出を消し去ってしまった。麗麟と私が暮らした家はもちろん、まともな家が一軒も残っていなかった。焼け野原だ。

不安だ。私が朴憲永同志の側近だったことは党も知っているはずなのになぜ、思想検討をしないのか。しかしこの疑問は夜遅く再会した『労働新聞』時代からの友人である金仁哲《キムインチョル》トンムの話を聞いてやっと解けた。朴憲永同志が私をモスクワに留学させようとあんなに勧めても、自分は行きたくないと党に意見し、解放戦争前に南北労働党間で葛藤が生じた時も、私が南労党側の肩を持たなかったという二つの事実が党の評価を得る決め手になったらしい。なんとも気が滅入る説明だった。

金トンムに朴憲永同志の所在をさりげなく聞いてみた。彼はまわりに誰もいないのを確認し耳元で囁いた。気持ちは充分理解できるけど自分も知らないし、敢えて知ろうとするなと釘を刺された。いつも無表情な彼があんなに血相を変えたことを思い出すと今でも身体が震えてしまう。

一九五三年九月二五日

党は私にチャンスを与えてくれた。党の深い配慮があらためてありがたい。『民主青年』の共産主義教養部の記者として働くことになった。『民主青年』は一九四六年一月一七日に結成された北朝鮮民主青年同盟が、祖国解放戦争の間に南朝鮮民青と統合した朝鮮民主青年同盟の機関紙だ。満一四歳から三〇歳までのすべての青年が加入している。

革命歴史教養部、青年生活部、経済活動報道部、学生部、群衆文化部、写真部、地方通信部、それに共産主義教養部に分かれている。おそらくモスクワ大学に留学し、哲学を学んだ私の経歴を見て共産主義教養部への発令が出たようだ。

共産主義教養を報道する傍ら、モスクワではたせなかった社会主義思想の研究に没頭してみたい。

一九五三年一〇月一日

『民主青年』初出勤の日。奇しくも麗麟との結婚記念日でもあるこの日、呪われた運命のいたずらというか再び悲報に接した。李鉉相同志が智異山ピッチョム谷にて戦死した！

彼の死をめぐって『民主青年』編集局内でも意見が割れた。息が詰まった。言いたかったが、ぐっとこらえた。押しつぶれそうな悲しみをやっとの思いで我慢した。誰もいない屋上で、悠々とした流れの大同江を眺めながら号泣した。

いつも優しいあの笑顔。解放直前、智異山にて遊撃戦に備えながら穏やかに懶翁僧侶の詩を詠んだ李鉉相同志の清らかな表情が目に浮かぶ。まさに詩の通りだった。

彼は蒼い空と青い山の教え通り、誇り高き生涯を生きた。「欲も脱ぎ捨て、怒りも脱ぎ捨て、水のように風のように生きて逝くがいい」と。

同志の瞳いっぱいに広がっていた青い山と蒼空は今も変わらないというのに彼はもういない。泰平の世に生まれたならば、李同志も私も青山の中で世捨て人として暮らしていたかも知れない。

信じられない。不死鳥の神話を地で行く彼が、鋼鉄のような彼が、敵の銃撃に倒れてしまうなんて。嗚咽を飲み込み、同志が逝く道を送るために静かに葬送曲を歌った。

山に飛ぶ　カラスさん
そんなに　悲しまないでおくれ
この身は　たとえ死んでも
革命精神　生きている

一九五三年一〇月一五日

昨日、最高人民会議常任委員会は李承燁、林和《リムファ》［一九〇八〜五三。プロレタリア詩人、文芸評論家で知られる。松本清張著『北の詩人』のモデル］ら南労党同志たちへの死刑執行を承認した。正直に告白しよう！　恐ろしい！　日本帝国主義下でもこんなに怖くなかった！　革命の熱風は解放された民族の将来を、美しく夢見た同志たちを、皆奪おうとしているのではないか。南の地では米帝と南朝鮮反動分子らの手によって、そしてここ共和国では党の手によって！　広大な砂漠に一人ぼっちで残された心境だ。

編集者：その後、李真鮮は約一〇カ月間、何の記録も残さなかった。推測だが激しい心理的葛藤によるものだと思う。

一九五四年八月一三日

祖国解放戦争記念館がオープンした。取材に行くと嗚咽が込み上げてきた。米軍の爆撃写真を見た瞬間、胸が破り裂けそうで涙が溢れ出た。耐え難い悲しみとともに。

写真に麗麟とソドリの残酷な最期が投影されているようで、同行したカメラマンが支えてくれなかったら首相同志が参席された開館式で、とんでもない失態を演じるところだった。鄭トンムのおかげで本当に助かった。

落ち着きを取り戻すと、必死に嗚咽をこらえようと唇を思い切り咬んでいたらしく白いシャツに血がにじんでいた。

一九五五年一一月五日

米帝の新義州蛮行五周年の記事を書いた。五年前、米軍爆撃機B29が新義州映画館を爆撃し五〇〇名を越す人々を殺した大惨事を、生々しく再現したとの評価を党宣伝扇動部の友人から聞いた。憂うつになる。「生々しい再現」が私の血がにじむような魂の叫びであると誰もわかってくれない。言論界の称賛の中、寂しく疎外感を味わう。

一九五五年一二月一五日

朴憲永先生にとうとう死刑判決が下された。急いで家に戻り号泣した。

この世の敵と言わんばかりに憎悪をむき出しにする裁判官の前で、先生は堂々と最終陳述をされた。弁論のしめくくりは特に語気鋭かった。

「どうぞ売国逆賊の最期をしっかりと見物したまえ!」

この発言の真意を考えてみる。それは労働階級の尊い血であらゆる山河を血の海にしたが、はからずも朝鮮革命を失敗させた全責任を一身で取ろうとする意思表示であった。革命の最高指導者としての毅然たる宣言であった!

胸の奥の傷口に塩を塗られたようで掻きむしりたい気持ちだ。

ふと李鉉相同志から渡された拳銃が浮かんだ。越北の日、朴先生の身に間違いがないようしっかりガードせよと命じられ、実弾とともに大切に保管してあった拳銃を手でさわると悲しみが増した。一体誰のためにこの拳銃を使えというのか？　誰も、もう誰もいないじゃないか！

またしても虚無の嵐が吹き荒れる。あの金剛山で護摩を焚きながら唱えていた老僧の教えを何度もつぶやいた。

「塵土坌身、灰頭土面、塵土坌身、灰頭土面……」

そうだった。徹底して頭に灰を被ろう。顔を土の中に埋めよう。この残忍な蛮行で歴史が言わんとする意味は何なのか、私は何をいかに愛すべきなのか。その突破口にするため懸命に精進して探し求めよう。革命の道を真摯に模索しよう。

一九五六年一月一日
そうすることに決めた、私は。

党を。

信じることにした。

それは悲しくも美しい選択といえる。

麗麟とソドリに続き朴先生までも革命の祭壇に捧げたと心の整理を終えた。

党に対する不信は、そのまま私が歩んできた朝鮮革命に対する背信に他ならない。

机の前で静かに線香を焚いた。涙で何も見えなくなった。

朴憲永先生を、忘れることにした。

朴憲永先生を尊敬してきたが、彼よりも党と人民をより尊敬すべきだと何度も自分に言い聞かせたかわからない。土の中の朴先生も、そして誰よりも麗麟とソドリがこの判断に賛成してくれると信じたい。最後の別れの時、生き続けなくてはならないと朴先生もおっしゃったではないか。

ましで麗麟は、麗麟は解放直後に私にこう言ったはずだ。革命の指導者が誰なのかよりも、朝鮮革命の成功がもっと重要だと。あの日以来、麗麟の澄み切った声は今も私の胸の中で鳴り響いている。

夢でもいいから見たい。偉大なる愛を。

どうしようもない悲しみと個人主義を乗り越え、紛れない偉大なる愛を育んでみせると固く誓った。朝鮮革命の建設に私の全生涯を捧げたい。共和国を偉大なる社会主義国家へと建設することこそが、祖国統一を引き寄せる唯一の道なのだ。

革命を妻とし、統一された共和国をわが息子ソドリとして熱烈に愛そう。あらゆる私情はきっぱりと捨ててしまわねばならない。ああ、鋼鉄の革命家に生まれ変わるには、どれだけ血の涙を流さなければならないのか。

一九五六年一月一〇日

あらゆる偏見を捨てて金日成首相同志が一二月二八日党宣伝扇動担当者たちに語った演説「思想事業に於いて教条主義と形式主義を一掃し主体を確立することについて」を熟読した。

何よりもこの演説で、金日成同志が『労働新聞』の奇石福《キソクポク》同志を痛烈に批判したのは正しい指摘だった。

「奇石福はソ連共産党機関紙『プラウダ』を丸写しするような姿勢で新聞を編集した」

まさにその通りだ。われわれの革命主体を確立しようとする党の方針を全面的に貫こう。この道こそ朴憲永同志が生前いつも強調された路線そのものではないか。私自身の道でもある。

一九五六年二月五日

金日成同志の主体確立という提案を、ソ連留学経験に基づき企画報道した先日の記事に対して、今日になって主筆同志が格別な関心を寄せてきた。党が私の記事を極めて高く評価しているのでこれからも責任感あふれる仕事をして欲しいと。共和国の記者として当然の仕事をしただけなのに、入社当初から主筆同志に気に入られていなかった私は、何か流れが変わってきたような嫌な感じだった。

モスクワ大学留学時代にも、私に対するクルプスカヤの片思いが噂になると留学生たちの反応がそうだったように、ソ連に対し従属的に考える傾向がやたら多いことを念頭において書いた記事にすぎなかった。

何気なく書いたつもりの記事が異常なほど政治的にとらえられていた。一方ではこの記事が、あたかもソ連から帰って来た同志たちをひっくるめて批判する根拠にでも扱われたりしたらかなわないと思えてくる。何か裏があるようで、私としては大変困惑する状況だといえる。

一九五六年三月一九日

先月開かれたソ連共産党第二〇回大会でフルシチョフ第一書記が非公開で演説し、スターリン同志を批判した事実を知った。それにともないソ連共産党は個人崇拝を批判し、集団指導体制を選択して、社会主義革命への道の多様性を認めた。

米帝との平和共存を探るとの主張はある意味、あり得ない現実として扱われてきたが、考え直してみる必要性も現れ始めた。フルシチョフ同志の勇気ある個人崇拝批判は、社会主義の将来のためにとても良いことだ。

朴憲永同志が生きていたらと悔やんでも、今更どうすることもできない。

一九五六年四月二五日

朝鮮労働党第三回大会が三日に開かれた。一一六万名の党員を代表して九一四名が参席した。朴憲永同志をはじめ南朝鮮同志の大多数がいない党大会に、どうしようもない虚しさを覚えた。まして祝賀使節として参席したソ連共産党ブレジネフ同志が個人崇拝問題を批判すると、党内に微妙な緊張が走った。どう見ても金日成同志の立場がないようだったから。

すでに党は「首領」という表現や「敬愛する」という修飾語を新聞報道で禁ずる指示を出していた。

一九五六年四月三〇日

金日成同志は結局、個人崇拝への批判を朴憲永同志へと覆いかぶせた。個人崇拝をした朴憲永一派を党から一掃したことで、現在の党は集団指導体制であるかのように取り繕う政治力は圧巻といえる。たいした腕前ではないか。党幹部の中でも納得いかない表情がありありとしていた。

だが、問題は私自身にあった。金日成同志の演説に意気消沈してしまった。もし私がそのことに憤りを覚えるなら、朴同志の死刑判決が決まった時点で何らかの行動を起こしたはずだ。だが何もしなかった。

私は常に革命の勝利を最優先させ、すべてを犠牲にしてきたのではないか。

むしろ私が注目したことは別の二点である。ひとつは第三回党大会で党が規約を改定し、明らかにした党の性格についてである。朝鮮労働党が「わが国の民族的独立と解放のために、日本及びその他の植民主義者に反対し闘ってきた朝鮮人民の革命的伝統の継承者」だと定めた。その通りだ。私は今なおその革命的人民の党に身を委ねている。それで充分ではないか。私は既にこの党に南朝鮮同志たちの血塗られた怨恨を供物として奉げたではないか。

もうひとつは党が平和統一宣言文を採択した事実だ。党は来月七日、党大会決定を支持するピョンヤン市群衆大会の開催を決めた。確かに、共和国を新しい強力な国家にする建設事業こそ、朝鮮革命の現段階における当面の課題ではないのか。

一九五六年七月三日

先月六月三〇日、ソ連共産党が公開したレーニンの遺書を『プラウダ』で読んだ。遺書の内容が衝撃的だった。レーニンの遺言の核心はスターリンを共産党書記長から解任せよというのが主な内容だった。

より重要な問題は、レーニンの遺書を妻クルプスカヤが共産党中央委員会に提出したが、スターリンが遺書の引用と発表、複写を一切禁止したという事実だ。フルシチョフ同志がなぜ、遺書の公開に踏み切ったか充分に理解できる。しかし主筆同志の指示により新聞に掲載するのは保留となった。

一九五六年八月一日

フルシチョフ同志のスターリン批判運動を支持する論評が『労働新聞』に載った。党の中にも何か新しい風が吹いて来たようだ。期待してもいいのだろうか。だが期待はできまい。既に党内に金日成同志の権威に挑戦するような人物なんかいないではないか。

一九五七年五月一〇日

一〇カ月近く記録が出来なかった。昨年の「八月宗派事件」［一九五六年朝鮮労働党中央委員会八月全員会議での権力闘争事件。金日成の個人崇拝などを批判］では党を挙げての想像を絶する思想検討作業が行われた。ソ連帰りの同志たちはもちろん、中国延安で抗日闘争を戦った同志たちも全面的に批判を受けた。言論界にも相当な変化をもたらした。生き残った南労党同志に対する思想再検討が行われ密告合戦が盛んになった。

東京とモスクワへ留学した時、妙な縁を結んだ黄長燁同志に助けられた。金日成総合大学哲学講座長である黄同志が、私のことを金永柱同志に話してくれたお陰だ。昨年の春、ソ連での留学生たちの態度を批判的に報道した私の記事も充分な「証拠」になった。以前『労働新聞』にいた時に書いた記事に対する批判的が一部であったようだが、「思想の再検討」からは逃れることができた。黄同志がいなかったら、私もどうなっていたかわからない。あまり深く考えず思いのままに書いた記録が、いつ私に死を宣告する刃になるかわからないとの思いも正直におきた。

昨日の昼食後、散歩の途中で新聞社の先輩である金美玉《キムミオク》同志と会ったが、「なぜ再婚をしないのか?」「かわいい女性が好みか?」とからかい半分ながら好奇心いっぱいで質問された。返事に困ってしまい、思うところがあり日記帳を久しぶりに開いた。

金同志の話に思わず笑ってしまったが、事実、再婚問題は社会的懸案といえる。戦争による国家的損失が莫大な中で夫を亡くした女性や男やもめ、結婚適齢期の女性たちの問題が社会的に解決しなければならない問題としてある。だが私は再婚など考えていない。麗麟とソドリの死。その悲劇の瞬間を目撃した私が、どうして再婚を夢の中でも見られるというのか。

私に残された仕事はただひとつ、不倶戴天の敵である米帝に対する復讐のみだ。

朝鮮革命を、共和国を自分の妻子と考えることで私の存在価値を見出しているのだ。

李真鮮！　これをおまえの胸に火箸で再度刻み付けるのだ！

一九五七年五月一三日

「八月宗派事件」について私なりに整理しようと思う。

中国共産党の場合、昨年九月の全党大会で集団指導体制の導入に成功した。毛沢東同志に対する個人崇拝の動きも鄧小平総書記より批判された。まさにこの点で朝鮮労働党と中国共産党との決定的差があるといえる。残念ながら中国と朝鮮における革命の力量は違う。

朝鮮労働党がフルシチョフのスターリン個人崇拝批判があったにも関らず、まったく変化がないのはなぜだろう。党内に金日成同志に次ぐ勢力がないからだろう。金日成同志を牽制できるだけの資格と能力を兼ね備えた、唯一の勢力であった南側の同志たちに対して党内のすべての勢力が「野合」したではないか。同志としてありえない処刑という劇薬処方に皆が同意してしまった。

正直な話、崔昌益《チェチャンイク》同志［早稲田大学卒業後、中国で独立運動を行う。解放後は要職に就く。副首相］をはじめ「八月宗派事件」の主役らが、南労党同志たちを真っ先に処刑しておきながら、集団指導体制を口にするなんて私から見たらお笑い草だ。その上、ソ連共産党と中国共産党は「八月宗派事件」の直後、直ちにミコヤン［ソ連の第一副首相］と彭徳懐同志［朝鮮戦争時の中国支援軍司令官］を送り、干渉して来た。中ソ共産党は南労党の同志は言うに及ばず、朴憲永先生の時は何の口出しもしなかった。その点からもソ連派や延安派よりも金日成同志の方がまだ信じられる。日和見主義でこれといった抗日闘争の経歴も無い彼らよりも、金日成同志を中心に共和国を建設する方が革命的な道だ。その道こそ私が選択し、歩むべき道だ。『民主青年』の記者として、私が今現在書いている記事もまた迷うことなく、しっかりとその道に立つであろう。

一九五七年五月一七日

『民主朝鮮』［政府機関紙］から崔真伊《チェジニ》という若い女性記者が入社した。崔トンムを初めて見た瞬間、胸の奥でほろ苦さを味わった。それがなぜなのかすぐに気付いた。

似ていた。妻の目に。麗麟の大きくて黒い瞳は見つめられた人の心を穏やかにさせる魅力を持っていた。細かく比べると、妻は面長で細身だったが、崔トンムは少しふっくらとした顔立ちで体つきもしっかりしていて大分違う。しかし、何よりも大きく澄んだ瞳が妻の目を思い出させてくれ、その一点だけで妻に似た清純な印象を膨らませていた。私がどうして彼女の顔立ちを事細かに書いているのか不可解で、知らぬ間に顔がほころんでくる。崔真伊の眼差しが麗麟とあまりにも似すぎて、どうしようもない懐かしさを呼び寄せたせいだろう。

しかし今じっくり考えると彼女の賢そうな目は麗麟のそれとは違い、純粋無垢とはいえない。むしろ人生の荒波に揉まれ酸いも甘いも辿ってきた人が世間に立ち向かうような目だ。世の中をあざ笑うような眼差しではあるが、その中には言いようのない物寂しさが隠れているようだった。

『民主朝鮮』から来たが、その前は『正路』〔朝鮮労働党の機関雑誌〕にいたと聞いた。何か問題があり左遷を繰り返し『民主青年』まで来たと思うと、なぜかやさしくしてあげたいと思った。まして崔トンムは初対面の時「お目にかかれ光栄です。新義州事件追悼記事など李同志の記事は興味深く拝見しております」と優しく微笑んだ。あたかも私を良く知っているとの表情だった。私もどこかで一度会ったような気がした。目元が麗麟と似ているせいだろうか。いずれにせよ久しぶり上気した。

残念なことに――私がそう言うのも変だが――彼女は結婚している。三三歳。夫は金日成首相直属の遊撃隊出身者で、現在は党の要職についているらしい。そんな人の妻がなぜ『民主朝鮮』から『民主青年』に来たのだろう。気になる。

一九五七年五月二〇日

食堂で昼ごはんを食べていると、崔真伊トンムが主筆同志と一緒に来て、空席が他にあるのにわざわざ私の斜め前に腰掛けた。仕方なく主筆同志に挨拶する羽目になった。崔トンムも会釈をしてきたが無視した。食事を続けるのが気まずくなった。

スプーンを持つや、主筆同志が崔トンムに白仁秀同志の近況を尋ねているのが耳に入った。

崔トンムは答えたくないようだった。

「変わりありません」

それ以上、口にしたくないという話し方だった。

それなのに主筆同志は雰囲気を読めず、しつこく話を続けた。

「あれ？　旦那さんを大事にしていないようだな」

自分では軽い冗談のつもりらしく、一人高笑いをしていた。

白仁秀。モスクワに発つ前、党組織部で会ったあの人だったのか。頬髭が濃く刺々しい印象の白同志と、いつもにっこり微笑む崔真伊トンムでは不釣合いのように思えた。しかし夫婦の仲睦まじさは外見ではわかるまい。きまり悪くて笑ってしまう。

一九五七年七月七日

ベトナム人民の指導者ホー・チミン同志が共和国を訪問した。取材を通して目の前にした革命家ホー・チミン同志の顔は気さくで温和そうだった。手入れもされず伸び放題の顔髭と色あせた服、そして履き古したゴム靴姿はふと、封建領主にたてつくドン・キホーテを連想させる。しかし、彼の姿はわれわれが滑稽に思えたドン・キホーテではない。いや、限りなく純粋で清らかでドン・キホーテの真実を物語るようだった。

温かさと冷徹さが区分できないぐらい共存できるということを初めて知った。瞳も純潔で全身がまるで聖者のようであった。

仮に私があの歳になったとしても、ホー同志のようになれるだろうか。偉大さ、そして純潔な愛を見習わなければ。

一九五七年九月一九日

偶然の一致だろうか。まさに時代の精神の息遣いというか。越北した南朝鮮出身の李《リ》庸岳《ヨンアク》詩人がちょうど詩「偉大なる愛」を発表した。

六回忌を迎えた麗麟とソドリの墓前で詠んであげた。

変わろう　もっと変わろう
美しき　山河よ
前進する　青春の国
栄えある祖国の　日々とともに
より一層　美しくなるためにも
山河よ　変わろう

そうだ。感傷的な記録などやめてしまおう。私自身の個人的生活はすべて党と建設事業に捧げよう。変わろう！　本当に変わってしまおう！　徹底した無我の境地でこの青春の国に私のすべてを捧げよう。

編集者：実際李真鮮の日記は三年近く途絶えた。

一九六〇年二月一三日

「偉大なる愛」が実を結んでいる。共和国は党の正しい指導のもと戦争の傷跡を綺麗に直した。工場から機械の音、農場からはトラクターの音がすさまじい建設を象徴するかのように鳴り響いている。

私は共和国建設事業に負けず劣らず、南朝鮮もわれわれが解放しなければならない祖国の半分であると、北側の同志や若者たちに教えることに専念してきた。退社時間が過ぎても、時には夜を徹し新聞社に残り、資料を集め整理した。特に南朝鮮の実情を真実のまま伝えるため、南朝鮮で発行される新聞と雑誌、放送に埋もれて過ごしていた。

今日まで感傷的記録はやめると決心して二年半ぐらい日記を書かなかった。それまでの記録はひとまとめにして風呂敷に包みベッドの下に押し込んだ。今日からまた書き出したわけはたいしたことではない。朝目覚めにカレンダーを見たら何と私の誕生日じゃないか！　それも四〇歳の！

四〇。ああ！　いつの間に四〇歳になったのだろう。

起き上がり、鏡を見た。鏡に映った中年の男、李真鮮は私ではないみたいだ。頭の所々に白髪が見える。すると父の頭があまりにも早く白くなりすぎたと心配していた母の声が聞こえそうな気がした。二日も髭を剃らなかったので顎にちょっと髭がはえている。よく見ると、いつの間にか白いものが目立った。

久しぶりに早々と退社した。ベッドの下に入れたまま忘れかけていた風呂敷包みを広げ、過ぎし日々の追憶にも浸ってみたくなった。

すっかり忘れていたことを思い出す。偶然開いた一九四八年九月九日付けの日記だ。朴憲永同志に私が外務省の仕事を断り、いつかマキシム・ゴーリキのように大作を書きたいと大口を叩いた瞬間が映画のワンシーンのように蘇った。そのとき浮かべた朴憲永同志の表情まで思い出される。そうであった。革命だけでなく文学も志すと朴先生に約束した。もしあの時、朴先生が頑として外務省に引っ張っていたら、恐らく私も今ごろこの世に存在していないはずだ。

あ、そうだ。思い出される。解放直後、麗麟にも革命後は文学の道に進みたいと言った。あのとき麗麟は半信半疑でそんな日が早く来ればいいと言った。結婚前、東京からのラブレターからして、文学でも充分いけそうだとからかったりした。

一九六〇年二月一三日。忘れていた私自身を取り戻した、もうひとつの誕生日といえる。

一九六〇年四月二一日

南朝鮮で一九日から大規模な学生デモが起きている。

南朝鮮の学生たちの亡骸を写した写真を目にして体中の血が逆流するような思いだ。南朝鮮の後輩たちは涙ぐましいほどすばらしい。さすがにわが同胞は偉大である。

党中央委員会も「南朝鮮の現情勢に関する要請文」を発表した。党はまた統一問題解決のための「南北諸政党社会団体連席会議」を構成しようと提案した。思わず興奮してしまう。

一九六〇年四月二七日

とうとう李承晩が追放された。南朝鮮の学生たちの純潔な血により、とうとう老いた虐殺者を権力の座から引きずり落とした。けれども問題はこの後だ。

一体現在の南朝鮮で誰が学生たちの夢を代弁するのだろうか。老獪な米帝が支配体制を再編成させようとやっきになるのを受けて立ち、はたして誰が清らかな血の代償を無駄にさせないというのか。無謀な全面戦争を行い、革命勢力を崩壊させてしまったのが残念だ。

一九六〇年五月一八日

大成山の麓に新聞社でピクニックに行った。女性職員が酒や食べ物を用意して雰囲気は良かった。

新聞社での留守番を決めこんでいたが不参加は絶対だめだという主筆同志の冗談半分の警告に渋々ついていった。実際、緑一色に輝く山河を目のあたりにすると参加して良かったと考え直した。

同志たちと別れるころ、家の方向が同じ崔真伊トンムから電車をやめて歩いて帰ろうと誘われた。実のところ、戸惑ってしまった。彼女がうちの新聞社に来てから時々視線が合うたびに、なぜか気まずさを感じていたからだ。私の考えが間違っていなければ崔トンムの視線にも熱いものがあった。

崔トンムは私に李同志はなぜいつも編集室と調査資料室だけで過ごしているのか、大体人生をなぜそんなに窮屈に過ごしているのか、いつまで灰色の人生で暮すつもりなのかと覚悟したと言わんばかりに問い詰めてきた。要は人生は楽しまなければいけないということらしい。

聞いているとおかしくなり聞き返した。

「そうかなあ？　人生はそんなに楽しいですか？　それでは真伊トンムは幸せですか？」

それから崔トンムは無口になり、何だか気まずい沈黙が流れた。二人の足音にさえ神経がぴりぴりするぐらいに。けれども先ほどの気まずさはいつの間にか消えていた。

別れ道に着いた時だった。日が暮れていたせいだろうか、ピクニックで飲んだ酒が残っていたせいだろうか、さっきから降りだした小雨のせいだろうか。

崔トンムが急に私の顔に両手をあて情熱的に唇を重ねてきた。とっさの出来事でどうにも避けられないのでそのまま「奇襲」を受けた。

崔トンムは当惑している私に恋人のような眼差しを向け「李同志、さようなら」と手を振り、行ってしまった。

茫然としてしまった。豊満な胸の温もりが私にめまいを覚えさせた。妻以外の女性と口づけをしたのは初めてだ。まして真伊の大きな黒い瞳は麗麟にとても似ていた。

何日か前も真伊は何人かと昼食を食べている時、私のご飯にわざわざ豆腐をのせたりした。うちの新聞社に配置された後、私の記事に必ず関心を寄せたりしてくれた。

もしかして私は愛されているのではないかと考えてしまう。

色々思い出してみるとこんなこともあった。一昨年のことだ。ある日、髭を剃らず出社したら、「あら！　李同志、髭がのびていますわよ」と言ったり、新調した服を着て行くと「すてきですね」と誉めたりした。もしかしたら彼女にからかわれているだけで、私が敏感に反応しすぎているのか。

一九六〇年五月一九日
顔を合わせたら気まずいのではと思っていたが、真伊はまったく普段と変わらなかった。わざわざ私のところにやって来て笑顔で聞いてくる。

「昨日は無事にお帰りになりましたか？」

とても自然で何も気にしていない様子だ。こちらが顔を赤らめ視線を逸らすと一人言のように囁いた。

「恥ずかしがるなんて！」

一九六〇年五月二〇日
真伊の顔がどうしようもなくちらつく。彼女のことを思うとなぜか心の隅で消えない疑問がある。笑顔にうかぶえくぼにも、可愛らしい大きな目元にも、何ともいえない悲哀を感じてしまう。一体何が彼女を悲しませているのだろうか。

一九六〇年六月三日
心がかき乱される。私はなぜこんなに惑わせられているのか。道ならぬ恋ゆえに盲目になってしまったというのか。革命は、偉大なる愛の誓いは単なる観念の問題にすぎないというのか。

一九六〇年六月二五日

祖国解放戦争開始一〇周年の日だ。けれども今の私は自分でも信じられないくらいおかしい。頭の中は真伊のことでいっぱいだ。

一九六〇年六月二七日

新聞社の廊下で真伊を見かけた。しっかりした足取りで歩く彼女はとても魅力的だ。すると不意に抱えていた本を一冊落とし、拾おうとして腰を曲げたので体の線がはっきりした。細い腰から下は朝鮮白磁の優雅な線そのものであった。

顔を赤らめその場を去ったが、今も美しい曲線が目に浮かぶ。妄想は限りなく広がる。真伊と結ばれ彼女に息子を産んでもらえたらなど、とうていあり得ない願いまで持つ始末だ。どんなに不当で馬鹿げた発想であろうか。本当にどうかしている。心を落ち着かそう。

一九六〇年六月三〇日

三年前、真伊との初対面を思い出す。濃い眉の下に二重まぶたになった瞳の中に大きな山ぶどうが宿っていた。吸い込まれそうな眼の輝きに気付き思わず視線を逸らした。どこを見たらよいのか困ってしまい、肩まで伸ばした綺麗な髪を見ていた。お互いに顔を赤らめていた。一体どうしたというのだ。そう思った瞬間、再び気を引き締めて視線を投げた。いたずらっぽい笑みを浮かべた様子に少々戸惑い、からかわれているのかと思いながらも、その美しさに胸が高鳴る。

そうだ。あの時からすでに心を奪われてしまったのか。いや、違う。それから三年間、私は平静を装ってきたではなかったか。断固、自分自身を失わなかった。それなのに今なぜこれほど心乱されてしまったのか。思いもよらず口づけされた甘美な味に目が眩んでしまったに違いない。

一九六〇年七月二日

私は何をしたというのか。何を犯したというのか。いや、一体どうしたというのだ。

たそがれどきに時たまだが好んで訪れる大同江《テドンガン》［ピョンヤンを流れる全長四五〇キロの川］のほとりを散歩していた。乙密台《ウルミルデ》［六世紀に建てられた楼亭］に向かう散歩道から左側にある生い茂った林へ曲がると外界から切り離されたようなくねくねとした細道がある。去年の春、偶然に見つけたこの道はあまり知られていないのか、人影もほとんどなかった。

　日曜の朝などは露に濡れたクモの巣が張っていたりして昼間でも薄暗いので、蒸し暑い夏場に涼を求めるには絶好の場所だ。不意に夕立に遭ったとしても雨宿りに困らないほどモミの木が茂っていた。木々の間からこぼれ落ちる雨の雫が土に落ち、その土の香りが漂うものなら、私自身も一本の木になったように立ち止まっていた道である。

　午前中に降った雨のせいだろうか。林はたっぷりと水分を含んで芳しい香りで満ちていた。私もおもわず「インターナショナル」を口ずさみながら歩いていた。モミの木が生い茂る林に足を踏み入れると、運命が私を待っていたように全く新しい世界が広がっていた。

　いつも私が足を休めるニレの老木の切り株に誰かがちゃっかり腰掛け、想いに耽っているのが見えた。なんと、真伊ではないか。水気を帯びた新緑の中、より一層悲しげな彼女の表情は私の心まで曇らせた。悲哀に満ちたこの表情こそ真伊の真の姿と思えた。

　私の胸はいつしかどきどきしてきた。思わず足を止め見守っていた。時間が過ぎ霧雨が降ったり止んだりしていた。すると真伊が何かに踏ん切りをつけたように立ち上がり、そのついでに私に気付いたらしい。彼女の大きな目は驚きでより大きく見開かれた。とても驚いたようでもあるが、それだけではなさそうだ。

真伊が微笑むとその瞳に全身が吸い込まれそうな錯覚に陥った。お互いに何も語らず距離を縮め挨拶も交わさず……。

一体どこにあのような勇気があったのだろうか。ためらいもなく真伊を抱きしめ唇を重ねた。多少うろたえ抵抗するふりの真伊も情熱的に応えてくれた。真伊の両手が私の頭を優しく包み舌を絡ませてきた。

そこまでで、そこでやめれば良かったのに。いや、なぜ私はこの場に及んでも正直になれないのか。じっくり考えてみよう。そこで終えたとしたら、どんなに後悔したであろう。

嵐のような時が過ぎ、二人は暗闇の中、体を起こした。二人の頭上には無数の星が輝いていた。美しく爽やかなシーンが今も鮮やかによみがえる。真伊の匂うような体臭とともに。

今この瞬間も説明もつかず胸が痛むが、真伊も私も始終言葉を交わさなかった。それさえはばかれるぐらい、まるで灯に寄る虫たちのように、火中に飛び込んで行った。下界から取り残された場所だったから余計に激情に駆られたのかも知れない。それに真伊も私も二人の関係が社会主義朝鮮で許されないと、心の底で感じていたからだろう。でなければ、真伊と私は今更言葉も要らないくらい深く愛し合っていたのだろうか。上気した表情の真伊が私から離れ身繕いを整え闇夜に消えていくまで何も話さなかった。しかし二人にはそれが不思議なくらい自然であった。

それはともかく、私は明日職場で崔トンム、いや、真伊にどう接したらいいのだろうか。ああ、何ということをしでかしたのか。いや、終ってない。今も進行中なのだ。

一九六〇年七月四日

麗麟を訪ねた。山道には季節外れのコスモスが咲いていた。二本を折って墓に添えた。許しを乞うて。

一九六〇年七月七日

揺れ動く毎日が続く。空高く舞い上がるような想いだ。すべてのものが粉々に砕け散るような怖さと、人生がこんなに美しいのだろうかという戦慄で押しつぶされそうだ。

真伊がなぜ私などを好いてくれるのだろうか。平凡な顔つきに貧弱な体。真伊を抱きしめた感動がよみがえる。熱い吐息とともに。

情熱を内に秘めた清純な麗麟を唯一の思い出に生きてきた私に、新しい世界が広がっていく。

一九六〇年七月一〇日

真伊の振舞いは理解しがたい。真伊は何事もなかったように働いている。最初のうちはそれで救われたが、だんだん戸惑ってきた。本当に真伊にどう接すれば良いのだろうか。

一九六〇年七月一五日

新聞社の資料室で解放前に日本で翻訳された『ツァラツストラはかく語りき』を見つけた。延禧専門学校時代、憂うつになるとよく読んだ本なので懐かしくて読んでいた。

誰かがそっと近づく気配を感じ振り向くと崔トンムがにっこりと微笑んでいた。

「あら、李同志。ニーチェを読んでいるのですか？　私も大好きです」

「そうでしたか」

私も嬉しくなり答えた。あの日以来、初めて交わす言葉だった。胸の中はピンク色に染まった。それなのに真伊は釘を刺すように急に表情を変えた。

「真面目に読みなさい。後でニーチェを語り合いましょう」

どう答えていいかわからずぼんやり見ていた。しばし沈黙が流れた。真伊は両手をそろえ合掌し――茶目っ気な表情――笑顔を残し去って行った。見送る私も笑顔でこたえた。はたして真伊は私の笑顔に気付いただろうか。

一九六〇年七月一六日

思い切って真伊に電話を掛けた。返事は意外だった。

「最近企画記事を書いているので時間がございません。失礼します」

電話はそっけなく切られた。昨日とはうって変わったような様子だ。柔らかな声であったが言葉尻はかすれているように聞こえた。なぜだか私との間に一線を引いているように感じてならない。

一九六〇年七月二四日

新聞社の廊下で崔トンムに出会ったので、先日合掌していたが仏教に関心があるのかと聞いてみた。真伊トンムは微笑みながら早口でしっかりと答えた。

「いいえ！　私ごときが仏教を知るわけがありません」

そして再び合掌したかと思うと急用でもあるかのように去って行った。

一九六〇年七月二八日

そうか。真伊トンムは私に普通に接することを願っているらしい。それならば、そうしよう。私も何もなかったように振舞おう。だがそれが自然なのだろうか？

一九六〇年八月二日

取材中偶然に鉢合わせた崔真伊と話し合う時間を持てた。真伊は自分を真の共産主義者とはいえずむしろ虚無主義者とさえ言い切る。

真伊に言った。虚無主義的概念が生の根本的限界を意味するならば、人は皆、虚無主義者といえると。そしてこれはどんなに強硬な共産主義者でも同じだと付け加えた。

「本当ですか？」

意外だという表情で真伊は話した。

「同志といえる人に巡りあえて嬉しいわ」

私は笑ったが、真伊はいつもと違い真顔だった。目元が潤んで何か迷っているようでもあり私も胸騒ぎを覚えた。彼女は心を決めたように真面目な表情で続けた。

「私は真面目な共産主義者なんて嫌い。真面目な仮面の下には一皮むけば野蛮なファシズムの顔が隠れているのよ。その代表といえるのはヒトラーだと思うわ。自分だけが唯一正しく道徳的で偉大だと思っているのよ」

その指摘に自責の念すら感じた。いま真伊トンムは私を批判しているではないかと焦った。「真面目な」私の顔が歪んではいないかと。だが、真伊が言うところの対象はもっと大きく根本的だ。

「真鮮同志だけに打ち明けますけど、私は金日成同志を解放前から存じています。出身が甲山《カプサン》〔朝鮮北部の両江道にある山間地の郡〕ですから。金素月《キムソウォル》〔一九〇二～三四。植民地期の朝鮮の代表的な詩人〕の詩に詠まれるあの山深い三水甲山《サムスカプサン》ですわ。幼い時はパルチザンの使い走りとして、成長してからは祖国光復会メンバーとして活動してきました。金同志とお会いする機会も何回かありました。ご立派な方で、あの方と金正淑《キムジョンスク》同志〔金正日の母親〕の関係にとても憧れました。けれどもあの方に解放後の国の最高指導者になりうる資格があるとは思いませんでした。あまりにも若すぎませんか？　あの方が首相になられた後、だんだん偽善で満ちていくのが耐えられませんでした。ご自分の抗日抗争だけが唯一のように振舞うことに人間的に深い失望感を覚えました」

真伊が首相の話をはじめると私はなぜか四方をきょろきょろ見回し気を引き締めていた。もし誰かに聞かれたらまずいと……。ああ、情けない。私はいつからこんな小心者になってしまったんだ。はずかしい。

真伊の話は充分に共感を持てた。いや、単なる共感ではなく私自身心の奥底でうずく傷跡を癒されているようであった。まるでその血で固まったかさぶたを痛みを感じないように優しく——それも人の手で——癒しているようであった。

真伊は話を続けた。

「主人は金日成部隊の初期からソ連の第八八旅団〔金日成率いるパルチザンが所属していた部隊〕に至る間、金日成同志とともに戦って来ました。それなのにだんだん金日成同志に盲目的に従うようになりました。革命にではなく一個人に対する忠誠です。それが革命家の真の姿と言えますか？　私には権力に対する忠誠にしか思えません。

若かりし頃、私を魅了したのは革命家たちの勇姿でした。一度きりの人生を本当に価値あるものとして全うしたいと思って生きてきました。けれども最近そのような革命家が共和国に残っていますか？　私は朴憲永裁判を通じ、党の団結のためにあえてスパイの汚名に甘んじた南朝鮮の同志たちの姿に革命家の崇高さを感じました。彼らこそ革命の殉教者といえるのではないでしょうか？　しかし本当に殉教すべき人は戦争の最高司令官である金日成同志ではありませんか？　主人とこの問題で言い争った後から、すべてがだめになってしまいました」

寂しそうに話し頭《こうべ》を上げて私を見つめた真伊の話に、いや憂いを秘めた眼差しに心がかき乱された。

彼女の視線をしっかり受け止め、そっと手を握った。

「崔真伊同志！　私こそ今日、本当の同志に会えました」

真伊の目に光るものが見えた。

私は早口で語調を押さえて続けた。

「それから先日のことだが……」

その瞬間、真伊は目に浮んだ涙をきっぱりと否定するように私の言葉を遮った。

「喋りすぎましたわ。私も話を聞いていただき有難く思います。失礼します」

私の手を強く握り返し後ろを向くと、そのままさっさと行ってしまった。面食らってしまう。

一九六〇年八月五日

退社時間、新聞社の玄関口で夕立が止むのを待ちながら、舗道に叩きつけられる雨脚を眺めていた。いつの間にか隣に来ていた真伊が傘を開いた。やさしいまなざしが一緒に行こうと言っていた。すこし戸惑いながら、私も彼女に話があったので従った。

人には言いにくい話を打ち明けてくれた真伊に私なりの感想を述べるのが礼儀であると考えていた。いやすでに、私の身も心も虜にしている真伊のことが心配になっていたのも事実だ。

まず先日はいろいろ話してくれ感謝すると伝え、それでも革命は誰かのためではなく人民のために続けなければならないと言った。共和国を社会主義社会にするために最善を尽くし自分の任務をまっとうするのは、指導者のためではなく人民のためなのだと力説した。

すると彼女は私の言葉を遮り訊ねた。

「同志はその区分が出来ていますか？」

予期せぬ反問に面食らい答えに詰まったが、自分の考えを素直に伝えた。

朴憲永先生と私の深いかかわり、そしてそのことで私がいろいろな事態に直面するたびに何らかの偏見を受けていることを感じたことや、南朝鮮から来た時に北労党同志らに違和感を持ったと述べた。

しかし結局は共和国に共産主義を打ち立てることが、党や革命のためにすべてを差し出し、さらには自身がスパイ扱いされることがあっても人民を愛した同志たちの遺志だと話した。

ああ、そして私は決して口にしてはいけないのに、いや、したくもないはずなのに口を滑らしてしまった。二人にとっていつかは避けられない問題だと考えていたのか。いや、内心は真伊の本心を探るためそのようなことをしたかったのかも知れない。

私は真伊の夫、白仁秀同志に対する話題に変えた。夫婦の関係もそういう次元で考え直し回復すべきではないかと言葉を選びながら話した。偽善ともいえるが、少なくともその時はそれが彼女の幸せを願う正直な気持であったのかもしれない。だが今はどうしてあんなに稚拙で幼稚なことを言ったのかわからない。いや、私自身許すことが出来ない。

当然のように真伊は敏感に反応した。

「革命に関したお話はもっともだと思います。けれども主人との関係はもうどうしようもありません」

いつしか雨は止み真伊は傘をたたんだ。

残念だ。相合傘の中で寄り添った真伊の残り香がいまだ消えず切なく漂っている。

一九六〇年八月六日

真伊に意見したことが何だか恥ずかしくなる。

明らかに偽善者ではないか。本心ではまったくない。真伊は誤解しているに違いない。

一九六〇年八月七日

迷いはあったが、やはり真伊に電話を入れた。これからのことを考えると少しでも誤解は解かなければならない。

「一昨日の話を誤解していないかと気がかりで電話しました」

「いいえ、そんなことはありません。李同志のお気持ちは充分わかっています。心配なさらないで」

動揺しているそぶりはなく快い返事であった。返って踏ん切れたような感じさえした。電話はすぐに切れた。私はめまいがした。

一九六〇年八月一〇日

真伊は離婚を望んでいるのだろうか?

しばらく迷ったが、やはり真伊を呼び出した。真伊の本心と向かい合おうと冗談交じりで訊いた。

「いい大人をからかって、どうしてキスしたりしたんだい?」

真伊の顔は真っ赤になった。表情が変わったのでまずいと思った。冗談では済まされそうもなくどう収拾しようかと焦った。真伊は少し考え込んだ様子から笑いを押し殺しこう言った。

「あら、いつのことかしら? もう忘れてしまいましたわ。革命にお忙しい身ですのに、さっさと忘れてさっさと振り払って生きましょうよ! どうしてご自分から壊れようとなさるのかしら?」

予期せぬ展開に私は言葉を失い、全身の力が抜けていくように感じた。

真伊はむくれた様子で席を立ち軽く目礼をした。

「私はただ、私を知る人たちから温かい人、人間味のある人と思われたいだけです。失礼します」

めまいがするほどの衝撃だった。真伊の言葉に面食らい、その場に凍りついたように薄暗闇の大同江をしばらく眺めていた。本当だろうか？　真伊は本当に忘れてしまったのだろうか。

一九六〇年八月一三日

またしても真伊のことを考えている。「人間味」と言っていたけれどあれは人間的なことに過ぎなかったのか。偽善に対する拒否というのか。しかしこのような行動を虚無主義とか人間主義で説明できるのか。

あらゆる階級的虚飾から放たれた真新しい姿でもあるが、これこそブルジョア的といえるのではないか。いかんせんすべて忘れて世の中を斜に構えて生きていくという真伊の言葉は受け入れられない。いつも浮かべている笑みが、実は世の中や人生をあざ笑っていただけなんて。ならば私に対してもそうだったのか。常に眉間に皺を寄せた私も偽善者と見下していたに違いない。雑念が頭から離れない。自分でも呆れるくらい揺れ動いていて恥ずかしくなる。

一九六〇年八月一六日

真伊を整理できない。彼女の本心がわからない。

やはりたぶらかされたのかも知れない。そうでなければ説明がつかない。不器用な私にでそっと近づき口づけをしたり、「胸が痛い」とか「不幸せそうだ」と、さも関心があるみたいに優しさを振りかざし、いざそのわけを訊くと「別に何んでもない」とそしらぬ顔で答えるのを納得できるわけがない。それならば、あの林の中で交わした愛は何んだったのか。

恥ずかしながら、実際、彼女から私のことで胸が痛いと言われた時、彼女の程よく盛り上がった胸元から目を離せなかった。その胸に顔をうずめて何もかも忘れてしまいたい衝動に駆られて。

とにかく私は真伊が信じられなくなったというのに、彼女を嫌いになってはいなかった。いや、その反対だ。白状しよう。今、この瞬間にも真伊を、真伊の体を欲している。私はどうなってしまったのか。愛に目が眩んで判断力さえ失ってしまったのか。

ましてや真伊は夫のある身だ。社会主義下の革命的家庭原則から大きく逸脱した不倫の関係になってしまう。そして彼女の夫、白仁秀は共和国で申し分のない「立派な革命履歴」を持った幹部の中の幹部である。離婚など許されるはずがない。

結局、もうお終りにしようと思った。いや、正しくは忘れてしまうことにした。それ以外にどうしようもない。いつだったか真伊は「実は私も孤独だ」と寂しそうに言っていた。あの悲しそうな表情もすべて忘れなければ。

それしかない。私にはどうしようもない。ひょっとしたら、真伊は私が昔あれほど嫌った自由奔放な新女性の典型といえるのかも知れない。

だが、彼女は知るまい。彼女にはちょっとしたお遊びであっても私をどれほど動揺させたか、それも根本から激しく揺さぶったかを。今までの新女性がそうだが、私から見ると彼女はまだ孤独とは何か理解していないと思う。本当に孤独ならば周囲にあんなに親しげに接したりしない。真の愛を交わす自信がなければ。

真伊は私を先輩として尊敬しているし好きだと言った。それは既婚者としての立場上、精一杯強がっていたに過ぎないとも考えられるが、その考えさえも消してしまおうと決めた。一体何が何だかわからないし、客観的事柄を自分勝手に都合よく錯覚する恐れがあるから。

一九六〇年八月二二日

やはり真伊はあの時代の新女性なんかではない。そして彼女が言う通り、私よりもっと孤独なのかも知れない。いつもみっともないぐらい揺れ動いているのはむしろ私の方だ。真伊はあの日以来ずっと私の話を聞いてくれているではないか。安っぽいのは彼女でなく私、李真鮮だ。

一九六〇年八月三〇日

もしかすると私は私自身を騙しているのではないか。愛とは何か？　仮に愛が理性を失わせているならば、それは反唯物論的といえるのではないか。

いや、はたしてそうだろうか。私は唯物論を狭小な観念論で解釈しようとしているのか。そうでなければ愛が人間を欺いているのか。革命戦争で愛する家族を失った私がなぜ、夫のいる女性を雄犬のような不穏な目つきで追い続けているのか。この心の乱れは何なのだろう。

愛は盲目であり美しいというならば、その愛が人類に及ぼす意味は何なのか。これをすべて革命というひと言で片付けて良いものだろうか。

人は愛する気持ちを押さえるなんて出来ない。人間の力ではどうにも出来ない力、その深さの裏側には動物的な原始的な生命力がある。愛はそれゆえ偉大なのではなかろうか。

それなのにどうしようもなく盲目的な感情。まさにそれは革命家にとって贅沢としかいいようがない！

一九六〇年九月五日

同僚の金仁哲と久しぶりに会った。彼は『労働新聞』で堂々と活躍しているので党からの信任も厚い。もちろん北朝鮮の労働階級出身ということも彼の現在を有利にしている。私から見ても彼は党の方針に忠実に従い誠実な姿勢で働いていた。

金トンムは自宅に誘った。奥さんは地方に出張だと言う。酒を飲んだ後、二人であれこれ気の向くまま話し合った。

酒のせいだろうか、さもなければ私の意思の貧困によるものだろうか。いや寂しかったのだろう。とにかく今日は何でも正直に話し合おうと豪語した。しかし意外にも彼の考えはそうでなかった。嘘をつかないことが正直なことなので自分が許せる範囲で心を開けばよいと言う。

私を信じられないのだろう。彼は私がすべてさらけだして話した後、ゆとりを持って受け止めなければどう処理したら良いのかと聞いた。彼の言う通りだ。ほろ酔い気分が吹っ飛んだ。金仁哲トンムは党幹部としての資質が充分だと思った。

だが彼は知るよしもない。愛や友情は余力を保ちながら育てていくものではないと。

一九六〇年九月六日

昨晩、金仁哲トンムが真伊について話してくれたことが思い出された。真伊が『民主青年』に来たいきさつを知った。『民主朝鮮』の中で真伊の「自由奔放」な態度が高級幹部の目の敵にされたというのだ。そうであろう。単なる「自由奔放」だといえるのか。「厳格な共産主義者たち」に対する真伊の辛らつな視線に一体誰が耐えられるというのか。

夫である白仁秀同志の立派な後ろ盾と彼女の革命履歴を誰もあなどれず『民主青年』に配置換えされたのだ。それでも誰が思っただろう。真伊の自由な振る舞いに隠された彼女の苦悩を。あの虚無の世界から誰が救い出そうとしただろうか。人間としてあんなにもがき苦しんでいるというのに。

依然として自由精神とブルジョア精神を同一視する誤った傾向が共和国にはびこっている。いや、私自身知らない間にそう考えるようになってしまった。

一九六〇年九月一〇日

真伊が主筆同志と何か親しげに話しているのを遠目から見かけた。茫然とする。やはり彼女はああいう人だったのか。私に好意を持っていると勝手に思い込んでいただけなのか。自分自身呆れてしまう。私に良くしてくれた白仁秀同志にもすまない。

そうだ。記録する気にもならないがどうすることも出来ない。何日か前、金仁哲トンムから聞いて冗談だろうと思いたかったのだが、とても忘れられない話だ。

「真鮮！　君の新聞社に崔真伊っているだろ？　気をつけろよ。よく男に色目を使う女性だからなあ。特に君みたいにうぶだとすぐ引っかかるぞ」

ひやりと寒気がした。真伊が、まさか崔トンムがそんな人だなんて。私が年甲斐もなく彼女に魅せられてしまったという悔いで身が縮む思いだ。

いや、違う！　そうではない！　少なくとも私が知る真伊はそんな女性ではない！　だが、それが事実だとしたら？

一九六〇年九月一一日

そうだ。幻想であった。中麗麟の面影が崔真伊の上に覆い被さっただけだ。それで合点がいく。真伊を想いながら私は妻の麗麟をダブらせていたのだ。そして真伊と麗麟の区別もつかない状態であったのだ。無性に彼女に会いたくなるが、いざ会うとどこか違和感があったのもそのせいであろう。

いつでもどの男の人にも優しい崔トンムと私では住む世界が根本的に違うと思わなければ。真実はともかく、そう考えないと、彼女の虜《とりこ》から抜けられない。そうだ。私一人が熱病にうなされていただけだったのだ。

一九六〇年九月一三日

しかしどうしようもない。真伊はすでに私の身も心も奪っている。もしかしたら私は彼女を尻軽と決めつけそれを口実に自分を慰めているだけではないかとも思う。何が本当なのかわからなくなった。実に理解に苦しむ女だ。何が事実なのか私の能力では把握できそうもない。

一九六〇年九月一五日

真伊に手紙を書いた。書いては捨て書いては捨てた。何時間過ぎ去ったことか。心を決め封をする。

常に自ら振りかえり恥を知る人がいます
私は浅はかさを痛切に感じています
真実を知ることがどんなに難しいか思い知りました

もう一度読み直した手紙は、今も机の上にあって蒼白い私を見つめている。

一九六〇年九月一八日

真伊と階段でばったり会った。
「私は真伊さんの本当の姿を知るまで随分遠回りをしたみたいだよ」
真伊は例の謎めいた笑みを浮べ、何も言わず礼をすると行ってしまった。めまいがした。

一九六〇年九月一九日

九回忌。辺りがどっぷり闇に包まれるまで、麗麟とソドリが眠る墓で過ごした。若かりし頃、麗麟が手紙で引用したゲーテの言葉が浮かんだ。

「散歩を楽しみなさい。心穏やかに歩きながら身の回りで起きている出来事を考えるのです。きっと世の中は何と美しいものなのかと思えるでしょう」

そういうゲーテ自身はどうであったか？

七〇歳を過ぎて一七、八歳の少女を熱烈に愛しプロポーズはしたものの見事に拒絶されたのだ。本当のところゲーテの人生は美しかったのだろうか。彼がぶち当たった苦痛と胸の苦しみはさておき、人間とは常に自ら欲望に対し誠実であるのも善し悪しではないか。散策をして偶然に目にした野菊を見てその美しさと神秘さを称賛することはできないのか。七〇を過ぎ、死を目前にしてまで、人はあそこまでして生きなければならないのか。それがゲーテのすばらしい生命力だと褒め称えるのが文学を愛する者として取るべき態度なのだろうか。

それだけでゲーテの生命力と人生をブルジョア的とひと言で片付けられない何かを感じる。節制の美学というか。ましてそこから何かを見出せたからこそ余計にすばらしいのではと思う。死ぬまで筆を置くことなく、大作「ファウスト」を完成させたゲーテの情熱こそ意義がある。

一九六〇年一〇月一日

心の整理を終え、真伊に手紙を書いた。しかし破った。電話をかけた。呼び出し音が鳴ったとたん切った。またかけると、真伊が直接取った。

「もしもし、『民主青年』の崔真伊です」

何も言わずに切った。いつもと変わらない明るい声。揺れ動く私とはあまりにも違いすぎる。

そうだ。手紙を書いたり、電話をかけたりするのも私に残った未練じゃないのか。何よりも真伊の心にこれ以上負担をかけてはならない。私との関係以外にも、あの虚無主義者はどれほど辛い思いをしているのだろう。その辛さを少しでも和らげてあげるべきだ。いつからこんなろくでなしになってしまったのか。

二人の関係が続けば悲しみだけが深まる。だから彼女が私を本当に愛しているなら、どう締めようとしているのだろうか？ その反対に愛してなかったのなら、日帝時代のブルジョア新女性がそうであったが「一杯の水」を飲むように考えていたとしたら、今までのことをどう説明するのだろうか？

何の結論も持たず近寄るのはぶざまなことだ。これ以上しつこく付きまとうのを控えるのが最良といえよう。真伊もわざわざ釘を刺していたじゃないか。

「先輩は良い人です」

そう、それで充分ではないのか。真伊が私を良い人だと思っているなら、それ以上何も望まない。もう充分だ。それ以上望むと二人の身に悲劇が起きる。賢い真伊はそれを知っていて私に冷たいのだ。そうなのだと繰り返し自分で踏ん切りをつけた。もう充分なのだと。

一九六〇年一〇月二日

仮に真伊が賢明で今日、私に意図的に冷たいとしたら、そう簡単に諦めるべきではない。もっと全力でぶつかるべきではないか。真伊もそれを待っているに違いないと。

いや、違う。真伊は単なる哀れみで優しくしてくれたに過ぎない。私が執着しはじめたので負担になったのだろう。なぜこんなにしつこいのか。崔真伊ではなく、崔真伊トンムとして接しよう。

一九六〇年一〇月五日

朝・中の党と人民の兄弟愛を深めるため、中国新聞工作者協会が共和国の共産主義教育担当記者たちを一カ月間招待した。フルシチョフのスターリン批判演説以後、ソ連共産党と中国共産党の間で、ここ二年起きている微妙な流れから中国は朝鮮に一層友好的に近づいている。モスクワの八一カ国共産党・労働党会議に参席するためにピョンヤンを発った金昌満《キムチャンマン》部長も中国共産党と連帯を深めることを約束した。

ともあれ中国新聞工作者協会の招請に『民主朝鮮』からは私が選ばれた。やったと喜んだ。毛沢東同志が率いる中国革命の現場を見て廻り、私は自分本来の道、革命の道に戻ってみたい。人民のための、朝鮮革命のための「偉大なる愛」で私の精神を再武装してみたい。大陸の空気を吸いながら不惑の歳をずたずたにした傷から抜け出したい。

一九六〇年一〇月一〇日

北京の新聞工作者協会庁舎での討論を終えた後、天安門広場と紫禁城を見学した。紫禁城の威容は衝撃的だった。ふと麗麟と歩いた朝鮮の宮殿が思い出された。大陸文化に見劣りしない朝鮮固有の文化を探索する課題が今日、朝鮮の労働階級に、それに『民主青年』の前に横たわっている。

一九六〇年一〇月一二日

中国共産党宣伝部副部長同志と接見した後、万里の長城に行った。果てしなく続く雄大な長城に登ったとき新たな感慨に耽った。その昔、この城壁の下まで私の先祖である高句麗戦士たちが来たとの思いに囚われた。

ふと社会主義者である私は今何を考えているのかと反問した。しかしこれは真実ではないか。そうだ。今も同じだ。朝鮮で朝鮮式の社会主義を建設しなければ、われわれは永遠に中国の一辺境文化から抜け出せないかもしれない。今、南朝鮮が米帝の植民地文化に転落しているように。わが革命の主体を一日も早く正すときだ。

一九六〇年一〇月二〇日

中国の同志たちが一息入れようとのことで桂林にも行った。桂林は実に絶景だった。壮族の民俗劇観賞の後に竹江埠頭で船に乗った。桂林の共産党で文化宣伝を担当する同志が委員長同志から詩人であることを紹介されると即興詩を詠んだ。桂林紅酒で酔いがまわったせいだろうか。

私はにっこり笑って答詩を書いた。そっと彼に渡した。

桂林絶景　不要詩　人為詩境　殺自詩

題は「酔中題」と名付けた。彼は苦笑いを浮かべた。私も微笑んだ。

一九六〇年一一月五日

中国から帰ってきた。毛沢東同志が導いた大長征をはじめとする中国革命史を学んでいたので期待をしていた。しかし中国革命は朝鮮革命に比べ成果が乏しかった。特に毛沢東同志が無理やり展開した人民公社と大躍進運動は主義的な限界をいたるところで現していた。少なくない党の中堅幹部たちも私的には懐疑的な思いを隠せなかった。

中堅幹部たちは周恩来同志と鄧小平同志を称えていた。鄧小平同志は帰国間際に会うことが出来た。モスクワの八一カ国共産党・労働党会議に参席して帰ってきた彼は、中国共産党総書記として朝鮮代表団と一五分間懇談会に出てくれた。大きな顔は温和に見えたが、ソ連共産党の覇権主義的な干渉について批判するときには決然としていた。一五〇《チセン》の低い身長なのに小柄だとは感じられなかった。すでに四年前、毛沢東同志の前で個人崇拝は社会主義思想ではないと力説した彼の勇気がにじみ出る体つきだった。

マルクス・レーニン主義の基本である社会経済的土台に対する客観的考慮がまったくなしに、中国の遅れた現実からすぐに共産主義社会を建設しようとする毛沢東同志の路線に、周恩来同志と鄧小平同志が適切なブレーキをかけるように見えた。

たとえ革命の過程では毛主席と中国革命に比べるほどの業績を残せなかったが、金日成首相の指導力は日増しにその手腕を発揮しているようだ。社会主義者として厳密な言葉ではないが、それは朝鮮人民が中国人民よりも偉大だからかもしれない。今はっきりしているのは金日成首相に対する私の考えが相当な部分変わっているとの事実だ。たとえ南労党同志に対しては限りなく残忍であった金日成首相であったが、解放戦争［朝鮮戦争］の惨酷な状況の中で、朝鮮革命の現段階の課題を適切に把握して共和国を正しく導いている。

一九六〇年一一月一〇日

中国から帰ってきて数日経ったが真伊トンムを見かけなかった。中国行きをきっかけに真伊との関係をきれいに整理することにし、偉大なる愛こそが自らの生きる理由だと気持ちを高ぶらせてきたから、見かけないからといって敢えて関心を持つ必要がなかった。中国のいたるところで真伊の顔が浮かんだがある程度抑えることが出来た。それでだろうか。彼女を見かけようが見かけまいが気にしなかった。

しかし今日、偶然に真伊が休職したと聞いた。白仁秀同志がモスクワ大使館で勤務することになり一緒に行ったという。真伊が朝鮮にいないとの事実に、それに私の若き日の孤独がにじんでいるモスクワに行ったと聞き、高い城壁が崩れ落ちるような気がした。
自ら誓った偉大なる愛の前で私自身は如何にみすぼらしい人間なのかを絶望の中で悟った。まだ真伊を忘れられないというのか。幻滅！　不惑の李真鮮！

一九六一年二月一三日

『民族日報』［一九六〇年の四・一九革命後ソウルで創刊された革新系日刊新聞］が南朝鮮で創刊されたとのことだ。嬉しかった。親日売国奴たちの新聞が支配する南朝鮮で四月革命の息子として力強く育つことを心から願う。

一九六一年五月一六日

南朝鮮の軍部がクーデターを起こした。張都暎《チャンドヨン》［陸軍総参謀長］と朴正熙《パクチョンヒ》［陸軍少将］が主役だという。学生たちが流した血は一年で粉々に砕ける瞬間だ。悲しみに浸る。南労党が存在していればとのやるせなさとともに。

一九六一年五月三〇日

南朝鮮のクーデターの実力者は朴正熙だという。朴正熙は麗水・順天蜂起直後、軍部に根付いた南労党組織を徹底的に壊滅することに先頭に立った変節者だ。日本軍出身の彼が機会主義的に南労党に入党した後、結局、同志たちを裏切り、南朝鮮の四月革命までも踏み潰していることに怒りを禁じえない。
革命戦争がすべての良心的人士たちを大地に埋めた状況で結局は朴正熙のような機会主義的出世主義者が南朝鮮を支配することになった。『民族日報』も廃刊された。趙鏞壽《チョヨンス》［一九三〇〜六一。『民族日報』創刊者」社長の命も風前の灯だ。惨憺とする。

一九六一年七月二七日

金日成同志が提起した主体問題を私なりに南朝鮮に適用して分析した論評記事に対し、黄長燁同志が関心を見せた。日本の中央大学留学時代初めて会ったとき、彼は私を兄と呼んだ。妙な因縁でモスクワでまた会った黄同志は学位を取得して帰国してからは、すでに私とは比較も出来ない党高位幹部だ。一九五八年から中央党秘書室で首相同志の理論書記として活動している。それなのに彼は腰が低かった。平党員でしかない私に「李同志」と呼んだ。私も礼儀正しく「書記同志」と呼んだ。

編集局を訪ねてきた黄同志に主体を思想的水準に深め、哲学として定立する課題が必要だと強調した。彼が敏感な反応を見せたからだろうか。朝鮮革命の独自的思想について二人で長い時間胸襟を開いて話し合った。

黄同志は「同志が南労党出身でなかったら、召還されずにモスクワで勉学を続けられた」と惜しんでいた。彼に期待が大きい。

一九六一年七月二八日

黄同志が帰った後、新聞社の中で私に対する視線が完全に変わったような気がする。気まずい感じだ。南朝鮮から越北をしてどうにか生き残っている枯れ枝ぐらいに蔑視の眼差しを隠さなかった主筆同志が今日、執務室に私を呼んだ。共産主義教養部ではなく他の部署へ行かないかと聞いた。

気が抜けた感じだった。わびしく微笑みながら彼を見つめた。

「主筆同志、ありがたい提案ですが、私は今の部署が党のために尽くせる最もふさわしい職場と思っています」

わざとらしい遠慮ではなかった。心底私はそう思った。未来ある朝鮮の青年たちに正しい共産主義教養を植え付けられるのならばそれだけで満足だ。いや、満足しなければならない！

一九六一年七月二九日

しかし私も人間だ。朴憲永同志が没落しなかったならば、私が黄同志の職務についていたのではないか、とのくだらない思いに耽った。

ああ、朴憲永同志が提起した朝鮮革命の新しい道を創造しなければならないというのに、このように毎日毎日、新聞制作に時間を奪われてもいいのか。

もどかしい。大同江のほとりを散策して平穏を取り戻さなければならない。

一九六二年三月五日

とうとう今日『労働新聞』は社説で「修正主義を徹底的に反対しよう」と、ソ連共産党を批判した。党は中国共産党と一層近づいている。私としては最近のソ連と中国共産党との葛藤は是々非々を早く見分けなくてはならない。

問題の核心は中国の毛沢東同志とともに金日成同志がフルシチョフ同志の個人崇拝批判に度が過ぎるほど敏感に反応していることだ。しかし他のことは別にして個人崇拝批判はフルシチョフ同志の業績ではないか。共産主義と個人崇拝は両立不可能ではないか。

一九六二年一〇月三日

崔真伊が帰国した。職場に復帰した。

言葉がなかった。新聞社の階段でより成熟したように見えた彼女と一度出会っただけだ。私と視線が合ったとき、少し動揺したように見えたが、そっとそらした。か細い微笑みも消えた。黒い瞳の下に映った影がいじらしく私の胸に暗い影を投げかけた。歳月のあらゆる谷を埋めたような表情が皮膚を刺す。何しろ静かにそらした視線は真伊の断固とした意地を見せつけた。それでだろうか。成熟した美しさがより弱々しく思える。

一九六三年八月一八日

金日成首相同志が去る一〇日、白頭山に登った。

首相同志に同行した主筆は編集会議で白頭山の企画記事を研究しろと指示した。首相同志は一行に感慨深く語ったという。

「解放後初めてです。国を解放しましたが、党を創建して政権を建て武力を建設するのが忙しくて来られませんでした。白頭山は実に雄大です」

一九六三年八月二〇日

金日成首相の白頭山登頂以後、宣伝煽動部門関係者たちに白頭山関連記事を作成せよとの党の方針が公式に下ってきた。私に目をつけているからだろうか。主筆同志が白頭山取材と満州に広がっている抗日遺跡地を半月間取材して来いと指示した。

一九六三年八月二二日

白頭山天池に登った。将軍峰の横の険しい道に沿って天池に降りていき、水を飲み干した。全身で、いや、全身に天池の雄大な壮観を取り入れたかった。頭がジーンとなった。昨年中国と結んだ国境条約で白頭山の最高峰をわれわれが持つことになったことは、なんと幸せなことだろう。

一九六三年九月六日

白頭山と中国東北部地域を取材して帰った。集安［高句麗の首都］の広開土王陵［高句麗一九代王。高句麗の全盛期を築いた］と長壽王陵［高句麗二〇代王。四二七年に首都を集安からピョンヤンに遷都した］の前で惨憺さを感じた。

金日成首相の抗日遺跡地を訪ねながら白頭山を根拠地にした一九三〇年代の金日成部隊をまた考えた。そうだ。解放直前まで続いた抗日武装闘争の歴史的意味は、非常に大切なわが党の遺産である。一方では時を同じく中国との隣接地での武装闘争に負けじと国内労働階級闘争の重要性を強調した同志たちが、身震いするほど懐かしかった。

どのように記事をまとめるか悩んでいる。

一九六三年九月八日

結局、抗日遺跡地に関する大々的企画記事を書くことに心を決めた。たとえ半分の革命史であってもそれだけでも貴重にしなければならないだろう。残り半分の抗日の輝かしい国内闘争もいつの日か誰かによって記録される日が来るだろう。それが革命に対する楽観的意地ではないか。

一九六三年一〇月一日

新聞に連載した「白頭密林は革命の聖地」が党から大きな好評を得ていると、主筆が積極的に称えた。特に高句麗遺跡地に関し党内外で波紋が広がっているという。主筆は首相同志が私に関心を寄せていらしたとの言葉も忘れなかった。

一九六三年一〇月二八日

『労働新聞』社説が何度もソ連を現代修正主義と痛烈に批判した。この問題に関する私の考えを整理しておく必要がある。しかしフルシチョフの改革政策に対して修正主義との批判がはたして妥当だろうかとの疑問がよぎる。社会主義社会も発展していくものならば、フルシチョフが推進する今日の改革政策は必要ではないか。たとえ彼の改革政策がキューバ事態でアメリカと妥協することになったとしても、個人崇拝批判はわが党も吟味するべきだ。

一九六四年一月一日

記者として党はもちろん金日成同志から能力を認められているとの事実に、言行が慎重になっている。私が朴憲永同志の側近であったとの過去があるのでなおさらだ。しかし今までそうであったように、一点の私心もなく社会主義建設と朝鮮革命に尽くそう。偉大なる愛に私の残りの生を後悔しないように、すべてを惜しみなく捧げよう。今この瞬間が大切だ。感傷的な吐露を記録することも自制しよう。そんな時間があれば私が考える朝鮮革命の夢に沿って、よりましな宣伝と煽動を構想しよう。それがより統一を早める道ではないか。

一九六四年五月一二日

朝鮮民主青年同盟第五回大会で同盟の名称を朝鮮社会主義労働青年同盟（社労青）に変えた。『民主青年』の機関紙名も『労働青年』になった。わが共和国の労働階級と青年たちに対する共産主義の教養に資するよう最善を尽くしたい。

一九六四年六月九日

去る三日、南朝鮮のソウル一帯に非常戒厳令が宣布された。今日、党は南朝鮮の六・三事態［学生を中心に日韓会談を反対した大デモ」と関連して全軍に戦闘準備強化命令を下達した。日本と安値で妥協しようとする南朝鮮のファシストたちに限りない怒りを感じる。

またもや花びらのような若い後輩たちの清らかな命が奪われていく。

一九六五年一月一日

解放二〇周年を迎える新年が明けた。共和国は日々発展している。ソ連との遠のいた関係も昨年一〇月一四日にフルシチョフ書記長が電撃的に辞任することによって修復の兆しを見せ始めた。フルシチョフ時代、彼の路線を朝鮮労働党が公開的に批判したので、ソ連との関係回復は過去と違って対等になっている。

しかし問題は個人崇拝の問題点を提起したフルシチョフの精神から、朝鮮労働党は何も学んでいない点だ。わが党がこの問題を正しく解決するには長い歳月を要するかもしれない。ソ連共産党もまた、個人崇拝を批判するまでに長い歳月スターリンの独裁があったではないか。いつの日か朝鮮労働党もそうなることを信じる。今ではないからといってあえて悩む必要はないではないか。歴史を長い呼吸として見よう。

一九六五年二月七日

米帝が北ベトナムの人民たちに爆撃をする蛮行を行っている。とうとう米帝は朝鮮に次いでベトナムでも野獣的な侵略を始めた。

一九六五年三月一九日

ピョンヤンで「米帝の侵略に反対し、ベトナム人民の正義の闘争を支持するピョンヤン市群衆大会」が行われた。共和国の主要都市でも群衆大会が開かれた。
アメリカもアメリカだが、日本と屈辱的な協商をして若い青年たちを米帝の傭兵として南ベトナムに送る朴正熙徒党に怒りを禁じ得ない。
ベトナムで南北の青年たちが再び戦争を始める状況が起きないか憂慮される。

一九六五年三月二六日

党はホー・チミン同志の要請があった場合、支援軍を派遣する措置を講じたとの声明を出した。共和国内外の情勢がまた緊迫している。
今度は遠い異国の地で北と南の青年が銃を交えなければならないのか。それはだめだ！　廃墟の災いからやっと抜け出て朝鮮の新しい世代たちが育ち始めているのに、その若者たちをまた同族が殺し合う戦場に送ることはできない。

一九六六年三月三〇日

フルシチョフ失脚の後、集団指導体制の様相を見せていたソ連共産党は結局、ブレジネフ同志が書記長になることで落着した。ソ連共産党の逆動的な指導部交代が興味深い。

一九六六年五月一日

毛沢東同志が先月に「プロレタリア文化大革命」を提案した後、中国全域で革命の嵐が強く吹いている。革命の官僚主義化を乗り越えるとの名分は良いが、真実は他にあるように見える。フルシチョフの失脚とブレジネフ書記長の登場に刺激を受けた毛沢東同志の、過度な権力執着からの政治闘争の性格がより際立っている。

一九六六年八月一二日

ベトナム戦争と文化大革命をめぐって中国共産党との関係が極度に悪化している。もしかしたらこの問題はすでにフルシチョフのソ連共産党に対し、朝・中両党がそれぞれ違う論理で批判していたときから「予定された手順」だったのかも知れない。結局『労働新聞』は今日「自主性を擁護しよう」との論説を載せた。

一九六六年一〇月六日

朝鮮労働党代表者会議で、金日成同志は「現情勢とわが党の課業」と題する演説を行った。

「大国主義と宗派主義は他の人をやたらに疑い敵味方に分けることを好む。もしわれらにどっち側かと尋ねたら、われわれはマルクス・レーニン主義の側であり、革命の側だと答えるだろう」

実にいい言葉だ。ふたつの椅子の間で朝鮮労働党が座っているとの中国共産党の批判に対し、金日成同志がわれわれは自分の椅子に座っていると答えたことも魅力的だ。ただ両党が悩んでいる問題を、もう少しわが党の問題として体化していないことが惜しまれる。

一九六六年一〇月三〇日

党中央委員会第四期一四次全員会議で党組織部長・金英柱同志が党書記に選出された。政治委員会候補委員も兼任することになった金英柱同志の地位が一層高まるにつれ、党内で金日成首相の後継者との話が出ている。しかし金日成同志が健康であるので、弟に引き継ぐのは適切な選択ではない。

言うまでもなくソ連共産党と中国共産党の指導部交代がそうであったように朝鮮労働党もまた、指導部交代があり得る。問題は朝鮮労働党でその後継問題が弟という血縁によって提起されている事実だ。これはかえって後継論議をすることよりも劣る。スターリンのソ連共産党でもこんなことは起きなかった。文化大革命で毛沢東同志に対する個人崇拝が甚だしい中国共産党でも、毛同志の後任には林彪ではないか。

一九六六年一二月三一日

党はもちろん共和国が日々発展する姿に大きな誇りを感じる。しかし去る一四次全員会議以後、党の一角で金英柱同志の頭角に異議を提起する論議が出ていることに不安を感じる。海千山千を経た私としては何か嵐の前夜を迎える予感がする。

なぜこの時期に後継問題が提起されるのか、その理由は何なのか。党がソ連と中国の経験を見て後継問題を急ぐのはわかるが、まだその時期ではないのではないか。それにその問題で言うならば、純潔な革命精神と能力が優先されなければならない。後継問題をめぐって新聞社内でもいろんな噂が流れているが、一考の価値もないほどわが党には似合わない話だ。

一九六七年一月二六日

中国の紅衛兵たちが金日成首相をフルシチョフと同じ修正主義者と非難していることに関して、党は抗議する公式声明を発表した。中国共産党との関係が悪化している。紅衛兵たちの金日成同志に対する赤裸々な批判はわが党内でまた他の思想検討の嵐が吹くのではないかとの不安がよぎる。なにしろ紅衛兵たちは毛沢東同志個人に対しては限りなく崇拝をしているではないか。

一九六七年五月三〇日

とうとうその時が来てしまった。

党中央委員会第四期一五次全員会議で朴金喆《パククムチョル》書記同志と李孝淳《リヒョスン》連絡部長同志が、きつい批判を受けてそれぞれ地方の農機械作業所副支配人に退いた。朴同志は去る一四次会議以後、金英柱同志の指導者としての資格について公然と批判してきた。

実際に日帝時代に金日成部隊と手を結び、甲山地方を中心に活動を繰り広げたし、解放後、西大門刑務所から出獄した朴同志にしてみれば、金英柱同志のいきなりの頭角が受け入れられなかったはずだ。結局、金日成同志に忠誠を尽くしてきた彼も、権力の中央に入ることによって没落の道を歩むことになった。朝鮮戦争直後、国内で共産主義運動を粘り強く繰り広げた同志たちが死地に追いやられたとき、彼の運命もまたその道を辿るとは夢にも思わなかったことだろう。彼の没落の前であらためて癒えた傷跡が、また膿むような感じだ。

一九六七年六月一日

崔真伊の夫である白仁秀同志がとうとう除名撤職された。朴金喆同志と李孝淳同志が批判を受けて退いたときから彼の地位が心配だったが、いつか真伊に聞いたように金日成同志に対する忠誠心が並はずれていた人だから安心していた。

甲山出身者たちの全面没落は予想しなかったことではない。朴同志夫妻の独立闘争を描いた映画「一片丹心」が批判を受けたとき、宣伝担当書記を兼ねていた宣伝煽動部長金昌満同志が失脚した。しかし白仁秀同志まで引き摺り下ろす必要があるのか本当に懐疑的だ。白仁秀。彼が誰だと思う。彼のように朝鮮革命に、いや、金日成首相同志に衷心から献身した人が他にいただろうか。事実上パルチザン同僚である甲山出身の彼らに対する除名は金日成同志の究極的な目標がどこにあるのか疑問を抱いてしまう。

その余波だろうか。真伊までも『労働青年』から『勤労女性』に追いやられた。それなのに意外にも本人は淡々としていた。周りでは本来自由奔放に生きてきたからだろうとささやいていた。しかし私にはわかる。常に朗らかさをとりつくろっている真伊も大きな衝撃を受けていることは確かだ。ただ周りから同情を受けたくないので徹底的に自分を偽装しているのだ。それなのに何よりも私はひと言も話し掛けられない無力感を噛み締めなければならなかった。

真伊がそっと新聞社を出たとき、編集局の窓際でいつも胸を和ませながら見ていた彼女の後姿を視野から消えるまで見つめていただけだった。やるせなく瞼を瞬きながら。私が何もできないことが悲しい。あの「強靭な虚無主義者」が健康に生き残ることを祈願するだけだ。

一九六七年六月一〇日

党内で政策と路線を巡り複雑な葛藤が潜伏しているが、誰一人問題を公開的に提起することはない。党と共和国が危機を迎えているのではないかとの考えがいつの日からか固まっている。

党は中国の文化大革命を批判しながらも、文化大革命の最も決定的な過ちである毛沢東個人崇拝をそのまま受け入れている過ちを犯している。中国共産党にはそれでも周恩来同志や鄧小平同志が残っているが、朝鮮労働党で繰り広げられている金日成同志への個人崇拝は党の前途を真っ暗にしている。

それでだろうか。それでも時々日記を書く習慣までもこの頃は恐ろしくなる。まだ五〇にもならないというのに卑屈になってしまったのか。

一九六七年八月二九日

第四期一六次全員会議で金英柱同志が提案した「党の唯一思想体系確立一〇大原則」が採択された後、全国いたるところで金日成首相同志の銅像が建立されている。金英柱同志が自分の権力基盤を固めるために首相同志を偶像化していると思える。

唯一思想という発想自体がどんなにか社会主義から外れているのか。あえて言えば、単なる政策路線をもって思想、それも唯一という名のもとに党全体で確立しようとの姿は、どうしても納得できない。個人崇拝の極限的形態ではないか。

より大きな問題は今日、はたして朝鮮革命の独自的思想といえるものが共和国に存在しているかにある。それなのに唯一思想体系確立を前後してその間一考の価値もない流言としてきた話などが、徐々に党内で具体化されている。血縁で後継者を決めるという動きが少しずつ表れている現状を一体どう見ればいいのか。

一九六七年九月一九日

麗麟とソドリを訪ねた。共和国の都市と農村のいたるところでこの一〇余年間人民のために出版されてきたすべての西洋文学を、反復古主義と反修正主義とのスローガンで取り締まっている共和国の現実が信じられない。言葉もなく眠っている私の永遠なる同志にこの現実をどう理解すればいいのかを尋ねた。

一九六七年一〇月一日

いつの間にか今年も三カ月を残すだけだ。朴憲永先生をはじめとする同志たちの悔しい死の前でも自制した自分が、なぜにこの秋から悩み苦しんでいるのか私にもわからない。秋だからか。

党の権力関係に耳をすませてみよう。私が行うことは権力に近づくことではないのではないか。

二二年前の今日、結婚式を挙げた麗麟がいつも私を諭してくれたではないか。

そうだ。李真鮮、お前がすることは革命だ！　愛だ！

悲しい季節

一九六八年一月一日

暗い夜がまだ明けない朝方。厚く重ね着をして大同江散策に出かけた。夜の真っ黒なとばりが明けると白い雪が花の房のようになって一面に咲き、冬の木立の間を流れる川の水が恥らうように灰色の裸身をあらわした。どのくらいぶらぶらしただろうか。いつの間にか暗闇が明けて、新年の真っ赤な太陽が昇った。赤い日差しを受けた川はあたかも血を運んでいるように静かに海へと流れて行く。冬の風に頬がひりひりするまで立ち止まって、太陽を見つめながらまた偉大なる愛を誓った。

しかし、すぐに愛の誓いはやるせなく崩れてしまった。私の心の暗い影には日差しは届かなかった。時間の流れさえ止まったような暗闇に厚く包まれている。今までの新年とは違い、どうしてこのように生きること自体が重く、重くのしかかるのか。

正直に書き留めておこう。共和国が見慣れない国として迫ってくる。共和国創建二〇周年を迎える歴史的な新年の朝。三〇代と四〇代のすべてを捧げた共和国で、それも元日に、なぜに凍りつくような寒さを感じるのか。悲しみに浸っているからだろうか。なぜに人民の国で私は思い通りに記事を書くのに、苦しまなければならないのか。

一九六八年一月三日

今日ぶつかっている問題の核心を直視しよう。党の唯一思想方針を受け入れることが出来ない。米帝の侵略から党と共和国をしっかりと守り、南朝鮮を解放するためには金日成同志を中心に団結しなければならないと、私自身何度誓ってきたか知れない。すべてのことを忘れて偉大なる愛を。

しかし最近、党が強力に推し進めている唯一思想の確立は性格が違う。単純な権力関係だけにとどまるだけにはいかない。一番恐れることは唯一思想が党を化石化しているという事実だ。党だけではない。この手際で推進されれば共和国人民の生は化石化されることだろう。それは党の退歩、朝鮮共産主義運動の明白な後退だ。

一九六八年一月一五日

どうしても我慢が出来ないやるせなさで、『労働新聞』の金仁哲トンムに電話した。新年に副主筆に昇進したのでお祝いをしたかった。新聞社の近くへ行って一杯おごると言ったが、彼は仕事が遅くなるので、後で家に訪ねると言って電話を切った。

金トンムは夜一〇時三〇分頃トゥルチュク酒［黒豆の木の実で作った酒］一本を持って訪ねて来た。「昇進おめでとう」と言うと、彼は気まずいようだった。金トンムの品格を良く知っているのでかえって申し訳なく思った。彼は『労働新聞』で一緒に働いているとき、どうすれば李トンムのように記事をうまく書けるのかと聞きもした。長い歳月が過ぎたが彼は私が『労働新聞』に復帰できないことをいつも申し訳なく思っていた。

あれこれ話しているうちに彼は我慢できないような感じで尋ねた。

「真鮮トンム、何の用なんだ？　君はわけもなく私に会おうとする人でもないし、早く言ってくれ。実は朝の会議もあるし、ゆっくり出来ないんだ」

「すまなかった。君が昇進して朝の会議を主宰していることまで気が付かなかった。なんでもないさ。ただなんとなく君と一杯飲みたかったのさ。すまん。新年だから君と飲みたかっただけさ」

彼はじっと私の目を見ながら何度も言った。

「いいから、せっかく来たんだから言ったらどうだ」

言い出そうか止めようか迷ったが密やかな目の色——私がそう思って見たかったのかも知れない——が心を開かせた。

「金トンム、実は去年の秋から整理がつかないのだ。君は唯一思想という言葉が社会主義共和国にあり得ることと思うか？」

　彼が当惑すると思い、わざとしまりなく笑いながら言ったが意外だった。金トンムは全然驚かなかった。いや、あたかも予想していたかのようにしばらく頷いていた。それでだったのか、私はひと言付け加えた。

「実を言うと唯一思想という発想が社会主義とどのようにつながるのかわからないのだ。いや、もっと根本的に言うと唯一思想は言語道断ではないか。共産主義社会を建設する党が、どうして一人の思想を唯一思想として強調しなければならないのか」

　金トンムの目が光った。これ以上聞くことは出来ないという表情で一杯のトゥルチュク酒を口の中に放り込むように空けた。酒ビンを持って自分で注ぎながら言った。低く重たい声だった。

「僕は君のことが納得できないさ」

　急な彼の攻勢に当惑した。彼が続けて尋ねた。

「君はマルクス主義者ではないのか」

「それはもちろんマルクス主義者さ」

「ではマルクスは個人ではないのか？　マルクス主義も結局のところ唯一思想ではないか。われわれは朝鮮革命を行うからマルクスではなく、金日成思想を唯一思想にするのではないか」

「それは違う。マルクスはすでに、自分はマルクス主義者ではないと言った事実を君も知っているではないか。ましてマルクスはいつ人民たちに自身の思想を一句一句そのまま覚えるように強要したのか。君が文字的な意味を追求するなら訂正するさ。私はマルクス主義者というより社会主義者だ。マルクス思想は開かれている。われわれが創造的に発展させていかなければならないのさ」

「そうとも、われわれが創造的に発展させていこうとしていること、即ちそれが今朝鮮で金日成同志の思想でもあり、唯一思想になるのだ。中国共産党も毛沢東思想を自国の思想にしているだろう」

私は酒を飲み干した。酒を注いでくれる金トンムを見ながら強い口調で言った。

「君は意識的だろうが無意識だろうが真実を糊塗している。毛沢東思想に対する崇拝風潮はすでに一九五六年中国共産党内で批判を受けたではないか。今中国共産党には毛沢東思想だけあるのではない。劉少奇、周恩来、鄧小平につながる他の流れがあるではないか。それに文化大革命で劉少奇と鄧小平は退いたが、周恩来はまだ総理の職にいるではないか。一人の思想を唯一化することは思想の死、いずれは社会の死を意味する。共産主義建設の道には多様な思想的試みがあってもいいはずだ。そうでない場合、党はすでにレーニンが警告した通り化石化するほかはない。朝鮮労働党もまた例外にはならない。まして今は、わが党は革命戦争の状況ではないか」

「なあ、李トンム。中国と朝鮮を機械的に比較するのは間違いだぞ。中国は革命が終り、建設に入っている。中国も革命中は毛沢東思想を中心にすべての党員たちが団結したし……まだ、南朝鮮を解放していない状況で唯一思想は今日の朝鮮革命段階では絶対的だ」

「不可避との言葉には同意することもできる。しかし絶対的というのは違うのではないか？　君の言うことは全部間違いではないさ。もしかしたら革命の現段階では必要かもしれない。しかし今日の朝鮮革命を冷徹に見るべきではないか。朝鮮革命は何よりも南朝鮮人民たちを説得しなければならない。それがはたして唯一思想で可能だと思うのか？」

彼は黙って聞いていた。

「金トンム、ホー・チミン同志を考えよう。ベトナム共産党はある意味ではわれわれよりも劣悪な状況に置かれているではないか。それなのに私はいまだ、ベトナム共産党が同志たちをスパイに仕立て処刑したとか、ホー同志個人を崇拝したとの話を聞いたことがない」

金トンムが一瞬、額にしわを寄せながら神経質に言った。

「いいとも、君が正直に言ったので私も正直に言おう。私も知っている。金日成同志の革命伝統がレーニンとか毛沢東、ホー・チミンには及ばないことぐらい知っているとも。私がばかか？　だからどうなのだ。実際そうだから私たちは小さい伝統でも大事にしなければならないのだ。それだけでも偉大な伝統に作り上げなければならないのだ。党と革命のために。いや、もっとはっきり言おう。無いとしても作らねばならないのだ。それが革命家だ。そう思わないか？」

いつの間にか彼の表情は険しくなり、声も大きくなったが私は嬉しかった。初めて彼から同志意識を濃く感じた。

「その点は君と考えは同じだ。私もそう思い、自ら適応させて献身したつもりだ。しかし今、党はそこから外れてしまっている。君は革命事業で最も重要なものは何だと思う。君は私を観念的だと批判するかもしれないが、私は真実だと思う。革命は人民を離れては不可能だ。どんな革命も真実の上に立たなければ、人民を動かすことは出来ない。それが誰の目にも嘘であることがわかる場合、人民を感動させることはありえないんだ」

ひんやりとした沈黙が流れた。気まずさを避けようと彼に酒を注ぐと、彼は一気に飲み込んだ。すると突然彼は起き上がった。

「帰る。僕はそんな論争に付き合うほど暇ではないのだ。君の話は聞かなかったことにしておく。じゃあ……。出なくてもいいよ。二人には見解の差があまりにも大きすぎる！」

最後の言葉を発するとき彼のまつげがぴくぴく揺れ、顔色は白紙のように変わっていた。彼が非常に不愉快になったときになる表情だった。そして、彼は行った。「気をつけてな」との言葉に応ずることもなく。

まったく思いもよらなかった結果だった。共和国で心を開ける唯一の友を失うことがはっきりした。新たな虚脱を感じた。半分近く残っていたトゥルチュク酒をラッパ飲みした。トゥルチュクの香と一緒に喉から胃袋に、そして手と足の指先まで赤い酒は熱く広がった。

一九六八年一月二三日

共和国と党に対する私の懐疑はただの奢りなのか。米帝の共和国浸透事件と南朝鮮遊撃隊事件が同時に起き、緊迫した状況になっている。

東海の共和国領海に深く入ってきたアメリカの情報艦艇プエブロ号をわが海軍が拿捕したことだ。幸運にも人民軍が摘発し、元山港に引っぱってきた。まだ報道はされていないが緊張している。米軍を生け捕りしたので米帝の報復は限界があるはずだが、本来侵略的な奴らの性格からすると共和国の人民はしっかり覚悟をしなければならない。

そんな時突然、南朝鮮で遊撃隊がソウルの青瓦台［大統領府］を襲撃した事件が二一日に起きた。私はすぐにわかった。共和国の若い戦士たちが送られたことを。唯一思想体系を強調しながら、格別に南朝鮮の革命闘争を強調した首相同志の年末の演説と、脈絡がつながるくだりだ。

一九六八年一月二九日

南朝鮮の青瓦台を襲撃した遊撃隊の内、逮捕された一人と共和国に戻った三人を除いてみんな犠牲になった。納得できない。一体党は南朝鮮で何をしようとしているのか？　統一革命？　とんでもないことだ。解放直後、南朝鮮で起きた、数え切れない蜂起で多くの革命家が虐殺されたとき、左傾主義だの冒険主義だのと言いながら評論だけしていた北の指導者たちが、二〇年が過ぎた今、わけもない無謀なことをしでかすとは、どう考えても理解が出来ない。

一九六八年三月五日

偉大な作家、洪命熹《ホンミョンヒ》［一九二八年歴史小説『林巨正《リムコクチョン》』を著す。一九四八年越北］先生が亡くなられた。最高人民会議常任委員会副委員長。学生のころ小説『林巨正』を読んで作家を夢見て、後輩たちと討論した時期がぼんやりと浮かんだ。麗麟と二人で語り合ったそのときが一番幸せだった日々ではなかったか。暗澹たる植民地時代のその時々が最も美しい追憶になるとは、想像も出来なかった。
洪命熹先生の死はまた文学を思い起こした。しかし革命と戦争につながる今の人生自体が、文学よりもより偉大ではないのか。革命と建設のように偉大な文学、偉大な愛があるだろうか。偉大な悲しみまでも。

一九六八年五月五日

カール・マルクス誕生一五〇周年。今、彼が新鮮なわけは単純に一五〇周年だからではない。今日の共和国はマルクスが提起した科学的社会主義の理念に、どれだけ近づいているかとの疑問が押し寄せてきているからだ。
そのせいなのか。日本帝国主義時代の末期、今日と同じ五月五日に李鉉相同志から拳銃をもらった智異山の松林が松の香とともに生々しく思い出されるのは。

一九六八年五月一八日

フランス人民たちがパリで大規模なデモを繰り広げた。去る一三日にナンテール大学生六〇人で始まった学生デモは五万人に膨れ上がった。学生たちが「資本主義政府打倒」を叫び、労働階級もストライキに突入した。沈みかかった世界革命の旗はまた、フランスで高らかになびくのだろうか。闘いが党ではなく大学生たちが先導している事実が異彩だ。

一九六八年八月三〇日

ソ連のパブロフスキー将軍が指揮する数一〇万の軍隊が二二日、戦車を先頭にしてチェコスロバキアのプラハに侵入した。「反革命」を鎮圧するとの名目だが、プラハ市民は素手で戦車に立ち向かった。社会主義兄弟国同士で決して起きてはならないことだ。本当にプラハの市民が反革命分子といえるのか。

一九六八年九月一〇日

南朝鮮で党が心血を注いだ統一革命党「北の資金で創設されたといわれる労働者や農民を中心とする党」の組織が摘発されたとの知らせが入った。今日の南朝鮮で革命を導く党が現れるにはより大きな犠牲と長い歳月が必要かも知れない。

一九六八年一〇月四日

チェコスロバキア共産党のドプチェク書記長は結局ソ連の要求に従った。チェコ人民三〇余人が犠牲になり、三〇〇余人が負傷する悲劇が結局彼に「決断」させた。ドブチェク書記長が提起した「人間の顔をした社会主義」が余韻に残る。

ソ連共産党は本当に人類の未来に責任を持てるのか。濃い懐疑が押し寄せてくる。モスクワ留学時代に感じた不安が現実世界で立証される思いだ。

何よりもはっきりしたのはフランス五月蜂起以後、ヨーロッパとアメリカに広がった反資本主義運動の炎に、ソ連のチェコ侵入は冷や水をかけたとの事実だ。

一九六八年一二月一日

年初の過ちが繰り返されている。党（もしくは軍部？）はまた南朝鮮の太白山脈を中心に大規模な遊撃隊を送った。しかし、蔚珍《ウルチン》、三陟《サムチョク》ではほとんどが南朝鮮の軍警によって虐殺された。解放戦争の前と後では南朝鮮人民の感情が厳然に違うというのに党はなぜにこのように旧態依然なのか。結局共和国の若者たちが犠牲になり、南朝鮮では反共イデオロギーが一層強まることになったではないか。

党に対する信頼が少しずつ失われている。信頼が失われた空っぽの空間に党幹部たちの事業作風に対する不信が押し寄せてくる。

一九六八年一二月二四日

『労働新聞』は「プエブロ」号船員たちをアメリカに引き渡したことを報道した。見出しは「朝鮮人民の前に米帝はまたもひざまずいた」。卓越した編集感覚だ。たとえそれが共和国の現実と多少ずれた見出しだとしても、厳然たる事実ではないか。新聞を広げながら爽快だった。実はわれわれが本当に米帝をひざまずかせるには何をするかが重要だ。

今年、共和国は青瓦台奇襲に続き、蔚珍・三陟解放区を作ろうとした。結果は惨憺だった。しかし、このふたつの闘争はわれわれに貴重な教訓をくれた。南朝鮮革命の課題は何かを若者たちの血が雄弁に語っている。そうだ。共和国北半部に真の社会主義、共産主義社会を建設すること以外に何があるというのか。それが南朝鮮人民たちを感動させ、共和国を称える世論が高まらなければならない。南朝鮮人民自らが、共和国と統一しようとの熱望が支配的になったとき、初めて統一革命が可能なのだ。

一九六九年一月二五日

民族保衛相の金昌奉《キムチャンボン》同志と対南事業総局長の許鳳学《ホボンハク》同志が失脚した。六日から一四日まで開かれた軍の党政治委員会拡大会議の決定事項だ。総政治局長呉振宇《オジヌ》同志は二人が唯一思想体系の確立を妨害したと批判した。党資料によると彼らは党指導部に報告もせず、青瓦台を奇襲し、蔚珍地区に工作員を投入したとのことだ。ここ何カ月間、党に対する懐疑が少しは消えたようだ。心の中で幽霊のように徘徊していた絶望はただの感傷に過ぎなかったのか。自ら痛烈な自己批判をしなければならない。とにかく重要なのはこれ以上冒険主義者たちが党に居てはならないとの事実だ。

一九六九年三月三〇日

ソ連と中国が国境地帯で武力衝突をした。一九六〇年代の最後の春。チェコ事件の次に起きたソ連と中国の流血衝突は世界革命に対する信頼、いや、人間性に対する信頼に深い亀裂を与えた。中国共産党は早くもソ連を覇権主義と批判しているが、中国もまたその批判から抜け出ない。

一九六九年九月四日

去る二日、ホー・チミン同志が亡くなったとのニュースが飛び込んできた。七九歳。田舎のお爺さんのような温かみのあるヤギのような顎ひげをたくわえて大きな目を輝かせていたホー同志の顔が浮かんだ。個人崇拝を徹底的に排撃しながら、一貫してベトナム共産党を指導してきたホー同志の霊前に心から弔意を表した。朝鮮の共産主義者として。

一九六九年九月九日

ホー同志の遺書を読んだ。あるくだりに心の琴線が触れた。

「全生涯を通し私は心から、そして力のある限り祖国と革命と人民に奉仕してきた。そろそろこの世ともお別れだが思い残すことはない。ただ、これ以上奉仕できないことを遺憾に思うだけだ。私が死んだら盛大な葬儀で、人民の時間と金を浪費することがないことを願う」

　いつの日か私がこの世を去るとき、「全生涯を通し力のある限り祖国と革命と人民に奉仕してきた」と言えるだろうか。

一九六九年一二月二〇日

党を除名された白仁秀同志が亡くなったとの知らせを聞いた。自殺との噂も聞こえる。ある意味では充分に予見されたことではないか。それなのにどうしてその事実に私が衝撃を受けたと、記録している本当の理由は何なのか。私は一体何をしようとしているのか。

　一九六九年末の深い夜。今私は見慣れない男と対面している。彼の名前さえも気まずい。李真鮮。ああ、人間のはかなさよ。そして人間の根源的な邪悪さよ。人間とは一人の人間の死までも、自分の利害関係で打算することができるという驚くべき事実は、一体何を意味するのか。それなのに私は真伊に夫との関係を回復したらどうかと言ったではないか。何と憎むべき偽善であるのか。人間の死の前に死人の冥福を祈ることよりも、真伊とより近づけるとの妄想に浸る私とは！　本来なら白同志に申し訳ない気持ちを持たなければならないというのに。

　自分に深い絶望を感じる。やさしさを仮装した私という存在の表面の下に、口を大きく開けているこの許せないほどの恐ろしい野蛮。愛の醜さが剥がされる瞬間ではないのか。本当に私はヒューマニストなのか。本当に私は社会主義者なのか。暗い人間の内面よ。獣の末裔。そのしがらみ。まさしくそれが原罪ではないか。

一九七〇年一月五日

白仁秀同志が亡くなった後、真伊に連絡をしようと一日に何度も思ったが、出来なかった。真伊に近寄ってはいけないと思う。当然ではないか。自分自身に過酷なほど厳格でなくてはならない。

いや、もしかしたら私自身に過酷なほど誠実でなければならない。しかしどこまでが私だろうか。存在の深層でうごめく原始的な野蛮が明るみに出たとしても、その野蛮に忠実なことが正しい生き方ではないのか。原始的野蛮性に一定な線を引くことが李真鮮の自我ではないのか。それがより美しい私の真実ではないのか。

シェークスピアだっただろうか。

「愛はある意味では獣を人間にするし、また他の点では人間を獣にする」

私が選択する道はどこだろうか。断然前者だ。「新しい服」との名分でこれ以上、人間性をもてあそぶのは止めよう。

一九七〇年二月一三日

すでに五〇歳。民族と革命に捧げてきた半世紀。それが私の天命ではなかったのか。今まで小さな欲も持たなかった。それなのになぜ過ぎた日々がむなしく迫ってくるのか。「五〇で天命を知る」という言葉を聞き流し、二十歳ごろに天命を見抜いてしまったかのように差し障りなく生きてきた生。私は自分の天命を知っているのだろうか。

一九七〇年二月二二日

社会科学院が昨日レーニン誕生一〇〇周年を記念して哲学部門の学術討論会を開いた。その討論会を報道しながら主体思想の哲学的深化が必要だと強調した。

主筆同志に呼ばれて行くと、今しがた金大（金日成総合大学をいう―編集者）の黄長燁総長から電話がきたと言い、現在、黄同志を中心に主体思想の哲学化作業が進行中だと伝えた。にこにこと明るく説明する主筆の表情から察すると、黄同志が私の記事を読んで主筆に激励の電話をした模様だ。

一九七〇年四月五日

中国総理周恩来同志がピョンヤンに来た。文化大革命が始まってから亀裂が生じた両国の関係を正常化しようとの試みだ。周同志の雰囲気は故ホー・チミン同志と非常に似ていた。不屈の闘争と温かい愛に歳月の経綸まで刻み込まれた顔。朝鮮の共産主義者にはあのような顔を捜すことが出来ない。朴憲永同志が生きていたなら。

一九七〇年九月三〇日

党への信頼を高めようとの試みが、また崩れている。いや、今回はより根本的だ。この二年余り、党内部で集中的に、連鎖的に行われた思想検討事業以後、金日成同志の息子、金正日トンムの力が雪だるまのように急速に大きくなっている。

二年前、金トンムが党宣伝煽動部文化芸術指導課長になったときも、血縁の特恵ではないかとの疑問を拭い去ることが出来なかった。しかし、首相同志の息子ではあるが金日成総合大学で活躍しているとの噂もあったし、党活動もしているのであり得ることだと思った。でも今回、金トンムが宣伝煽動部副部長に就任した事実の前でどうしても心を開くことが出来ない。副部長は私が働いている言論部門を直接指導する職責だ。

正直な気持ち受け入れがたい。私はもちろんのこと、多数の党幹部たちは二八歳の若者の指導を受けなければならないのか。初めてピョンヤンに来たとき偶然に南山《ナムサン》幼稚園で見かけた幼い時の金正日が思い出された。彼の顔からは裕福な家庭のお坊ちゃまとの印象を受けた。

一九七〇年一〇月一〇日

金正日トンムのことを忘れることにした。もしかしたら私の過剰反応かもしれない。それに何よりも革命は党が主体ではないか。党を、私が尊敬するすべての同志たちが、党の栄光のために命を捧げた朝鮮労働党を信じられなければ、一体私の生は何の意味があるというのか。それはだめだ。

一九七〇年一一月三日

朝鮮労働党第五回大会がたけなわだ。金日成同志は一九六〇年代までの社会主義建設の成果で、共和国は社会主義農業国から社会主義工業国になったと報告した。朴成哲《パクソンチョル》第二副首相同志が昨日の金日成同志の報告について討論をした。朴同志の演説に私は驚愕した。

朴同志は討論の中で何度も「敬愛する首領金日成同志」を繰り返した。彼の討論に表れた「へつらい」はそれで終わらなかった。「革命の偉大な首領であられ天才的なマルクス・レーニン主義者であられる金日成同志」、いや、もっと長い献辞もあった。彼がどのように討論を終えたのか記録しておく。いつの日か誰かによって書かれる正しい党史のために。

「絶世の愛国者であられ民族の英雄であられ、百戦百勝の鋼鉄の霊長であられ、国際共産主義運動と労働運動の卓越した指導者の一人であられる敬愛する首領金日成同志の偉大な主体思想をより確固に身体で抱き、金日成同志のもとでしっかり団結して戦うことを堅く決意する」

一九七〇年一一月一二日

党大会の閉幕が近づいた。金日成同志が報告したように社会主義農業国から社会主義工業国になったのはもちろん事実だ。偉大な人民たちの愛と献身が朝鮮のいたるところで実を結んだのも事実だ。それはすべて、人民の血と汗が滲んだ労働の結実である。それなのに党はその成果と栄光をすべて一人の指導者に集めている。

社会主義精神と正面から相反することではないかとの思いが消えない。人民に対する背信だ。

党大会が公式的に唯一思想体系を一層強く立てることを決定したことは深い憂慮を引き出した。唯一思想体系が党の未来に「災い」になる可能性がだんだん大きくなっている。何よりも金日成同志の報告にもあった思想革命、文化革命についての過度な強調が問題だ。まさに重要な人民経済の発展は後回しになった。

資本主義を経ない共和国が社会主義国家になるには経済発展が必要条件だ。それなのに党は逆を進んでいる。一九六〇年代は軍事的冒険主義で浪費した人民の生産力を今度は、思想闘争に没入して使い尽くす兆候を見せている。まさか私があまりにも悲観しているのだろうか。

一九七〇年一一月一五日

南朝鮮で去る一三日、全《チョン》泰壱《テイル》「一九四八〜七〇。労働条件の改善を求め勤労基準法尊守を訴え韓国労働運動の原点となる闘いを刻んだ」という二二歳の労働者が焼身自殺したとの報道があった。ソウル青《チョン》渓《ゲ》川《チョン》の青年労働者は労働権保障を要求した。真っ黒焦げになったであろう彼を思うと、私の心も真っ黒焦げになるようだ。

朝鮮の労働階級は何と純潔なのか。問題はその労働階級を正しく指導する党にある。朝鮮労働党は今日、体と血を捧げる南朝鮮の労働者にとって何なのか。そして何にならなければならないのか。

一九七一年二月三日

やはり金日成同志を信じるべきか。金日成同志が今日、社労青［社会主義労働青年同盟］大会で行った演説に感動した。「青年たちの特性に合う社労青事業をより積極化することについて」演説した金日成同志は次のように指摘した。

「南半部から来た人たちはほとんどが祖国解放戦争のとき、義勇軍に入隊して米帝と勇敢に戦ったトンムたちであり、革命のために進んでわれわれについて来た人たちです。彼らは共和国北半部に来て社会主義建設と祖国の統一のために積極的に戦いました」

「今、共和国北半部には南半部から来た人たちが何十万人もいるが、彼らを幹部に育てて南北間で人士往来が実現したとき、故郷へ送り、一人が一〇人を教養するだけで何百万の群集を簡単につかむことが出来ます。ですからわれわれはこの人たちを大事にして幹部に育てなければなりません」

初めて聞いた言葉だからだろうか。胸が詰まり、涙が流れた。

一九七一年六月二四日

金日成同志が社労青第六回大会で「青年たちは代を継いで革命を継続しなければならない」との演説を行った。「代を継いで」との言葉の語感が引っかかった。もちろん世代が世代を継いで革命を継続しなければならないことは常識だ。しかし、今回の金日成同志の演説は世代ではなく、「代を継いで」と表現した。彼の息子である金正日トンムが去る四月「首領が開拓なされた主体の革命偉業を代を継いで継承・完成することはわが人民の崇高な使命」と演説したことと脈絡がつながっている。

まだ確信は持てないが、明らかに何か大きなしかけ網が迫ってくる予感がする。何年前から感じてきた漠然とした不安感が今日になって突然正体を表すような感じだ。この不安が取り越し苦労であることを願う。

一九七一年七月一五日

共和国を取りまく世界情勢が急変している。アメリカ大統領ニクソンが中国訪問の計画を発表した。衝撃だ。常に激しく米帝国主義を批判してきた中国共産党がアメリカとの関係を正常化しようとしているのだ。中国共産党とアメリカ資本家たちとの対話。これをどのように読むべきか。中国共産党もまた、遅まきながらフルシチョフの平和共存論に同意したことなのか。今後どのように展開していくのか注視しなければならない。世界革命の情勢が転換期を迎えている。

一九七一年八月三〇日

金正日トンムが白頭山に登って、語った言葉が伝わった。

「この世に、わが首領のように長い歳月に渡り、峻厳な革命の道を歩んでこられた方はおりません。来年には首領は還暦を迎えられます。これからは首領が開拓なされた革命偉業を私たちが引き継いでいかねばなりません」

彼が精力的に金日成首領崇拝を推し進めるわけが徐々にただごとではなく思われてくる。

一九七二年三月一日

先月二七日、中国ではアメリカ大統領ニクソンと周恩来同志が乾杯をあげた。中国共産党がアメリカと対話を進めることによって、東北アジアはもちろん世界が転換期を迎えていることがはっきりした。上海共同声明の反覇権条項は明らかにソ連を指しているし、アメリカは中国とソ連間の溝を利用していることが事実として立証された。

アメリカ資本主義はわれわれが予想している以上に堅固であるし、実際にはソ連共産党と中国共産党までもが影響を受けている厳然たる現実に注目する必要がある。

それなのに党はその変化の前で正直ではない。金日成同志と党はこれをアメリカが白旗を掲げて中国を訪問したのだと言っている。

しかしそれだけとはいえない。中国共産党がアメリカとの関係を改善する理由について、党指導部は少しは正直に対応するべきだ。周恩来同志が金日成同志に語った言葉は示唆的だ。周同志は「われわれはアメリカの人民を信じる」と言った。今年に入って共和国と南朝鮮の間で対話の兆しが見えるのは、それと関係があるように思える。

休戦から二〇年近く経っている今日、共和国が南の当局者との対話を閉ざす理由はない。統一のためにもわが党が南朝鮮人民とどのような形態だろうと接触することが重要だ。

一九七二年七月四日

自主、平和、民族大団結。

祖国統一の三大原則。北と南で停戦後初めて共同声明が発表された。北と南の初合意はそれだけで十分に歴史的意味を持つ。

統一は外勢に依存するとか外勢の干渉を受けずに、自主的に解決しなければならないとの第一条項、統一は互いの相手方を反対する武力行使に頼らず、平和的方法で実現しなければならないとの第二条項、そして思想と理念、制度の差異を乗り越えて民族的大団結を成し遂げるとの第三条項の一字一句が貴重だ。

中国がアメリカとの関係を正常化する転換期を迎え、北と南も民族の運命を主体的に切り開くことにしたのは非常に大きな歴史的進展だ。しかし問題の本質はいまだに残っている。南朝鮮の朴正煕政権が本当に、自主と民族大団結の原則に忠実でいられようか。

一九七二年八月一五日

また解放節を迎えた。北と南の対話が進んでいるからだろうか。今までよりも意義深く感じる。すぐに南朝鮮赤十字社代表がピョンヤンに来る。ピョンヤンとソウルで交互に会談が開かれる予定だ。もしかしたら私も南朝鮮に行けるかも知れない。

正直ソウル取材を受け持ちたい。責任主筆同志に積極的に意思表示をしてもいいのだろうか。しかし、そのような請託は今までしたことがないし、それは党性に反することではないか。でもこの機会を逃したくはない。新聞紙面と資料だけでしか知りえない南朝鮮の現実を直接この眼で見てみたい。

一九七二年八月二七日

午後、責任主筆に呼ばれた。あさってピョンヤンに来る南朝鮮代表の取材はもちろん、これからの南北会談の取材を担当した。南北対話の歴史的意味もそうだが、何よりもソウルへ行けるとの事実が胸を踊らす。迷ったが請託をしなかったのがどんなにか良かったたか。事必帰正とはこのことをいうのか。

一九七二年九月一一日

ついに明日ソウルへ行く。

ソウル。私の若き日の霊魂が今もはっきりと徘徊するところ。ああ何年ぶりだろうか。憲法上の首都ではないか。

そのソウルに南北赤十字本会談の取材に向かう。二二年前ソウルを解放するために人民軍とともに進撃したときが思い出される。夢がふくらむ。

祖国解放の完遂を目前に、米帝の仁川上陸で水の泡になったその日が、悔恨として骨身にしみる。それでだろうか。なかなか寝付かれず、やっと眠ると夢で麗麟に会った。

ソウルへ行く感傷に耽る私に、新郎のように見えると、きれいな目で見つめる姿が愛らしかった。ソウルのいたるところに残る麗麟との追憶はまた、どんなにか心を辛くすることだろう。解放されたソウルへ行くのではないとの事実がひときわ悲しい。しかし南北赤十字会談は抑圧されている南朝鮮人民を解放するための小さな事業ではないか。

一九七二年一一月三〇日

ソウルの衝撃からまだ抜け出ることが出来ない。日記をしばらく書けなかったのもその衝撃で記録するのが恐ろしかったからだ。

しかし、私は記者だ。『労働青年』には見たままを記事には出来なかったが、真実を記録しておくことは私の義務だ。いくら否認しようとしてもどうすることも出来ない。

去る九月一二日から一六日まで滞在したソウルは想像とはあまりにもかけ離れていた。貧富の差が目に付くのは昔と変わりはなかった。しかし、それ以上に以前のソウルと異なっていたのはアメリカの植民地ではなかったことだ。いや、それよりもピョンヤンとは違う新しい活力がみなぎっていた。

私は結局今まで『労働青年』編集局の机の前に座り南朝鮮を外からうかがうことで「誤報」を書いてきたことになる。

もちろん、晩餐会で握手をした朴正熙は予想していたのと一寸の狂いもなかった。典型的な「日本軍人」として、印象はすごく横着に見えた。私が地下闘争をしていたころ彼は、日本関東軍に服務していた。日本が負けると保身と出世のために南労党に入り、同志たちが虐殺されると同志たちを売った変節者だ。

握手のとき彼に意図的に冷たい視線を投げた。彼はドキッとしたようだった。

朴正熙は「祖国近代化」を掲げ権力基盤を強化している。彼の意図とは関係なく南朝鮮は「近代化」を進めていることを感じた。

一番衝撃だったのは南朝鮮人民たちの表情だった。戦後世代の若者たちが、涙が出るほど愛らしかった。ソドリの投影だからだろうか。みんなが私の息子、犠牲になった同志たちの息子のように抱きしめたかった。ソウルに高層ビルも多かったが、雄大な建物はピョンヤンの方が多い。

羨ましかったのはソウルの街にはピョンヤンの静けさとは違う躍動感が溢れていた事実だ。明洞《ミョンドン》をふらつく若者たちの姿はアメリカの低質文化に汚染されていることは事実だが、何かを目指す活力に満ちていた。ソウルで見た若者たちの表情は覇気に溢れていた。

ピョンヤンの風景とは対照的だ。ピョンヤンも一九五〇年代と六〇年代はそうではなかった。共産主義社会を建設するとの覇気と意欲はどこに消えたのか。ピョンヤン市民にみなぎっていた偉大なる愛の精神は雪解けのように消えてしまった事実を、ソウルは逆説的に教えてくれた。

一体この原因はどこにあるのだろうか。『労働青年』で共産主義教育を担当している私に、まさしくこれ以上に解決しなければならない緊急な革命課題があるのか。人間の生で個人主義が持っている意味を、わが党はあまりにも軽視してきたのではないか、との自覚が芽生えている。資本主義段階を経ない社会主義の最も大きい危険性が、わが党と言論に表れ始めたとの悲しい確信が生まれている。

共和国北半部が優越だった時代が過ぎ去ろうとしているとの軽はずみな考えをしてしまった。しかし、一九七〇年代に入って南朝鮮が共和国と同じような経済規模で成長しているように見える。今後、時間がたてばわれわれが遅れるのではないかとの不吉な予感とともに。解放された共和国が、解放しなければならない南朝鮮に遅れをとるならば、想像しただけでも恐ろしい。祖国解放戦争で犠牲になった同志たちのためにもそんな不幸な事態にならないように妨がねばならない。これは生き残った者の義務である。

一九七二年一二月一日

南朝鮮が「糸口」になり、秋の間いろいろと苦しんだ末にやっと自分を納得させる論理を整理した。今日、南朝鮮で感知できる新しい活力の源泉は人民たち、労働階級にある。二年前、全泰壱青年の焼身自殺が象徴するように、南朝鮮の労働階級が炎のように成長している。

祖国解放戦争で南朝鮮の革命的階級の多くが地に埋もれてしまったが、その廃墟の上に労働階級の子どもたちの世代が続き、新たに産声あげている。南朝鮮の経済が発展するほど労働階級はまぶしく成長するだろう。しかし、わが共和国はどうなのか。

一九七二年一二月三日

そうだ。唯物論者らしく事態を冷徹に見なければならない。南朝鮮で成長する資本主義の実験よりも、われわれが建設してきた共和国の偉大性を直視しよう。ソウルを夢見ていた香水が、しばらくの間、南朝鮮の現実を高く評価してしまったのだ。感傷は革命に禁物だ。

朴正熙は一〇月二六日いわゆる維新体制を宣言し、終身独裁体制に入った。自分の癖は犬にも食わせないとのことわざがあるが、親日派の彼は明治維新を真似た「一〇月維新」を宣言した。軍事独裁体制の下で抑圧を受ける南朝鮮の労働階級を念頭におかなければならない。

それなのにある憧れ、いや、信頼が残る。四月抗争と全泰壱青年の戦いで日ごと成熟している南朝鮮の若い世代が私の心を捉えている。その輝く後輩たちを、わが党は指導する能力と資格があるのだろうかと思う、朝鮮労働党員の私はなんと懐疑的なのか。

一九七二年一二月一三日

動揺する姿に自分自身驚きを感じる。整理がついたはずなのに、ソウルで見た若者たちの表情がちらつく。ある意味では忘れたくて記憶の奥に押し込んできたが、取材現場で受けた衝撃に正面から取り組まなければならないときが来たようだ。

ソウルで会った南朝鮮記者たちの自由な言葉と行動は新鮮な衝撃だった。ほとんどは反動的な思考に染まってはいたが、中には私の前で朴正熙を批判する記者もいた。権力に対する監視が言論の第一機能であると自慢する若い記者に、私は資本主義という権力を実直に監視できるのかと静かに反問した。飲み込みが良いのか目をくぼませながらそれ以上言わなかった。しかし、若い記者の真摯な表情は今も忘れられない。

しかし、反問した瞬間、私の心の片隅でうずくまっていたひとつの疑問が時間とともに大きくなり、頭をもたげてきた。私は記者として共和国の権力を監視しているのか？　私は党の方針に一致しているのか。私は党の方針に同意しないのにこの間、私から合わせてきたのではないのか。朴憲永先生に言論の仕事をしたいと申し出たとき、私が志したことはせいぜいこんなことだったのか。新しい朝鮮の組織者としての新聞、朝鮮の新しい進路を示そうとした夢。ああ、私はどんなに多くのものを失ってしまったのか。

何なんだろう。五〇過ぎまですべてを捧げた革命と言論事業で芽生えるこの懐疑の心境は。わけもわからぬまま、一体どこから沸いてくるのだろうか。ソウルか？　また見た南朝鮮が李真鮮に心の奥底にしまっておいた革命家の情熱を呼び覚ましているのだろうか。ソウルは、京城《キョンソン》は今でも私には革命の故郷なのか。

一九七二年一二月一五日

黄長燁同志が最高人民会議常設会議議長に選出された。一二日に行われた第五期最高人民会議代議員選挙の結果だ。金日成総合大学総長に続き彼のまぶしい成就にあらためて驚かされる。

もしかして私は不平不満分子になっているのだろうか？　私は彼を妬んでいるのではないだろうか。私自身を正面からまた見つめ直すときだ。内面の闇がひとかけらでも残っているのなら、すべてを革命の陽光で追い払わねばならない。

一九七二年一二月二八日

新しい社会主義憲法が採択された。今日閉幕した最高人民会議第五期第一次会議で金日成同志は「わが国の社会主義をより強化しよう」との報告を行った。

「共和国の北半部は朝鮮労働党の懸命な領導の下、社会主義革命と社会主義建設で偉大な成果を上げ、わが国では名実ともに天地開闢が起こり、人民の政治・経済・文化・生活においては画期的な転変が成し遂げられた」と強調した。

憲法は第四条で「朝鮮民主主義人民共和国は朝鮮労働党の主体思想を国家活動の指導的指針にする」と明示した。金日成同志は新たに設けた国家主席になった。

一九七二年一二月二九日

私が歳を取ったせいだろうか。すべてのことに冷笑的な自分を発見し、その驚きで体がピクッとした。一九四八年、南北の社会主義者が力を合わせて創った朝鮮民主主義人民共和国憲法は破棄された。

金日成同志の主体思想を唯一思想にするとの憲法に変わった。共和国の首都もソウルではない。ピョンヤンだ［一九四八年九月に創建された朝鮮民主主義人民共和国の憲法では韓国を認めず、朝鮮だけが合法的な政府として首都をソウルに制定していた」。政治権力を握った特定人の思想を唯一思想として憲法に明文化する社会を、なんと呼ぶべきだろうか。

金日成主席は報告で憲法を変える理由は集団指導体制が定着したからと言ったが、これは真実と大きな隔たりがある。いや、かえってその反対が真実ではないか。

建国初期に革命の柱であった同志たちを一人、二人とすべて去勢したではないか。特に集団指導体制を主張した同志たちは全員除名、解職させられた。

金日成主席の唯一思想の延長線上には誰がいるのか。

金正日トンム。そうだ。これ以上私は騙されない。唯一思想の裏には金日成主席の長男、金正日トンムが存在しているのだ。実際に党は金正日トンムに大任を任せている。やっと三〇歳になる若い金正日トンムに「老革命家」たちが競ってへつらっている。見る影もない。

しかし、違う。間違っていると叫びたい。金主席を信じたい。それは金主席の取り巻きたちが悪いのだ。まさか金主席が息子を後継者にすることはありえないだろう。何度も自分に問い返し確認してみる。

一九七三年一月一日

歳で体力が衰えているからだろうか。年末から恐ろしい考えに耽る。いつの日か党は私に厳正な「自己批判」を要求するかもしれない。その瞬間が来るとき、はたして私はその批判の前に堂々と自らを主張することができるだろうか。

暗澹たる将来に不吉な予感が差し迫ってきて体が震えた。それだけならまだ悲しみに勝てるかもしれない。問題はより深刻だ。李真鮮個人だけではなく共和国の明日が暗いからだ。

日記をつけながらも正直に告白すると怖い。しかし、朝鮮革命の正しい発展以外に私には他の意図はない。堂々と私の考えの片鱗をその都度記録しておこう。いつの日か私が裁判を受けることになり、この記録が論告に不利に作用したとしてもかまわない。いや、かえって一人でも多くの同志たちがこの記録を読んでくれるのならば、それが革命の発展に寄与するのではないか。もうこれ以上失うものはないではないか。

新聞社の総括時間にも形式的に参加している。総括時間の雰囲気を考えただけでも息が詰まる。社会主義者の私が社会主義国家で正直では生きていけないこの状況が私をわびしくする。悲しい季節だ。

一九七三年二月一三日

五三回目の誕生日。私の生をすべて捧げた朝鮮革命はどこへ行くのか。すべてのことを徹底的に忘れて、偉大なる愛の延長線で金日成同志を信じてきた私の生ははたして正しかったのか。不惑を誓い天命を悟ったと自負するのに、なぜにこのように揺れるのか。重ねて問う。私の天命は何なのか。

一九七三年二月一七日

慈江《チャガン》道《ド》江界《カンゲ》市に「二月一六日芸術専門学校」が開校した。金正日トンムの誕生日を記念した芸術専門学校という。先が思いやられる。偉大な革命的文学芸術史の中で金正日の誕生日ほどの業績が他にないというのか。朝鮮人民の革命的文学芸術史に対する冒瀆ではないか。

一九七三年四月一二日

鄧小平同志がまた中国政治舞台に登場した。北京でのシアヌーク歓迎宴会で周恩来同志は鄧小平を国務院副総理と紹介した。中国共産党の柔軟性が羨ましい。毛沢東の路線だけが「唯一」ではなく、周恩来と鄧小平につながる他の路線が、中国共産党の中で共存している姿を眺めることしか出来ないのか。このようにまたも朝鮮は新しい社会主義を建設する道でも中国に遅れをとってしまうのか。唯一思想で社会全体を武装するという党の現状がやるせない。唯一思想の堅い皮で「武装」した人民たちにはたして創意性が生まれるのか。

一九七三年七月二五日

金剛山に休養に来た。今まで一度も休暇を取らなかったが、今年は静かなところで思索をしたかった。責任主筆同志は意外な表情だったが許可証を出してくれた。実際に何十年ぶりの休暇だろうか。休養所では見晴らしのいい部屋をあてがってくれた。

一九七三年七月二六日

金剛山。思い返せば三〇余年ぶりだ。一九四二年秋だった。授戒を受けた神渓寺を訪ねた。米帝の爆撃で廃墟になった寺には石塔だけが寂しく残っていた。雑草が茂っていた大雄殿の跡に立つと、その日の仏香が感じられ鼻を刺すようだった。夜を明かし観音連峰をさまよった瞬間とか、月の明かりで見える万物相［外金剛の名所のひとつ］の情景などがひとつ残らず目の前に焼きつく。

山はそのままなのに、五〇を過ぎた私の心はこれといった感慨も感じない。万物相も押し黙っているようだ。ただあの若い日の追憶が蘇り、胸の奥深いところまで悔恨の涙を濡らすだけだ。「百尺竿頭進一歩」の心境で授戒を受けたその日。授戒を仏家への入門と同時に仏家からの出家にした傲慢も恥ずかしく思えてきた。皮膚が焼けていく匂いの中で和光同塵、塵土坌身、灰頭土面。真の人民解放のための革命の道を私はどこまで歩んできたのか。

百尺竿頭進一歩と思ったその日から三一年の歳月が流れたのに、いまだ百尺竿頭に立っている自分を発見する。ただの指幅の前進もなく。

一九七三年七月二七日

神渓寺の跡地に立って青い空を見上げているときだった。ふと、その昔に見た悲しい顔が浮かんだ。サッカ［笠］の影に表した薄い微笑み、それに濃い瞳に溢れる悲しみ。あの尼僧はいまどこにいるのだろうか。南朝鮮に行ったのだろうか。成仏したのだろうか。なぜだろうか、その尼僧と麗麟、それに真伊が皆一人のように思えるのは？

一九七三年八月二八日

金英柱同志が南北間の対話を事実上打ち切る声明を発表した。朴正熙政権が日本で金大中氏を拉致した事件［金大中事件。一九七三年八月八日、東京のホテルで韓国中央情報部員に拉致され殺害されかけた事件］が起きたからだ。南北共同声明のために昨年ピョンヤンに来た中央情報部李《リ》厚洛《フラク》部長が深く関わっている。そんなやつが一時でも愛国志士のように振舞ったという事実に怒りを覚える。

一九七三年九月五日

とうとうそのときが来ている。私の消極的な言論活動が党で問題になり始めている。朝鮮記者同盟に立ち寄ったとき、昨年末に第一副委員長になった金仁哲トンムの部屋を訪ねた。金トンムの謙遜な姿勢は一層身体に染み込んでいた。話が終わり彼の部屋を出ようとすると、金トンムは私の袖をそっと掴み忠告してくれた。

「なあ、真鮮。君はなぜこんな重要なときに党と言論活動に消極的なんだ。『労働青年』の次期責任主筆に君の後輩が候補に上がっているぞ。真鮮、いつまでも世の中の流れに背くつもりか。金正日同志の時代が来ている事実を君のような優れた記者ならとっくにわかっているではないか。道理に従って生きていこうよ。君はなぜ強情を張るんだ。君はまだ熱血青年のつもりか。君の天才的な才能がもったいないんだ」

私はきつく言い返した。

「道理に従う？　何が道理だ？　金正日トンムが党と革命事業の最高指導者の椅子を世襲するのが道理というのか？　君のような高位幹部が金日成同志のためにも言うべきことは言うべきではないのか」

「はは！　大変なことをしでかしそうな親友だな。党中央宣伝煽動部副部長同志に『トンム』とは何なんだ。それに『世襲』だと？　君のためを思って忠告したのに、今日のことは聞かなかったことにする」

手を振って否定の態度を示しながら彼は背を向けた。永遠に私とは会わないとの態度だった。今回だけは本当に彼は遠くへ行ったような感じがした。

正直驚いたことは確かだ。生涯をかけてきた革命で私が落伍しているとの事実は。まったく予想をしなかったことではないが、革命家の道を歩いていると自負していた自分にとって衝撃でないはずはない。役職の問題ではない。役職のことならとっくに欲を棄てた。欲を棄てたから今まで自分に勝つことが出来たのだ。欲を持っていたら生き残れなかったかもしれない。

今回の問題は違う。私が選択した言論事業で、それに党が言論部門に要求する課題で、私が革命の足かせになっているとの事実はまったく違う問題だ。

しかし……、しかし私は革命家の良心をかけて証言できる。どうして私が金正日トンムを偉大な同志として称える新聞編集に積極的になれるというのか。どうして社会主義祖国の人民たちに、安っぽい封建的言論行為をしながら生きていかなければならないのか。違う。間違いだ。本当に間違いだ。

一九七三年一〇月五日

すべてが急激に変化している。先月一七日に終わった党中央委員会第五期第七次全員会議で、金正日同志を党中央委員会の宣伝と組織担当書記に選出した事実を今日知った。金同志は宣伝煽動部長と組織指導部長まで兼任した。過去四人が分担していた部署を一人で受け持つことになった。党ではこれを公表せず、第七次全員会議の決定書として党内部に回覧させた。党組織単位でこれを回覧させ、討議をした後で報告書を上げろとの指示が下った。

新聞社でも討論が行われた。誰も異議を言わなかった。私もまたひと言も発しなかった。李真鮮。お前はすでに革命の純潔を棄てたのか。限りなく惨めな自分を発見した。それでだろうか。実に久しぶりに一人で酒を飲んだ。誰もいない家で。

編集者：この日の日記から李真鮮は「金正日トンム」を「金正日同志」に表記した。現実との妥協であろうか。それとも党員として忠実であれとの義務感からだろうか。読者の判断に任せる。

訳者注：李真鮮が「金正日トンム」と呼んでいたのは金正日が革命の後輩でもあり、要職に抜擢された金正日を認めていない表れとして使っていた。しかし、党中央委員会書記に就任したことで「金正日同志」を使うことにしたと思われる。「トンム」と「同志」の違いは、凡例参照。

一九七三年一〇月六日

いくら考えても疑問を解消できない。どうして金正日同志が朝鮮革命の最高指導者のお墨み付きをもらわねばならないのか。今まではすべてを見守ってきた。革命のために、偉大な共和国のために。しかし、もうこれ以上は決して許すことは出来ない。このことで誰かが私を思想的限界と追い立てるのなら、私は誰にでもはっきり言える。

「そうとも。これが私の限界だ。しかしはたして本当にそうなのだろうか」

何よりも許せないのはいまだに私が沈黙をしているとの卑屈さだ。

一九七三年一一月五日

南朝鮮に関する報道活動で少しずつ息が詰まるようなやるせなさを感じる。これ以上真実報道が難しいとの根本的な壁を感じている。言論生活で初めて突然、言論人として自己検閲をしなければならないとの自分を発見する。

一九七三年一一月一〇日

問題は単純明瞭だ。なぜ私は社会主義祖国で社会主義思想を自由に展開できないのか。一体なぜなのだろうか。人民大衆が中心という主体思想が、憲法で保障されている共和国の思想であるのに、共和国の人民大衆は実際主体ではない。徹底的に客体に転落している。

一九七三年一二月八日

夜中だ。まったく眠れない。

今、朝鮮労働党はもう一度私に、私が歩んできた革命の道を否定することを要求している。越北した私はすべてを棄てて党に忠誠を捧げた。そのために南からきた同志たちからどれほど誤解を受けたことか。朴憲永先生と多くの同志たちが「スパイ」として烙印を押され処刑されたときも私は党を選択した。偉大な朝鮮革命のために……。

しかし、いまさら何のために私の考えを変えなければならないのか。何のために？　誰のために？なぜ揺れるのか。五〇が過ぎたこの歳でなぜ自分の道が正しかったのかとの懐疑が絶えないのか。

一九七三年一二月三一日

また一年が過ぎ去った。もう五〇代半ばに差し掛かった。時間の矢とはやるせなく早いものなのだろうか。すべての青春を捧げた革命は、言論は、私を裏切っている。そうだ、私を裏切っていると敢えて書き留めたい。私にはせめてそれを言う権利がある。

カール・マルクスの新聞観とあまりにもかけ離れたこの言論の現実をどう受け止めたら良いのか。マルクスは言った。

「新聞は人民の中で生き、彼らとともに彼らの希望と不安、彼らの愛と憎しみ、彼らの喜びと悲しみを真に分かち合わなければならない」

彼はまた「新聞は歴史の一部分であり、それは実際的な現実の中で現れる反面、この現実を豊かにし、生き生きさせるもの」と強調した。

しかし、共和国で新聞は何よりも人民の中で生きていない。人民たちの不安と憎しみ、悲しみはもちろん希望と愛、喜びでさえも反映されていない。だから現実を豊かにし、生き生きさせる報道が出来ないでいる。かえって現実を貧困にし、蒼白な灰色に作ってしまう。

新年、そして新年。新年を迎え私は何をどうするべきか。

一九七四年一月一〇日

新年早々から全国の党組織と政府機関、行政経済機関、労働団体、人民軍隊、社会安全機関、科学・教育・文化機関、工場、企業所、共同農場等で「敬愛する金正日同志」を偉大な首領の後継者に推戴する請願書と手紙を党中央委員会に送る運動が繰り広げられている。

一九七四年二月一三日

党中央委員会第五期第八次全員会議が「全党員と人民たちの一致した意思と念願を反映して、敬愛する金正日同志を党中央委員会政治委員会委員に選出し、偉大な首領の唯一の後継者に、わが党と革命の首位に推戴する歴史的な決定を採択した」

金日成主席は消極的だったが金一同志〔一九一〇〜八四。副首相、首相を歴任し一九七五年から副主席〕が積極的に主張したとの選出の背景まで広がっている。

一九七四年二月一四日

『労働新聞』は強調した。「偉大な首領の導きと党中央の呼びかけを掲げ、全党、全軍、全民が社会主義大建設事業に総動員しよう」

金正日同志は「党中央」に暗示されている。

一九七四年二月一六日

今日の『労働新聞』社説は党の意図がどこにあるのかをはっきり確認させてくれた。

「主体思想にもとづいた党の堅固な統一団結はわが革命と社会主義大建設戦闘勝利の確固たる担保」

と題する長い社説で、「党中央が提起した党生活総括方針を徹底に貫徹して」との文句がある。党機関紙が金正日同志の誕生日を迎えて、ある特定の人が「党中央」であることを人民たちに露骨的に押し付けている。

一九七四年二月一八日

金正日同志を後継者に推戴した後、全国のすべての機関、工場、共同農場の労働者と人民軍各部隊では、集会を開いて全員会議の決定を熱烈に歓迎している。首領に忠誠を尽くしたように変わりなく、金正日同志に忠誠を尽くすとの決議へとつながる。

一九七四年二月一九日

党中央委員会政治委員になった金正日同志が党宣伝煽動部門関係者たちの講習会を開いた。金同志は「全社会を金日成主義化するための党思想事業の当面のいくつかの問題について」という演説を行った。聞いていたように英明な面貌があった。

金同志は父親の金日成主席の思想で「金日成主義」を公式に提起した。金日成主義が「人類思想史において初めて発見された偉大な主体思想を真髄にして、それにもとづき革命理論と領導方法が全一的に体系化された真の指導思想」と強調した。

金日成主義に対し、息子の金正日同志が党宣伝煽動部門関係者たちの前で行った演説はたぶんに政治的との印象をぬぐえない。いや、戯画的だ。

金日成主義。違う。黄長燁がしたことは結局このことだったのか。同語反復に近い主体思想を人類思想史において初めて発見されたと主張することは一体何なのか。

思想の堕落？　それともニーチェ式に言えば「愚像の黄昏《たそがれ》？」。

一九七四年二月二五日

数日間、金正日同志の問題で苦心した。実際に金正日同志が卓越した指導力を備えているとの前提で、すべての問題をひとつずつ再検討してみた。中国共産党でも昨年八月、三八歳の上海労働者出身の王洪文が綺羅星のように革命元老たちを退けて党中央委員会副主席になったではないか。

しかし、それでも違う。たとえわが党でも世代交代が必要ならば、なぜそれが金日成同志の息子でなければならないのか。共和国の多くの人民の中でどうして三二歳の若い金正日同志なのか。それ自体が特権を受けたことではないか。金正日同志は優秀な人物には違いないと見える。芸術的感性も豊富だ。それを否定する考えは毛頭ない。しかし、他の人民の息子たちも才能があることは同じではないか。公正な機会を与えるべきだ。

仮に彼がずば抜けた指導力を持っているとしよう。そうだとしても金正日同志が次の最高指導者になることは誰よりも金日成同志が防がなければならない。息子の芸術的才能が優れているのなら政治ではなく、芸術家の道を勧めるべきだった。金正日同志が立派な芸術家になったらそれはなんと美しいことか。

金日成同志は金正日同志の党内での地位上昇を引き止めるふりをした。知る人は知っているのだ。金主席の本心が何なのかを。すでに二〇代の金正日同志を党宣伝煽動部要職に就かせ、自分が行くところにはいつも息子を随行するようにしたのは誰だったのか。いや、思い返せば金主席は一九六〇年九月、息子が金日成総合大学に入学したときから特別な関心を寄せた。現地指導や海外訪問にも彼を随行させたではないか。

党高位幹部たちが金主席の意をわからないはずがない。

新たに制定された「金日成勲章」第一号を金正日同志に授与しようとの運動が繰り広げられてい

る。金日成同志も、金正日同志も「固辞」しているとのことが党内外で「美談」として話題になっている。失笑をただよわす。

編集者：一九七二年に金日成勲章が制定された直後から勲章の一号を金正日書記に授与しようとする運動が繰り広げられ、本人が固辞することが繰り返された後、一九七九年に本人の承諾を受け彼に授与された。

一九七四年三月五日

党はとんでもないところで私に傷を与え始めた。金正日を偉大な同志に崇めるのに先頭に立っている責任主筆が執務室に私を呼んだ。ドアを開けて中へ入っても主筆は無言だった。直感的に何か不吉な予感がした。案の定、書類をたたんだ主筆は無愛想に座りながら私を睨みつけた。荒唐無稽なことだった。しかし、まさに荒唐無稽なことはその次だった。

彼は崔真伊記者との関係をいきなり問いただした。『労働青年』副主筆が労働青年たちに模範でなければならないのに、恋愛にうつつを抜かしていいのかとまくし立てた。新聞社の中で噂が広がっているそのことについては、自分も前から知っていたし、その結果今回の『労働青年』人事で、私の非倫理的な事業作風が反映されることになると冷ややかに投げ捨てた。

私は興奮した。血が逆流するようだった。

「主筆同志、何を言っているのですか？」

カッとなって大きな声を出した。

すると彼は急に目を吊り上げてこぶしで机を強く叩き、立ち上がった。私に対する呼称まで変わっていた。

「何を？　真鮮トンム、何を言っているのかと聞いたのか？　知らないで聞いているのか、知らないふりをしているのか？　外面は高邁な人格者のふりをする、腐りきった君の本心を知らないとでもいうのか。崔真伊トンムとできていることを知らないとでも思っているのか？　君は今すぐにでも副主筆を解任しなければならない分子だ。記者同盟の金仁哲第一副委員長が今まで君をかばっていたから我慢してきたが、君のようなブルジョア的なエセ革命家はとっくに新聞社から追い出したいところだ。わかっているのか？」

呆れてしばらく彼をボーッと見ていた。歳のせいだろうか。意外にも来るときが来たとのさっぱりした気分だった。この可憐な「主筆トンム」にひと言何か言いたかったのは、それでも彼が同じ革命の道を歩んでいる同志との未練からだろうか。

「主筆同志、批判ありがとう。いつも互いに笑いながら働いてきて、初めて本音を聞いて正直驚いた。なぜもっと早く同志的な立場で、私に忠告してくれなかったのかね？　まあいいさ。しかし、あなたにひと言だけ言っておこう。同志、私は自分が高邁だと思ったことは一度もない。だから誤解しないで欲しい。また、心が腐りきってもいない。同志、同志もわかっているように私は革命に私の一生はもちろん、家族まで捧げた。

同志、虚心坦懐に話しましょう。同志は革命と愛についてどれほど知っているのかね？　私がエセ革命家だと？　そうかもしれない。エセ革命家の存在は朝鮮革命がいまだ成功していないひとつの理由といえるだろう。そこで聞きたい。一体、今現在、私たちの周りにエセ革命家以外にどんな革命家がいるというのか？

むきにならないで聞きなさい。私が言っていることの真意を正確に知ってから言いなさい。同志はわが党の言論事業が今の社会主義に沿って正しく行われていると本当に思っているのか？　私たちが祖国建設事業を本当に正しく導いていると思っているのか？　主筆同志、本音で答えてください。同志は本当に自分が革命家だと思っているのか？

主筆同志、崔真伊トンムとの関係もそんなのではない。あなたは『不倫』という言葉を使ったが、はしたない倫理的な物差しで愛を語ることがブルジョア的さ。愛の行為を『不倫』と認識したり表現することは社会的思考ではなく、ブルジョア的だ。ブルジョアたちは裏では醜態を見せながらも、自分は一夫一妻制の守護者のように振舞う。わが党の一部に今もそのようなブルジョアがいることも知っている。あなたにはっきり言っておくが、私は崔真伊トンムを愛している。しかし、崔トンムが新聞社を去った後から今日のこの瞬間まで一度も会ったことはない。わかったか？　一〇年前のことで私を誹謗するのは止めなさい。私の思想についての批判なら受け入れよう。

しかし、主筆同志にもう一度はっきり言うが、私は紛れもない社会主義者だ。わが党には自分の出世のために、王権を振りかざす党指導部の反社会主義的な態度を礼讃する『革命貴族』たちがたくさんいる。あなたが主筆として批判しなければならない人は、まさしくそのような分子たちであり、私ではない」

彼の表情は青白く変わった。私は彼の表情の変化を見逃さないで続けた。

「同志、私はあなたが想像する関係ではない、崔トンムの問題ではなく、他の理由で副主筆を辞めさせてもらう。理由は言わない。主筆同志もわかっていると思うから。しかし、もし私のことで崔トンムの身に何か問題が生じたらはっきり警告しておく。それは人間李真鮮を何の根拠もなく侮辱することだ。その時は黙っていないぞ。わかったか？」

主筆の怒鳴り声が消えるほどに主筆室のドアを思いっきり閉めてから部屋を出た。

一九七四年三月七日

すべてが破局に向かって進んでいる。党と革命の前線から私は退くことになるだろう。いや、もしかしたら除名と解職、銃殺までも覚悟しなければならないかもしれない。

でも、いまさら何が怖いというのか。もうすでに私と死を覚悟した同志たちが皆たどった道ではないか。本来、李真鮮は覇気ある人間ではなかったか。五四歳。この年にもなってこれ以上卑屈になるのはよそう。

一九七四年三月一〇日

主筆は私との争いを自分なりに消化できる人だった。五日に彼と正面からぶつかって論争した甲斐があった。最高人民会議常設会議の黄長燁議長が以前新聞社に私を訪ねてきたことも、おそらく私を無視できない要因になったはずだ。

今日彼と責任主筆室で短い会話をした。彼は多少和らぐ声で、しかし冷静に切る者は切るとの感じで言った。

「副主筆トンム！　君のことで金仁哲第一副委員長同志を訪ね相談した。君の望み通り副主筆職から外すことにした。ちょうど校正を責任持つ人が必要だ。校正委員の椅子を準備するから紙面に誤字がひとつも出ないようにして欲しい。これは第一副委員長同志の温かい配慮だ。それに私は『労働新聞』に行くことになった。私の後任には洪《ホン》副主筆が任命されるはずだ。先日の君との話は今まで築いた人間的な因縁を考えて、無いことにする。君もそうしたまえ」

そう言って主筆は私の表情をまじまじと見た。私は彼がなぜそうしているのか理解できた。真剣な表情で彼を見ながら頷いて見せた。それなのに彼は今一度念を押すように重みのある声で続けた。

「肝に銘じて欲しい。君はもちろんのこと君を格別に思う金仁哲第一副委員長と私の運命と直結することだから」

彼は私を睨みつけた。私は心配いらないとの意味をこめて断固と言った。

「わかっている。主筆同志、その点は心配する必要はない」

彼は多少和らいだ声でささやいた。

「副主筆トンム！　第一副委員長同志から君の革命的信念と人民的態度についていろいろ聞いた。しかし、あまりにも考えすぎると観念主義に陥ってしまい、党と革命に対する信念も揺らいでしまうこともありえる。最後にひとつ、これは第一副委員長同志の頼みだ。とにかく定年までおとなしく過ごしてくれとのことだ。くれぐれも忘れないでくれたまえ」

家路につく気分はさっぱりしていた。ただ、観念主義者たちが真の唯物論者に観念主義との「冠」をかぶせる逆説的現実が寂しい後味を残した。

一九七四年三月三一日

幸いなことだ。党は私を見捨てなかった。しかし疑惑はより深まっている。はたして私は、朝鮮労働党から除名されないで済むのだろうか。いわゆる革命の道を歩んで来たと自負している私の生のすべてをかけた問いだ。はたして党は、この問いにどれほど正直になれるというのか。いや、その前に私は党の前でどれほど正直になれるというのか。

誤字を見つけろだと？　新聞紙面のひとつひとつの活字すべてが「誤字」ではないか。

ふと、鄭泰植同志が除名される前、雑誌『人民』の校正部員として働いていたことを思い出した。鄭同志と同じ道を歩まん。ああ、それに何よりも海州で妻の麗麟も校正をしていたではないか。

一九七四年四月七日

『労働青年』の校正をしていると麗麟が働く情景がしみじみと浮かび喉が詰まった。私という人間はいかに根本的に利己的なのかを切実に悟っている。実際校正をしてみると傍で見ているのとは違い、辛いだけではなく、単調すぎる。

それなのに麗麟はなんと情熱的に校正に没頭していたか。黒い瞳の左右に純潔に輝く白い目が細い血筋で赤くなっていた姿が、いとおしく思い出される。海州だけではなく、植民地時代ソウルの永登浦でもそうだった。汗が滲む麗麟の広い額がありありと浮かんだ。

なぜそのとき、麗麟の仕事に対して、ただの一度でも温かい慰労も出来なかったのか。男だからと自分の仕事だけが重要だと錯覚していたのではなかろうか。

海州の三・一印刷所時代だったろうか。校正を見ている麗麟の背中をそっと抱きながら、健康を損ねるか心配だと言ったとき、明るく応えた麗麟の声が耳元に残る。

「ソドリが大きくなる前に革命を終えなければ。この子まで戦場に送りたくないわ」

ああ、麗麟にどのようにつぐなえばいいのか。あれほど清く美しく生きていたのに、あのように惨酷にこの世を去る不条理をどのように理解したらいいのか。むしろ恨めしい弁証法の楽観主義。正反合につながらない、どんなに多くの話がこの地上に輝いているのか。いや、この地を涙の小雨で濡らしているのか。

一九七四年四月二五日

今日の『労働新聞』は「首領の教示と党中央の方針を貫徹する道では、生きても栄光、死んでも栄光だ」との社説を載せた。「生きても栄光、死んでも栄光」との言葉自体が反人民的だ。「代を継いで忠誠を尽くそう」とのスローガンまで登場した。当然に党中央機関をさすはずの党中央が金正日同志個人の表現に定着したことはもちろん、代を継いで忠誠を尽くせとの強調である。

党中央。これに劣る「誤字」があるだろうか。はたしてこれが社会主義言論なのか。根本的な懐疑が押し寄せてくる。もしかしたら私は反動になっているのだろうか。ふたつのうちひとつだ。私が反動なのか、それとも党が反動なのか。

一九七四年五月七日

「わが党の出版報道は全社会の金日成主義化に寄与する威力ある思想的武器だ」

朝鮮記者同盟中央委員会全員会議に参席した金正日同志の演説だ。新聞に掲載される前の校正で、久しぶりに彼の原稿をじっくり読んだ。金正日同志が提示した「新聞革命」の帰結は結局「金日成主義」だ。彼は繰り返し強調した。

「党員たちと勤労者たちが偉大な首領の思想と意図した通りだけに思考して行動し、首領の教えと方針を堅固に擁護して、無条件に徹底して貫徹するように絶えず学ばなければなりません」

「偉大な首領を高く崇め、首領の権威を絶対化して、首領の教えと党の方針を信念に抱き、それを信条化して首領の教えと党の方針執行で無条件性の原則を徹底して守るように、党員たちと勤労者たちを教養することに主な力を注がなければなりません」

原稿から目をそらして窓の外を見つめた。濃い緑のこずえの真下にカササギの巣が見えた。「栄光」[高級たばこの銘柄]を取り出して吸った。たばこの煙のように疑問がもくもくとつながった。演説に含んでいる金正日同志の考えは、はたして社会主義者の考えだろうか。違うのなら何なのだろう。共和国で私が生を捧げてきた言論活動の帰結は結局これだったのか。言論で革命の道を歩いてきた自分に深い恥じらいが押し迫ってくる。

一九七四年八月二日

金正日同志が全国党組織担当者講習会で「各階各層群集を教養改造して熱烈な革命家に、栄光ある主体型の共産主義者に育て彼らが主体思想の旗の下、最後まで堅固に闘うようにしよう」と強調した。去る三月に「生産も学習も生活も抗日遊撃隊式に！」という革命的スローガンを提示した後、金同志は激しく思想戦を繰り広げている。

一九七四年一〇月三日

党中央委員会第五期第九次全員会議が「党の唯一思想体系確立一〇大原則」を採択した。一九六七年、金英柱同志が出した一〇大原則を一層強化したものだ。弟よりも息子のほうが確実により忠誠があるのだろうか。この「歴史的文献」を一字一句吟味して残しておきたい。革命がどこまで堕落できるのかをすべての文句が証明してくれるから。

一. 偉大な首領金日成同志の革命思想で全社会を一色化するために一身を捧げて闘わなければならない。

二. 偉大な首領金日成同志を忠誠をもって高く崇め奉らなければならない。

三. 偉大な首領金日成同志の権威を絶対化しなければならない。

四. 偉大な首領金日成同志の教示執行で無条件性の原則を徹底して守らなければならない。

これ以上の記録は意味があるのだろうか？　違う。無意味なだけではなく不可能だ。あたかも自分の手で朝鮮革命を絞殺する感じだ。

一色化？　絶対化？　崇め奉る？　それでも足りなくて無条件？

じっくり噛み締めると息が詰まる。朝鮮革命に弔鐘が鳴るようだ。

一九七四年一〇月六日

党中央委員会及び政務院責任者たちと道党委員会責任書記たちの協議会で金正日同志は「七〇日戦

闘」を提示した。金同志は「七〇日戦闘」の勝利のカギは思想動員にあると述べ、労働者の中で党と首領に対する教養とともに、前進を妨害してきたあらゆる思想的病を克服するための思想戦を力強く繰り広げようと強調した。思想戦の最後の手順だろうか。その戦闘の銃口のひとつが私を狙っているように感じる。もしかしたら校正部員からそのまま命を落とすのではないかとの思いまで浮かんだ。

一九七五年一月二五日

中国共産党の周恩来総理が人民代表者大会で中国の四つの現代化路線について報告した。農業、工業、国防、科学技術の現代化は今まで思想だけを強調してきた文化大革命路線とは、はっきり線を引いた路線だ。社会主義の物質的基礎をしっかり築こうとの中国共産党の路線再定立が、いまだに思想革命と文化革命を重視しているわが党の指導部に教訓になればいいと思う。

一九七五年二月一五日

朝鮮民主主義人民共和国中央人民委員会が「偉大な首領の教えを敬い、党事業をはじめとする革命と建設のあらゆる分野で不滅の業績を積み重ねられた、偉大な領導者金正日同志に朝鮮民主主義人民共和国英雄称号を授与した」

「七〇日戦闘」の成功で彼は共和国英雄になった。共和国英雄。

解放直後、南朝鮮での革命闘争と祖国解放戦争で亡くなった、多くの朝鮮の英雄たちに、ひざまずいて贖罪したい心境だ。

一九七五年四月一七日

朝鮮に共産党が創建されて五〇年になる。今日朝鮮は共産主義にどれだけ近づいているというのか。いや、共産主義への道を正しく歩んでいるというのか。朝鮮労働党によって徹底して背けられている朝鮮共産党は何を意味するのか。道を誤ったとの不吉な予感。

一九七五年四月三〇日

拍手を送りたい。英雄的なベトナム共産党に。ついに彼らはサイゴンを陥落して統一を成し遂げた。米帝国主義と真っ向から戦い結局、祖国の統一を実現した。

一九七五年九月五日

すべての言論機関が「党中央」との表現を集中的に使っている。正直ではない。なぜ「金正日同志」と使わないのか。人民の前に正直でなければならない。

党内で発言の自由が完全に塞がれている。講習会と各種討論会を通して、唯一思想一〇大原則が全社会を「一色化」、「絶対化」するのに「成功」している。青山里《チョンサンリ》精神［一九六二年二月、青山里協同農場での金日成首相の現地指導で創出された大衆路線の活動方法］と大安《テアン》の事業体系［一九六二年から実施された工業管理形態。金日成首相が大安電機工場を現地指導して事業体系の改革を行った］など一九六〇年代の時代精神はすでに色あせてしまった。これ以上、党の何を、共和国の何を愛せというのか。

一九七五年九月二〇日

偉大なる愛の運命は偉大なる幻滅か。

一九七五年一〇月八日

憂うつな日々を送った。数日間ぐずついた天気がやっと晴れた日の午後。金美玉同志と新聞社の玄関で偶然に出会った。以前から私の姉にでもなったように、面倒を見てくれた先輩だ。穏やかでよく気がきいた。良い人を紹介するからと再婚を勧めてくれたが、何度もはぐらかしてしまった。能力を認められて『勤労女性』責任主筆になったのがもう四年前のことだ。『労働青年』の中で寂しさを感じていたからだろうか。懐かしかった。

金同志もまた、会えてよかったと、新聞社の横にあるイチョウの木の下のベンチに私を引っ張って行った。座ると同時に金同志は畳み掛けるように言った。

「李トンムの話は聞いたわ。崔真伊トンムのことが明るみに出て、『労働青年』で道が塞がっていると聞いて驚いたわ。李トンム、崔真伊トンムが『勤労女性』にいることを知っているでしょう？ どうせこうなったんだから真伊トンムと再婚したらどう？」

「何を言うんですか？ 崔トンムのせいで道が塞がっているなんて？ ましてこの歳で何が再婚ですか？」

「何をおっしゃっているの。歳を取ればひとり暮らしは、まして男やもめは悲惨だと思うわ」

「まあ、そうだとしましょう。しかし金同志は知らないからそう言うのですが、崔トンムは私に気がありませんよ」

「私の勘が当たったわ。李トンムも真伊トンムが好きなのね。彼女をかばうのを見ると私の目は騙せないわ。それはそうとして、真伊トンムが気がないと李トンムはどうしてわかるの？」

金同志がしつこく食い下がるので、一五年前の真伊トンムとのことを要点的に説明した。真伊との熱い愛は隠して、真伊の冷ややかな態度についてはいろいろと説明した。今思えばなぜそんなことを言ってしまったのかと後悔した。

ともあれ金同志は私が女性の気持ちをあまりにも知らな過ぎると言いながら、女性に「なぜキスをしたのか」と聞けば応えられないはずだと言った。それにじれったい人だと付け加えた。
そして金同志は何日か前、真伊トンムに会った時、私に関する話が出て「李同志を非理性的なほど好きだ」との告白を聞いたと伝えた。
多少衝撃を受けた。しかし、信じられなかった。それなのに胸が痛み出した。気になった。本当にそうだろうか。

一九七五年一〇月一五日

ここ一週間、事務室でも、家でも真伊のことを思っていた。真伊を思うたびにいつもはやるせなく重くなる気持ちが雪解けのように和んでいた。私を非理性的なほど好きだと言ったとの言葉が少しずつ大きく響いてきた。本当にそうだろうか。

真伊が私をそう思っているというのに、なぜ私はあれほど忘れようと苦しんだのか。過ぎ去った一五年が実に愚かに思い出される。真伊の前で喪失感まで覚える。私は本当のばかだろうか。

麗麟との恋愛時代が思い出される。そのとき先輩として好きだと言うだけの麗麟の言葉にどんなにか傷付いたことか。しかし結婚後、麗麟はそれは嘘だと言った。金美玉同志の指摘通り私は女性をあまりにも知らな過ぎるのか。

以前真伊が言ったことを急に思い出した。空しそうに音も無くため息をつきながら真伊は言った。
「大人になるというのは、嘘が増えることですね」

一九七五年一〇月二〇日

一人の男が二人の女性を愛することができるのだろうか。愛とはこのようにはかないものなのか。

一九七五年一〇月二四日

昨日、麗麟の墓で夜を明かした。ホトトギスの鳴き声が聞こえるだけであたりは静寂に包まれていた。木立が生い茂る森の上に、月の光が薄暗く射している。流れ星が大きな放物線を描いて秋の空を揺らした。

麗麟に真伊の話をした。真伊が望むなら再婚するかもしれないと告げた。涙がにじみ出た。しばらく涙が止まらなかった。麗麟に申し訳ない。息子のソドリにも。

静かに葬送曲を歌った。生き残ったこの地のすべての革命遺族たちが愛する曲。

一九七五年一〇月三一日

『勤労女性』の事務所に電話した。以前と違い落ち着いた声だった。

「『勤労女性』の崔真伊です」

「久しぶりです。私を覚えていますか？」

返事がなかった。胸がひんやりしてめまいがした。どのくらいたったろうか。

「お元気でしたか？」

真伊が少し快活に尋ねた。

「元気です。真伊トンムはいかがですか？」

また沈黙。

真伊の声はまた落ち着いていた。

「息子の祥俊《サンジュン》と元気に暮らしています。息子は一四歳なの。いろいろ手伝ってくれるので助かります」

息子の話にドキッとした。息子がいるのにいたずらに電話をしてしまったと思った。白仁秀同志の顔が一瞬よぎった。何を話せばいいのか。言葉に詰まった。

　真伊が聞いた。

「何の用で電話をくれたのですか？」

　まったく違うことを話してしまった。

「ただかけただけです。すみません。元気だと聞いて安心しました。それではお元気で」

　電話を切った。めまいがした。口の中がすっかり乾いた感じだった。

一九七五年一一月六日

　迷った末に真伊トンムが働く『勤労女性』編集局にまた電話をした。人間の力ではどうすることも出来ないのが愛のようだ。真伊トンムは明るく応じてくれたが、仕事の後に会うことをためらってい
た。私は少し不快になった。なぜこの人は白髪が増えていく私にじれったくするのだろうか。私を
「非理性的に好きです」と告白しながら。
　私はぜひ確認したいことがあるので、会おうと強引に言った。川辺を歩いてくる真伊の姿は五〇に入った女性だけれど胸をときめかせた。いつも傍にいると思ってきたが、いつの間にか一五年という歳月が流れたせいだろうか。多少親しみが薄れたようだった。最近の暮らし振りを尋ねた後、なぜ私が今まで連絡しなかったのかを弁明のように説明した。真伊の表情が明るく変わるのがわかった。それでだろうか。確信した。
　しかしどう切り出したらいいのか迷いながらたばこを取り出した。真伊はマッチに火をつけてくれた。風で消えないように両手で私の顔に近づけたとき、思わず彼女の手をやさしく包んだ。その瞬間、真伊は身体を震わせた。指先から真伊の温かい体温が私の身体に深く染み込んできた。そのときだった。さっきから足早に空を重ねるように覆い被せてきた雨雲が、いつの間にか黒雲に変わり大粒

の雨を降らせた。真伊がバッグから傘を取り出して開いた。自然と二人は寄り添った。

すべてが因縁であり運命のように迫ってきた。「ごろごろ」と突然、雷が鳴った。胸の奥底に抑圧していた言葉を吐き出したかった。勇気を出して尋ねた。

「金美玉同志と何日か前に会いました。あなたが私を非理性的に好きだとのことを聞きました」

どういうわけか呼名が「あなた」になっていた。自然だと思った。真伊の顔も恥ずかしさで赤らんだと思った。しかし思い過ごしだった。紅潮したようだった表情はすぐにこわばりはじめた。そして彼女の口から出た言葉は突拍子もなかった。

自分は金同志にそんなことを言った覚えはないときっぱりと否定した。なぜ金同志がそんなことを言ったのかは知らないが、おそらく金同志の当てずっぽうだと断言した。

「金同志の誤報」というのが真伊の、いつものように軽快な答えだった。いや違う。それはもう軽快には聞こえてこなかった。限りなく軽薄な、限りなく浅はかな言葉使いに聞こえた。私は彼女を良く見すぎていたのか。言葉が出なかった。胸に大きな穴が空いたようだった。胸がつまり言葉を捜すことさえ出来なかった。

「誤報」

たかが誤報に私は麗麟の墓まで訪ねたというのか。怒りが込み上げてきた。すべてが終わった。彼女は記者の先輩として私を尊敬してきたと、先輩はあまりにも純粋すぎる方だと言った。

尊敬？　純粋？

あきれた。尊敬という言葉が軽蔑のように聞こえた。純粋という言葉は辱しめを受けるように迫ってきた。私の真実がこのように安っぽくもてあそばれていいのか。二度と真伊には連絡をしない。

一九七五年一一月一二日

真伊と会ったとき奥深いまなざしで語ったやさしい声が胸の中でこだましている。

「強情を張って気難しく生きていらっしゃるようで心が痛みました。お願いですから少しは楽しく過ごしてください」

「一五年前は険しく生きているといったのに、今は気難しく強情を張って生きているように見えますか？」

心の中で繰り返した。本当は尋ねたい。

「誰のせいだかわかりますか？」

一九七五年一二月三一日

完全に失敗した人間。生のすべての戦線で崩れている。共和国はもちろん南朝鮮のどこにも親戚がいない事実があらためて身にしみる。窓の外には吹雪が舞っている。ピョンヤンのすべての道を厚く、厚く覆うように雪が降っている。

どこへ向かえばいいのか心細い。それでだろうか。誰もいない家で、空しさで溢れる私にとって酒は「唯一の友」だ。何よりも酒は正直だ。酔いつぶれるまで飲まなければ眠れない。

革命と愛という私の生のふたつの領域ですべてがほころびてしまったのか。解放政局での麗麟との愛、朝鮮革命の熱情、その純潔な追憶が身にしみる。

いま私はどこで、私の生の残った情熱を燃やせばいいのか。一歩も前に進めない。破局を迎える心境だ。

編集者：李真鮮の日記はこれから四年近く中断する。

編集者のむだ口—2

袋小路

またもやむだ口をたたく編集者を読者の皆さんはどうかお許しを願いたい。私のむだ口がわずらわしい読者は次の日記へ飛ばしていくことを心から勧めたい。

ここまで彼の記録を整理したのは二〇〇〇年一〇月三日の夜明けだった。そのとき、六・一五南北共同宣言［二〇〇〇年六月ピョンヤンでの南北両首脳の会談で署名された共同宣言］の「連合・連邦制統一」合意が、南側の冷戦勢力たちの攻勢で紙くずになる現実の前で、無力感に包まれ絶望の日々を送っていたからだろうか。それとも、李真鮮に対する言論界の後輩としての哀れみからだろうか。その日、昼から飲み始めた私は翌日の夜明けには酔いつぶれてしまった。

あまりにも騒がしい音で目をさましたが、まぶしい日差しとともに見知らぬ建物が視界に入ってきた。なぜだろうか。横になりながら私はそこがピョンヤンだと思った。

突然私の目の前に一人の老人が現れ、舌を打った。面食らった状態でやっと起き上がったとき、そこがソウル鐘路《チョンロ》区清進洞《チョンジンドン》の飲み屋街の道端だとわかった。私の体は歩道をはみ出し車道まで転がっていた。酒の匂いをぷんぷんさせながら行きつけの店に入り、焼酎で冷えた体を温めながら苦笑いを浮かべた。

いつも無邪気な私に好意的に接する女主人が、やさしそうに睨みながら、湯気がゆらゆら立ち上がるソンジ汁［動物の鮮血を入れた汁。二日酔いに効く］をテーブルの上にどんと置いた。一人身で暮らす歳月が彼女も寂しいのだろうか。私の顔の前まで近づいては大きな胸を突き出し、両手を腰に当てながら叱りつけるのであった。

「先生もいい歳をしてなんですか。新聞社の部長さんが何たるざまですか」

「悲しい季節」の或る日、もしかしたら五〇代の李真鮮もあの絶望の歳月をピョンヤンのどこかの路上で寝転んだのではなかろうか。酒と眠りに酔い、ほんの少しでも生を忘れたのではなかろうか。酒の入ったコップを上げ、心の中で彼とコップを合わせ一気に飲み干した。女主人が呆れた表情で首を左右に振りながら奥へ入っていった。

最後の一滴まで心をこめて注いだ焼酎を前に置き、襟を正した。李真鮮のわびしい生き方に心から敬意を表した。いや、もしかしたら私は親の世代である彼のために、より正確には珉周之山で血に染まった怨魂のまま眠っている私の父のために杯を空けたのかもしれない。

とにかくその日の朝、李真鮮が残した血のにじむ記録を一字一句無駄にしないで最後まで整理することをあらためて誓った。

いよいよ李真鮮という一人の革命家の長い生の旅程は終りに近づいた。朝鮮民主主義人民共和国での一九五三年から一九七五年に至る生活で李真鮮はすでに五六歳になった。今までの記録を通じ、読者たちは植民地時代に革命の道を自ら選択した一人の人間の壮年期を覗くことができた。彼の壮年期は一九六七年、朝鮮民主主義人民共和国に唯一思想体制が確立する時点を前後して、はっきり区別される。

前期に、李真鮮は妻子を失ったけれど、自分なりに新たな道を切り開きながら、「偉大なる愛」を誓った。彼の偉大なる愛は清浄な心に根ざして、新しい共和国建設に献身する姿で蘇る。実際に今までの日記を見ても、彼は主体思想以前に主体を持った朝鮮の社会主義者として、言論活動で党内外から期待を集めもした。

「編集者のむだ口―1」でも言った通り、告白のかたちで残した日記の外で、革命的言論人としての彼の生は一層熾烈だった可能性が高い。彼の姿により具体的に接近しようと、彼が書いた「アメリカの新義州蛮行記事」と「李鉉相闘争記事」等を調べてみた。しかし、根本的に資料を探し出すのが難しかった。

いつの日か統一が実現したらピョンヤンを訪ね、彼が書いた記事をすべて編集し、読者たちに伝えたい。共和国建設の偉大なる愛に燃えた李真鮮は、しかし、一九六八年以後、生の深い底で到底埋めることのできない空洞がある事実を悟ることになる。そして、その悟りは実際に党と共和国にすべてを捧げた彼の生を破滅させる。

最後には一歩ですらどこに踏めばよいのかわからないほど、絶望する極限状況に至る。彼の悲しい季節は私にとっても彷徨の歳月であった。一九六九年三月、私は大学に入学するにあたり、母と離れソウルに上京してきた。永東邑の市場とヌノチ［雪渓里の旧地名］を行き来しながら魚屋を営んでいた母は生まれつきのがんばり屋さんで、手に入れた家と店を整理して、その年の秋にソウルに上がってきた。家を借りた母は下宿屋を始めた。下宿生一〇人を一人で面倒を見る母の唇はいつも荒れていて血のかさぶたが取れた日はなかった。

母の唯一の生き甲斐だった私はその期待に応え学業に専念した。しかし、朴正熙独裁が馬脚をあらわした一九七〇年代初めの暗うつな大学生活で、葛藤は日ごと深まった。しかも冬休みにヌノチに帰ったとき、里長さんから偶然に聞いた父の過去は衝撃的だった。その絶望と彷徨の中でも私が現実に足を据えることができた接着剤というべきものは、私を悲しませた母のきれいな唇にこびり付いた、黒ずんだかさぶたであった。

結局悩んだ末、新聞記者の道を選択したが、真実を報道することができなかったその時期、いつも酒の甕《かめ》に顔を突っ込んで過ごした。新聞記者の大先輩李真鮮がピョンヤンでそうだったように。

記者として切実に共感する李真鮮の記録を整理しながら、彼が「金正日時代」への転換で感じた絶望を、どう理解すればいいのか多少躊躇《ちゅうちょ》させられた。読者たちもまた然りだったと思う。しかし、その記述に価値判断を下すのは編集者が行うことではない。ただ李真鮮が朝鮮共産党出身であり、北労党にはじめから批判的であった事実を考慮する必要はあると思う。しかしながら李真鮮にとっては必然的な帰結だったと思える。

彼の絶望は単に公的生活から膨らんだだけではない。私的な生活でも彼は崔真伊記者との運命的な出逢いから、熱い熱情に包まれるが、その切ない愛までも破局になってしまう。

編集者として李真鮮の生涯をここまで読みながら、終始渦巻くひとつの疑問を払いのけることができなかった。その疑問を読者たちと共有してみたい。一九四六年四月一三日の彼の日記が長い余韻を残す理由だ。

満二六歳の新婚だった彼は「八月に延禧大学に昇格する延禧専門学校から文学院哲学科教授で迎えるとの誘いを受けた」。当時、朝鮮共産党機関紙『解放日報』の記者であった李真鮮は教授の件を記録しながら付け加えている。

「私自身も驚いたのは革命戦線に身を置いている私が、その中に隠遁したいとの強烈な誘惑だった」

それは「父の長年の夢」でもあり、「妻も黙ってはいたがそれを望んでいるような素振りが歴々」としていた。それなのに李真鮮の妻は彼に「何も言わない」。それで「妻がありがたい」李真鮮はあらためて誓う。

「今は哲学を修業するときではない。哲学を実践するときだ」

歴史がそうであるように一個人の過ぎ去った生に仮定を立てることにどんな意味があるのか知らないが、もし、彼がそのとき教授を引き受けていたらどうなっていただろう。

李真鮮は少なくとも南の哲学界で光を浴びていたのではなかろうか、もしそうであったなら、日記にも書かれているように、朝鮮民主主義人民共和国で絶望に陥ったり、大韓民国の哲学界動向を見て嘆くことはなかったはずだ。

解放後、半世紀が過ぎたというのに、これといった哲学者を一人も生んでいない大韓民国の精神的枯渇症もある程度は潤してくれたはずだ。現実とかけ離れた観念の戯れではなく、民衆とともに歩む哲学者として、この社会に知恵の光を灯してくれる師匠になっていたかも知れない。

いや、その仮定が有効なら、どれよりももっとやるせないことがある。もしそうであったならば、何よりも彼が愛した人たちの生命をすべて救うことができたはずだ。彼の妻申麗麟と息子ソドリはもちろんのこと、彼の父母までもあの革命の熱い暴風を避けたに違いない。同時代の数多い人々が、何の躊躇もなくその楽な道を歩んだではないか。むしろ李真鮮が恨めしいと思う。その仮定は充分に現実的可能性があったと思えるので、より一層胸がつまるのであった。ともすれそれは、私の存在すら知らない父に対する愛憎からかもしれない。

しかし、よく考えてみると、それは単なる仮定に過ぎなかった。いや、もしかしたら李真鮮の美しい生に対する侮辱かもしれない。解放空間において少なくとも李真鮮という純潔な青年には、その道は不可能な選択であった。「今は哲学を修業するときではない。哲学を実践するときだ」との若い哲学徒の誓いは今も偉大なる響きとなって私たちに迫ってくる。

それだけではない。米軍の爆撃で粉々になった申麗麟もまた、悩む李真鮮に断固言う。まさにそれは自分も葛藤に揺れた申麗麟自身に対する誓いだったはずだ。

「今は同志たちから一歩たりとも後ろに下がれないことは、あなたも私もよくわかっていることでしょう。あなた、学校に行ったら葛藤はもっと激しくなるわよ」

麗麟はその理由もはっきり明かす。

「みんなで幸せに暮らそうとするのになぜ、いやだと言うのかしら。民族を背信した親日派たちを清算しようとするのになぜ、それを反対するの。一体あの人たちは自分たちだけが良ければいいというの。親日から親米に衣替えして外勢にすり寄るあの人たちが恐ろしいわ。まさかあの人たちも資本主義がみんなに幸せをもたらすなんて思ってはいないでしょう？……資本が主人になる社会、お金が人を左右する社会を、あの人たちも理想社会と思ってはいないでしょう？　だからなおさら許せないのよ。あの人たちがこの国の子どもたちまでをも支配することを、じっと見ていることはなおさらできませんわ。資本ではなく人間が主人になる社会、人民が中心になる社会を私たちが創らなければならないわ」

そうなのだ。まさしくそれが「偉大なる愛」であった。李真鮮と申麗麟、解放空間にいる清い若者たちにとって、革命は愛の方法であった。

ならば、間違いなく李真鮮の生を尊重し、歴史の仮定を尋ねるのなら、より根本的な問いを投げかけなければなるまい。たとえば解放政局で、もし、アメリカとソ連の介入がなかったらこの地はどうなったであろうか。そして、そのとき指導者は誰がなっただろうか。それに李真鮮の運命はどのように変わったのだろうか。読者たちの想像に任せたい。

ただしそれはこの地の歴史が歩めなかった道であり、李真鮮が進めなかった道だ。

社会主義者として絶望に落ちた李真鮮が満四年の沈黙を破り、また記録を始めたきっかけは『労働青年』の定年退職であった。一九七六年から一九七九年まで彼の生は物語り自体を失った。ピョンヤンで彼の生活がどうだったのかは一九七五年ごろと一九八〇年初めの日記で察するだけだ。

行き止まりの路地で朝鮮の一人の社会主義者はどの道を進むのだろうか。

清らかな夢

一九八〇年二月一日

とうとう私も死を準備するときが来た。一月三一日。定年退職した。引退。舞台の上に上がり、これといった演技もできず、その場を切り抜けるためあれこれやってみたが退場を言い渡されただめな喜劇俳優。恥ずかしさだけではなく恨めしい。自分自身に。

本当に辛い歳月であった。特にここ四年間は失意の歳月であった。廃人のように過ごした。新聞社で校正の仕事を終えると、家に帰りいつも酒浸りだった。

新任の責任主筆が私と接するのが負担だったせいだろうか。新聞社内では私に対する組織的関心がまったくなかった。総括の時間も誰ひとり私の問題を取り上げないと、約束でもしたかのように、無関心であった。告白するがその無関心がどんなにかありがたかったことだろう。本心だ。

まして酒飲み友達もいるはずがなかった。内閣に入った金仁哲トンムさえも私とはこれ以上会う気がないようで、何度か電話をかけたが何の返事もなかった。彼との友情を信じたが、私の勝手な錯覚だったのだろう。

ときどき私に気をかけてくれた金美玉同志が一九七八年初冬、癌で亡くなった。見守ってくれる人が誰もいない、絶対孤独の歳月を過ごした。私もまた同じだった。主体の社会主義国にありながら、私と人民たちの労働が阻害される歴史的現象を傍観するだけであった。

新聞社で面倒を見た後輩たちもいつ頃からかこそこそと避けていった。中には私を見る視線からは軽蔑感までにじみ出ていた。間違いなく蔑みの視線をすべて受けることしか出来なかった。いつのことだったろう。後輩たちをあまり信じないほうがいいと言った崔真伊の忠告がわびしく思い出された。

定年退職する日ですら誰も知らん顔をしていた。いや、彼らは私が定年退職することさえ知らされていなかったかもしれない。もしかして彼らは私を無能な酔っ払いか、とっくに首にしなければならなかった宗派主義者であったが、偉大なる首領と親愛なる党中央の温かい配慮で、配給だけもらうろくでなしと思っていたのかもしれない。一理あることだ。実際に最高人民会議黄長燁議長同志が昔、新聞社に私を訪ねてきたことが、私が無事に定年を迎えるのに大きく寄与したと思う。

それはそうだとして彼らが私をそう思っても彼らのせいではない。後輩たちと私を結ぶ精神的空間がまったくないということを、私自身が骨身にしみて感じているではないか。

それだからだ。『労働青年』の事務所を寂しく後にすると開放感を満喫した。もう錐の椅子からも、党の手の平からも自由を得た。にわか雪を全身に受けながら、電車で通った通勤路をゆっくりと、ゆっくりと、一歩、また一歩と歩いた。

さあ！　これから新たな道を歩もう。

私に与えられた残りの時間、何をするべきか。

まずは日記からまた始めよう。

一九八〇年二月一三日

還暦を迎えた朝。私の還暦。まだ進む道は遠いのに、日はすでに西山に沈もうとしている。麗麟はいまだ二〇代の清純な新婦として、心の中で生きている。

人は本来、不憫な存在なのだろうか。還暦の爺さんなのに平静ではない。しかし、実際に一人で還暦を迎える感慨は格別だ。特に定年退職という解放感は長らく忘れていた自分をあらためて探す余裕をくれた。

ここ一〇日ほどどこへも出かけないで、家に閉じこもり部屋中に散らばっていた取材ノートと日記帳を整理した。はじめは部屋の中を片付けるつもりだったが、ベッドの下に置いてあった延禧専門学校時代の日記を手にとったことからすべてが変わった。日記を読み返しながら若き日の瞬間瞬間が、あるときは限りない喜びとして、あるときは終わりのない悲しみとして迫ってきた。

　何しろ今机の上にどっさり積んである手帳は、最近の私に心の奥底に埋もれていたダイヤモンドを発見したように満たされた思いを与えてくれた。

　一気に読んでみたかったが、怖かった。悲しみの垢が積み重なっている記録自体もそうであったが、その記録を読んだ後に襲ってくる空しさを予感するとなおさら読めなかった。ただぱらぱらと見るだけでも夜がふけるのも気がつかなかった。

　そのように何日間、過ぎし日々を思い出しているとき、ふと、ここ何年間を失意に染まっていたことが何と贅沢なことだろうと思えてきた。

　私のような世代があの波乱万丈の革命と戦争の時代を生き残り、還暦を迎え、なおかつ定年退職ができるなんて祝福中の祝福ではないか。若き日のすべてを革命に捧げた数多くの同志たちの前でこれ以上罪を犯してはならない。

　結局私は同志たちとこの地の人民たちが生を捧げ、国を建て、死をもって守り抜いた共和国の恩恵を受けてきたではないか。定年を迎え年金まで受け取るではないか。

　確かに今日私がやるせない心境で憂慮するのは私の没落ではない。

共和国の没落、党の没落、そして革命の没落だ。

一九八〇年二月一六日
金正日同志の誕生日。私の五〇代を全部灰色にした人物。
今日彼は首領の後継者として公式に宣言された。彼がはたしてどのような後継者になるのかを自分の目でしっかり見届けようとの覚悟で、ここ何年間出し抜けに襲ってきた自殺の衝動を抑えることができた。すべてが無駄なことだった。

血気が弱まるにつけ、生を見つめる私の視線が卑怯になったからかもしれないが、最近は平静を取り戻している。そうだ。金正日同志が今日、わが人民の前に党と共和国の指導者として登場したことは厳然たる事実だ。その現実から目をそらしてはいけない。

金正日同志がどの道を行くのか鋭く注視してやる。可能な限り私の主観的感情を捨て、冷徹に金正日同志に接近してみよう。

一九八〇年四月七日

二カ月近く長い回想に浸った。今この瞬間まで歩んできた生の足跡をひとつひとつしっかりと思い返してみた。

遥か昔の日記をめくりながら、その時々に生々しく浮かんでくる瞬間を再び書きとめた。日記を書く当時の緊迫感で胸はどきどきと鳴るのだった。

その時期、同志たちの名前を実名で記することがむずかしく、略語とか記号で記した。そこに線を引いて同志たちの名前を書くと、ぎゅっと悲しみが込み上がってきた。みんな悲劇的に世を去った。

同志たちの名前を実名で記録する瞬間は新鮮であった。あたかも死んでいった同志たちが甦るように文章の魔術に包まれもした。それだからなのか。古い紙に書かれた文字の上に加筆した。緊急な状況などで充分に記録できなかった事実などが思い出されたときは、自分も知らずに加えていった。

文章は死んだ対象を生き返らす魔法を持っていることを知ったことは値打ちがあった。今まで新聞の紙面に私が書いてきた記事が、ことさらのように恥ずかしくなった。

まったく新しい思いだ。以前には体験できなかった楽しい時間だった。「暗号」で残された私のある秘密が自ら解明されるような神秘さまで感じるのだった。

もちろんその楽しみには辛い悔恨と懐かしさがいつも影のように追ってきた。何よりも麗麟とソドりの追憶が残る日記に接するたびに、またも涙の海になり、しばらくは激情に包まれなければならなかった。

日記をじっくり見ながら回想を拡げていく自分がこっけいにも思えた。しかし、過ぎた歳月を整理しながら私自身、生まれ変わったような感じだ。ここ何年間、酒におぼれ過ごした時間が限りなく恥ずかしい。年を取ったからだろうか。人と人が創り上げていく社会が美しく、温かく迫ってくる。

寒さと歓喜、涙の日々が続いた長い冬は終わった。

いつの間にかピョンヤンは春を迎えた。

一九八〇年五月一日

大同江のほとりはすがすがしい新緑で染まり始めている。毎年そうであるがピョンヤンの五月はまぶしい。いたる所に咲く花の香りが皮膚に深く染み込み、さすらう幻想に浸った。

爽やかに広がる新緑の世界。ゲーテだったろうか。すべての理論は灰色だ、生命の木は青い。いや、それは季節だけだろうか。今日、朝鮮の人民たちは一生懸命、あまりにも一生懸命働いているではないか。

どうしてなのか。私の心を捉えるひとつの質問。

この清い人民の生命力を希望のない灰色にしている者は誰なのか。

一九八〇年五月二五日

南朝鮮の光州で人民たちが立ち上がった。［一九八〇年五月一七日の軍事クーデターをきっかけに光州市で五月十八日から二十七日まで起きた民衆抗争］朴正熙残党たちの銃口に素手で立ち向かい、解放区を作ったとの知らせだ。

昨年の秋に朴正熙が自分の腹心に暗殺されたとの知らせに私は、心の奥底で忘れていた夢を徐々に取り戻していたのかもしれない。だからだろうか。当時南の後輩たちが南朝鮮民族解放戦線を組織して戦っている事実の前で、李真鮮が廃人のように生きていてもいいのかとの思いが閃光のように過ぎった。

一九七二年の南北赤十字会談のときに見た朴正熙の険しい人相が再三思い浮かぶ。裏切りで一貫した独裁者が、腹心の裏切りで殺されたことは歴史の、いや、人民の偉大性を悟らせてくれる。人民は常に言葉だけを並べ立てる革命家よりもより革命的だ。

見ろ、南朝鮮の人民たちは李承晩に続いて朴正熙までも歴史の中へ埋葬した。そして今日はまた、光州で解放区を作った。はるか昔、朴憲永先生が民族解放運動を準備していたまさにその地で。

歴史の流れは何と悠久なのか。

たとえ光州解放区が現在の主観的、客観的状況を見ると長くは続かないとしても、南朝鮮人民の力量は今の解放区の経験を肥やしにして、竹の子のように力強く育つことは確信できる。

一九八〇年五月三〇日

光州で起きた人民抗争は結局、凄絶に敗れてしまった。確固たる思想的中心と組織が無いからだった。ちょうど二〇年前の四月のように倒れていった南朝鮮の若者たちを追慕して一人机の前に座り線香を焚いた。

このすべてが私の世代がしっかり戦ってこなかったからではないか。世代を繰り返しながら、この地の若者たちはいつまで血を流さなければならないのか。

ソドリが大人になる前に革命を完成させなければと、夜更かしをしながら働いていた麗麟のやつれた顔が浮かび、また心を痛めた。

問題は過去ではなく未来だ。共和国のすべての学校と家庭まで、金日成思想が唯一思想として支配する今日の現実を前に、一体誰が朝鮮革命の未来に責任を持つというのか。南朝鮮でうごめく新しい動きに比肩するほどの気運がわが北朝鮮にあるのだろうか。

理論自体だけを見れば至高至善の儒教は両班の支配イデオロギーで朝鮮王朝五〇〇余年の間、人民たちの想像力を枯渇させた。今日の主体思想もまた、わが人民の想像力を萎縮するだけ萎縮させているのではなかろうか。

一九八〇年八月一五日

朝から長い瞑想に耽った。心が程よく軽くなったが、散策に出るとすぐに憂うつになった。はたして私に何が出来るというのか。

古木にも新芽が生えるように、たとえば私に何かが出来るとしよう。私が書いたものが実際に出版出来るのだろうか。それを考えると書くのを諦めてしまうのだった。共和国の同時代人たちに本当に読ますことが出来るのかという根本的な障壁がある。それを考えると息が詰まる。

一九八〇年一〇月一〇日

金日成主席が高麗民主連邦共和国〔南北の体制をそのまま地域政府として、中央に連邦政府を置く「一国家二制度」の統一国家構想案〕を構成しようと提案した。金主席はいつも私が彼に挫折を感じるたびに、卓越した指導力を見せてくれる。高麗民主連邦共和国は適切な統一方案だ。

確かに平和的な統一を成し遂げるには、連邦制以外に道があるだろうか。しかし、今日の悲劇はその方案ですら私には真実に思えない事実にある。ましで南朝鮮では連邦制案にどのような反応を見せるのだろうか。

共和国と党が真の社会主義者の姿勢に生まれ変わらない限り、南朝鮮人民たちはわれわれを信じないはずだ。

一九八〇年一〇月一四日

去る一〇日から開催されていた朝鮮労働党第六回大会が今日閉幕した。金日成主席は党の三大機関である政治局常務委員会と書記局、軍事委員会をまた指導することになった。金正日同志は三大主要機関のすべてで重責を担った。金日成主席を除いて唯一のポストだ。三八歳の彼が確実に後継者であることを共和国内外に公式に宣布したことになった。

ここではっきり記録しておきたい。朝鮮労働党の将来は懐疑的だ。本当にこの党は一九二五年から綿々と継がれてきた偉大な朝鮮共産党の正統性を受け継いだ党なのかとの確信が揺らいでいる。なぜなのかと？　単純だ。そうだ、今だからこそ正直に記録しておこう。

ロシア帝政下で文を書いたレーニンの表現を借りるなら、これ以上「奴隷の言語」で書きたくはない。朝鮮労働党の指導者たちは一九八〇年現在、社会主義者ではない。明白な王政復古が社会主義の名で進められているのではないのか。一体全体どうして社会主義者が自分の息子を後継者にさせるという、常識では考えられないことができるのか。

歴史に飛躍はないものか。それでこのように私たちに復讐をするのか。しかし、この革命にどれほどの朝鮮の若い男性たちと女性たちが命を捧げただろうか。若者の血で波打つ川ですら、解放の海へ行くにはまだ血が足りないというのか。ならばもっと熱い青春の血が大地を濡らさなければならないのか。

濃い緑色だった大同江のほとりに、落ち葉だけがやるせなく舞っていた。

一九八〇年一一月一五日

新聞はもちろんテレビまでもがエンゲルス生誕一六〇周年を迎えて、妙な論理を展開している。マルクス死後エンゲルスが後継者として立派に活動をしたので、国際共産主義運動は分裂しなかったが、エンゲルス死後は後継者がいなかったので、国際労働運動は機会主義者たちの玩具に転落してしまったという論理だ。

金正日同志の後継体制を正当化しようとの意図だ。マルクスとエンゲルスに、彼らの理想的な友情に、朝鮮の社会主義者として許しを願いたい。

そうだ。じっとしている場合ではない。今日からでもマルクスからまた読み始めよう。ほったらかしていた原典からしっかり始めよう。

昔、朴憲永先生が私をモスクワに留学させた理由をじっくり考えている。朝鮮革命の理念を自分なりに生きている限り、最善を尽くし書き残したい。

一九八〇年一二月一日

レーニンの『何をなすべきか』を開くと、延禧専門時代に写し書きしたニーチェの文章が目に付いた。ニーチェと決別して社会主義思想に没頭した青春時代が、ぼんやり浮かんだ。ニーチェの文章を読みながら私はニーチェを克服したのかとの、濃い懐疑が悔恨とともに迫ってくる。

思い返せばその時期、私を虜にした『創造者の道』がすでに私の運命を予告したようだ。「あなたはあなた自身を自らの火花の中で燃やさなければならないのだ。先に灰になることができなく、どうしてあなたは新しくなれるのか。孤独なあなたよ！　あなたは創造する者、愛する者の道を行くだろう。あなた自身をあなたは愛するだろう。そしてあなたは単に愛する人を軽蔑するように、あなた自身を軽蔑するだろう。愛する人は彼が軽蔑するから創造しようとする。彼が愛したことを軽蔑しなかった人は一体、愛について何を知っているというのか」

そうだ。その対象を軽蔑しなかった人が、愛について何を知っているというのか。偉大なる愛と言っていた私の壮年期が果てしなく恥ずかしい。

真に偉大なる愛を残りの人生で燃やしてみたい。たとえ、いっそのこと一握りの灰になることを選択したといえども。

延禧専門学校と日本の中央大学、そしてモスクワ大学まで一貫した哲学的関心——ニーチェとマルクスの調和もしくは統合。新しい社会、新しい人々のために。

一九八一年三月三日

結局長い陣痛の末、南朝鮮で「全斗煥《チョンドゥファン》体制」が今後七年間の執権を保証されて出帆した。一九七九年一〇月二六日、朴正煕が死んだ後、光州抗争と改憲を経て一九八一年二月二五日、全斗煥体制が強固になるまでの状況展開はまだ、南朝鮮人民の力量が親米軍部支配体制から抜け出るほど成長していないとの事実を立証している。

一九八一年六月一〇日

大同江の散歩道が年寄りの私には唯一の楽しみだ。定年を迎えた後、昨年の春から一年余りほとんど毎日、午後に家を出ると大同江に沿って陵羅島《ルンラド》の向かい側の牡丹峰《モランボン》まで行って帰った。川でボート遊びを楽しむ若者たちの姿と陵羅島近くで水遊びに夢中になっている子どもたちの風景は、共和国の現状を一時でも忘れさせる。

時たま霧雨が降ると牡丹峰の下にある七星門《チルソンムン》を通り、乙密台《ウルミルデ》に登った後、浮碧楼《プビョクル》と清流亭《チョンリュジョン》を廻り、また、大同江のほとりに出るのだった。

しかし、その道は閑静ではなく、考えを整理してまとめるにはあまりにも適していなかった。乙密台の横にある、キセスジ蛇のような小道も、今では人民たちのためのスポーツ施設が出来てからは広い道になり、木立が朽ったケヤキの下で、真伊との激情的な愛の追憶が残る場所は小さな池が作られ、昔の面影を探すことは出来なくなった。

今日も散歩をしながら、大同江をじっと見つめていると、ふと、漢江が思い出された。延禧丘で哲学の夢を誓ったときのその道も眼に浮かんだ。寄宿舎から柳道に出てチャンネ野原の曲がりくねったあぜ道を渡った後に、漢江に出て引返したあの道が濃い香水のように思い出された。

まだ一〇代後半のその時期と還暦を過ぎた今の私との間で、私の思索はどれほど深まったというのか。背中に冷や汗が流れる。漢江を散歩したその思索の道を「哲学の道」と命名したように、大同江の散歩道に名前を付けたい。

「真実の道」

愛の道と名付けたかったが、そうすれば忘れ去られた小道の追憶から永遠に抜けきれないような気がする。

一九八一年九月一九日

麗麟とソドリの三〇回忌。墓を訪ねた。夫として父として限りなく恥ずかしい。何よりも社会主義者として、もうこれ以上怒りを抱くのはやめようと固く誓った。

一九八二年二月一五日

党は金正日同志の四〇歳の誕生日を迎え、「朝鮮の英雄」が生まれた一六日を国の公休日に決めた。人民たちが疲れてだるい労働を減らすことが出来る事実に、少しの慰めとみるべきか。

一九八二年四月一日

『労働新聞』に三月三一日に金正日同志が発表した「主体思想について」の論評記事が載った。「主体思想を金日成主義に正しく位置づけその体系と内容、原理と方法を全面的に集大成した」とのことだ。しかし、問題の「労作」は入口から朝鮮革命史を「金日成個人英雄主義」に歪曲している。真実のない思想がどうして人民の中に根ざすことが出来るだろうか。

それなのに『労働新聞』と『労働青年』を熱心に読む、出勤途中の人民たちの風景を見ると、罪の意識をまた覚えるのだった。

客観的に私は人民たちが現実を正確に見えないように、目と耳を塞いだ唯一思想の「ラッパ吹き」だった。

一九八二年四月一六日

金日成主席の古希を祝う行事が盛大に行われている。きのう凱旋門と主体思想塔の除幕式が行われた。牡丹峰の前に建てられた凱旋門は高さ六〇メートル、幅は五二．五メートルもある。金日成主席が日本軍を追い出し、凱旋将軍として朝鮮に帰ってきたことを記念して建てられた。

凱旋将軍。それが本当ならどんなにか、すばらしいことか。日本軍を敗退させ金日成将軍がピョンヤンに凱旋したのなら、それが事実ならば、この地でのすべての血の悲劇は起こらなかっただろう。国が分断され、その分断の中で数百万人の共産主義者たちと人民たちが、悲惨なる生活を強いられることはなかっただろう。

しかし、遺憾にもわが革命史に凱旋門は無かった。希望であることと歴史的実在の混同は革命運動の最も大きな害悪だ。

大同橋近くに花崗岩を積み重ねて高々と建てられた主体思想塔もまた、アメリカ初代大統領ジョージ・ワシントン記念碑よりも少し高い。世界で一番高い石塔という。一七〇メートル。七〇歳の象徴は高さだけではない。主体思想塔の土台の階段は前後が一八段、両横一七段で合計七〇段だ。積み重ねた花崗岩は二五、五五〇個で七〇年を日数にした数字だという。

ああ、一体何をしようとしているのか。指導者の闘争を誇示するために多くの人民の財富を無駄に使わねばならないのか。

更に今日は牡丹峰競技場を拡張した金日成競技場で「偉大な首領金日成元帥に捧げる忠誠の手紙」伝達式が開催された。社会主義共和国の主席なのか、ローマ帝国の皇帝なのか。それとも、私が社会主義者ではなくなったので、そう思うのか。

一九八二年五月一九日

朝鮮中央通信が金日成主席に使用した「敬愛なる首領」という形容詞を金正日には「親愛なる指導者」として、使用を始めた。人民共和国の堕落！

一九八二年一〇月一七日。

金正日同志の論文「朝鮮労働党は栄光なるトゥ・ドゥ［一九二六年中国東北地方で結成された打倒帝国主義同盟のハングル頭文字の略称］の伝統を継承した主体型の革命的党である」が『労働新聞』に掲載された。金日成主席が一九二六年一四歳のときに結成した「打倒帝国主義同盟」が朝鮮労働党の根っことの主張だ。

そうだ。朝鮮労働党は自ら、党の根っこが朝鮮共産党とは違うと認めたのではないか。それは正しい。百回正しいことだ。間違いなく朝鮮労働党の根っこは「打倒帝国主義同盟」だ。

一九二五年以来、献身的な社会主義者たちとともに、民族解放のため純潔に戦ってきた人民たちに根を下ろした党ならば今日、ここまでに歪曲はされない。トゥ・ドゥが正しい。仮飾の党、朝鮮労働党の根としては。

朝鮮共産主義運動の厳然たる歴史までも歪曲する朝鮮労働党。金正日の論文は朝鮮労働党がこの地の労働階級を真に代弁することのできない、非正統的な党であることを自ら告白したことに過ぎない。

それなら何なのか、李真鮮同志。正統的な党はどこにあるのか。

南労党と北労党が合党した一九四九年の夏を正統性の脈が途絶えたと見るのか。それとも朝鮮労働党の創建記念日である一九四五年一〇月一〇日、朝鮮共産党北朝鮮分局が結成された日までさかのぼるのか。

しかし、それが今日の問題を解く上でどんな助けになるというのか。そうとも、役に立たない正統性論争は無意味だ。だからといって朝鮮革命に命を捧げた純潔な魂にどんな慰労になるというのか。革命に命を惜しみなく捧げた革命家たちに一時の慰労は何と安い感情なのだ。

ただ、みんなが平等で住みよい社会をこの地に築くために、ソドリが遺言のように望んだ「美しい家」を建てるために、革命の歴史は最小限真実のままに記録しなければならない。

一九八二年一二月三一日

一年が終わろうとしている。金日成主席と金正日同志、この父子の指導を受けながら人民たちは今年も実に一生懸命に生きてきた。

私も過去すべての情熱を燃やした。そうだ。いつの日か党に呼び出されたとしても、私は自分に、いや何よりも党の前でも私、李真鮮は堂々としていられる。朝鮮革命の主体を正そうとの一貫した問題意識を持って、ずっと言論活動をしてきた。一九六三年、白頭山と周辺地域を取材して、金日成部隊の抗日闘争を企画記事に連載して好評を得たのもほかならぬ李真鮮であった。

しかし、これは違う。党は金主席の抗日闘争をなぜ真実のまま記録しないのか。その真実だけでも充分ではないか。それだけでも人民たちに民族的自負心を充分に与えることが出来るではないか。なぜに欲張るのか。革命を嘘の土台の上に建てようとしたら、いつかは崩れてしまうだろう。偽りの歴史で一体何をどうしようとするのか。

一九八三年三月一四日
マルクスが死去して一〇〇年になる。一〇〇年前マルクスが亡くなったとき、エンゲルスは言った。

「人類は頭脳をひとつ失った。それもこの時代の最も偉大な頭脳を」

マルクスが今日、生きていたなら彼は何を行うだろう。今日、人類の偉大な頭脳はどこにいるのか。

ソ連共産党はアンドロポフ同志を中心に、官僚たちの腐敗追放運動を繰り広げている。中国共産党もまた、鄧小平同志が主導して社会主義現代化を目標に改革政策を行っているではないか。それなのにわが党は代を継いで忠誠を尽くす運動を推し進めている。

一九八四年二月一〇日
『朝鮮芸術』二月号が、来る一六日の金正日同志の四二歳の誕生日に際して、彼を称える詩を掲載した。

ああ、永遠なる二月の太陽
明るいその輝き　世界を照らす
革命の聖山　白頭山深き密林で
最も偉大なるお方が　お生まれになった

一九八四年四月一二日

きのう金日成同志が許錟《ホダム》同志［外相を経て朝鮮労働党政治局員］に会ったとの『労働新聞』記事を読んだ。目を疑った。記録しておきたい。

「革命の世代は絶え間なく替わっています。革命の世代が替わるのにしたがって、幹部隊列も更新しなければなりません。これからは幹部隊列を金正日組織書記に忠実な人たちで構成しなければなりません」

「金正日書記に対する忠実性は即ち私に対する忠実性です。金日成と金正日は思想も同じ、目標も同じ、意思も同じです。金日成の思想は金正日の思想であり、金日成の意思は金正日の意思です。私と金正日組織書記はすべてが同じです。思想も同じ、心も同じ、考えも同じです」

「現時代は金正日の時代です。総書記から平党員に至るまですべての党員は金正日同志に忠実でなければなりません。これは現時代の要求です」

「特に老革命家たちと幹部たちは金正日同志の指示を徹底して執行しなければならないし、党員たちの鏡にならなければなりません」

一九八四年九月二〇日

南朝鮮を襲った九月一日の豪雨で二〇〇余人が命を失ったとのことだ。豪雨の被害を受けた南の人民たちに米を送る運動が広がっている。自分たちは充分に食べられないのに援助に立ち上がる共和国の人民が誇らしい。

私も四日分の配給食糧を南朝鮮に送ると申し出た。年老いた私の分を減らして南朝鮮の若い世代が少しでも食すことができるならどれだけ喜ばしいことか。もしかしたら一九八四年九月一日の豪雨は民族和解の大きな里程標になるのではなかろうか。

一九八四年一二月一〇日

中国共産党が経済を大々的に改革している。『労働新聞』だけ読んでいると確実にはわからないが、断片的な報道内容をつなげて推定すると、大々的な改革をしていると見える。去る一〇月二〇日、北京で開かれた中国共産党中央委員会第一二期第三次会議では、今まで農村で行われていた経済改革を都市にまで拡大し、「中国の特色があり精気と活気に満ちた社会主義経済体制」を立てることが決定された。

故周恩来同志の温和な表情が思い浮かぶ。彼の後を鄧小平同志が継いでいる。しかし、朝鮮労働党にそのような指導部交代の可能性があるというのか。代を継いで忠誠を尽くそうとのスローガンがあるではないか。

党内反対意見を徹底的に封鎖した党の路線がいずれ、とんでもない災いを呼ぶのではないか。一体誰が責任を取るのか。

一九八五年三月二〇日

チェルネンコ死亡後、一日たった去る一一日、若いゴルバチョフ同志がソ連共産党書記長に就任した。一九三一年生まれ。モスクワ大学出身。私がモスクワ大学に留学していたころモスクワ大学法学部の学生だったとの事実が面白い。彼の妻ライサさんはぼんやり記憶にあるような気がする。当時モスクワ大学哲学講義室で人気があった女学生の中にライサがいた。私にはそんなに印象的ではなかったが、ロシア人男子学生にはかなり引き付ける顔のようだった。初のモスクワ大学出身書記長が誕生したからだろうか。それとも新聞に小さく紹介されたゴルバチョフとライサの大学時代の恋愛を読んだからだろうか。

モスクワ時代のほのかな香りが残るクルプスカヤが思い出される。モスクワ駅での離別がひ弱な追憶として残っている。今は何をしているのだろうか。ソ連共産党の高位幹部の妻になったのだろうか。私とともに同じ時期にモスクワ大学で学んだ若者たちが、今のソ連を指導しているとのことで、いろんなことを考えさせる。当時ソ連の若者たちの言動からは革命精神を感ずることはできなかった。そのせいなのか不安感がよぎる。どうすることもできない、年老いた人間の取越し苦労だろうか。

一九八五年四月一八日

穏やかに吹くそよ風を受けながら大同江ほとりの「真実の道」を歩いているときだった。道端に咲く名もなき花たちが不釣合いに自己主張をしていた。ライラックの香りがツーンとしたので顔を上げた。そのときだった。遠くから少し下向き加減で歩いてくる女性が目に付いた。数年前から視力がかなり衰えたが、一目で崔真伊とわかった。何とも久しぶりではないか。はたしてこれはどういう偶然だろう。

歳月の苔は崔真伊を避けなかったようだ。いつも活発だった彼女の姿は弱々しく見えた。それは寂しそうに歩いて来る真伊の後に赤色の黄昏が濃く染まっていたからかもしれない。

しかし、明らかに昔の姿ではなかった。愛憎が重なった後輩。彼女と知り合っておよそ三〇年。

彼女と私の関係は何だったのかいまだ整理されていない。崔真伊にとって私は何だったのか。崔真伊は正確に知っているのだろうか。彼女もまた私と同じように、二人の関係を知らないような気がする。

しばらく不自然に向き合っていたが誰が先ということでもなく、ほとりの切り株に座った。木立が腐ったケヤキの横に、あの日の切り株が美しい追憶として蘇ってきた。

大晦日の夜のようだった真伊のもみあげを染めた白い霜が胸を締め付け、現実を実感させる。どうであれ老けていく老年期に彼女と再会できたことは何とすばらしいことか。いや、私はいつ頃からかこの瞬間を待ちわびていたのではないのか。自分の気持ちをごまかしながら歳月の要所で「真実の道」という網をそっと張っていたのではないのか。

真伊が息を静かに吐きながら言った。指を絡ませる両手に視線を注ぎながら、彼女らしからぬうつむいた姿で。

「時々このように偶然にお会いして、世間話をするのもいいと思いますわ」

こう言いながら顔を上げた彼女の目は、いまだに美しかったが、いじらしかった。目に涙をにじませながら真伊が付け足した。

「年をとったせいかしら、お顔もやつれましたわ」

素敵な提案だと明るく笑いながら応じた。真伊も微笑んだ。その笑顔からは人を皮肉るような感じはなかった。彼女の半生もまたどんなにか屈曲が多かっただろうか。

一九八五年四月一九日

真伊との思い出に一日中浸っていた。何よりも二五年前、乙密台の茂みでの愛が、息遣いまで生々しく聞こえるようだった。不惑を誓った私を足元からぐらつかせたあの熱情は今では穏やかな追憶として残っている。

　違うぞ、李真鮮。ただの追憶だけが残っているというのは正直ではない。種火がなくなった炎のように真伊に対する感情が完全に消えたと思っていたが、そうではなかった。向き合ったその瞬間、歳月で固まった垢をさっと取り払い、あたかも昨日見たような顔で情感が溢れていたではないか。

一九八五年四月二〇日

　久しぶりに乙密台まで散歩に出かけ、帰ってくると、思いがけずに真伊がドアの前の階段に座って待っていた。

「驚きました？　どんな暮らしをしているのか心配で来てみました」

　思わず目頭が熱くなった。部屋に入ってお茶を沸かした。一人で暮らしたこの小さな部屋に、客が来たのはいつのことだっただろう。お茶を沸かしながら私は楽しかった。いや幸せだった。人が、いや、この人がこんなにも懐かしかったのか。

　お茶を飲みながら、真伊の息子が何をしているのか尋ねた。待ってましたとばかり真伊特有の笑窪を見せながら応えた。

「名前は祥俊《サンジュン》といいます。色男ですし、頭も良かったんですが、父親の経歴のために苦労しました。それでも不幸中の幸いかしら人民学校［四年制。日本の小学校一年から四年に相当］の教師になりました。実に誠実で孝行者です」

　私が知る真伊とは違い、息子自慢のおしゃべりな女性に見えた。息子自慢に熱を上げたせいか、頬を赤らめる真伊をにっこり見つめながら私は頷いた。少しもじもじした真伊は目を伏せながら続けた。

「実は去年の秋に結婚しました。嫁もいい人です」

真伊は「おばあさん」にでもなったように息子夫婦のことを聞かせてくれた。彼女もまた、疲れ果てた人生の最後を辛く歩んでいるようだ。ふと、彼女を優しく抱き包みたくなった。歳のせいだろうか。顔が赤らんできた。何が恥ずかしいのだろう。今思い出すと淡い笑みが浮かぶ。真伊が起き上がり持って来た風呂敷を開いた。顔を赤らめながらテーブルの上に小さな壺を差し出した。

「お口に合うかしら」

キムチだった。涙がにじんだ。

「顔色が良くないわ。食事をちゃんと取らなければ」

真伊が玄関を出ながらひと言なにか言った。そのとき何を思ったのか、私は机の中から合鍵を取り出して彼女に渡した。

「いつでも来たい時に来て下さい。もし、私が居なくても中で待っていてください。共和国で今では少なくなった読み応えのある本が、かなりありますから」

真伊は合鍵を受け取るとしばらくじっと見つめていた。頬が紅潮したようだった。真伊もそうだったように私もまた、人生の大きな峠を越えて晩年を整理するように生きていることを悟った。

あまりにも長らく本を読まないまま歳を取ったせいだろうか。社会主義思想研究が思い通りに進んでいない。静かな悲しみが心を濡らす。真伊の息子自慢を聞いたからだろうか。ふと、ソドリが生きていたら今年四〇歳になるだろうとの想いに耽る。

一九八五年四月二三日

『労働青年』一万号発刊記念報告大会が社労青中央会館で開かれた。この地の労働階級と青年たちを誤導しているのが他ならぬ『労働青年』ではなかろうか。

真伊が全的に同意した。『勤労女性』もまた同じだという。この地の勤労者と女性を家父長制の下で抑圧していると言った。その瞬間、向き合った互いの目を当惑しながら見つめた。

「何をしているのかしら？　私たち反動分子になったようね！」

真伊の言葉が終えるのと同時に二人は笑いこけた。

そうだ。私たちはこのように「老いた同志」になっている。ピョンヤンの町外れの小さな「解放区」で。「解放区」の話で私たちは涙が溢れんばかりに笑った。

真伊がどんぐり酒を注いだ。真伊が声高々に叫んだ。

「さあ！　もうこれ以上失うものが無い老人階級のために！」

また爆笑した。人生の黄昏を迎えて、真伊と再会できたことは何とも大きな幸運なのか。

一九八五年五月二七日

真伊が言った。

「今日は何の日かわかります？」

まったく見当がつかなかった。カレンダーを見ながらあれこれと思い出そうとする私が気の毒に思えたのか、真伊がちょっぴりからかうように続けた。

「チュチュッ、四月八日の釈尊の誕生日をお忘れですか」

後頭部を殴られた感じだ。話のついでに以前から気になっていた、真伊と仏教との関係を知りたくて尋ねた。一体何が真伊の真実なのかと、他の意味もそれとなく含みながら。

「李同志から先に自白してください」

思いがけない攻勢に遭い、私はにっこり笑いながら「自白」した。米帝の爆撃ですべて焼き尽くされた金剛山神渓寺で授戒を受けた話、しかし、だからといって仏教を宗教として信じているのではないとのこと、そして、鏡虚和尚の法脈を継いだ満空和尚に会って交わした会話を紹介した。

またも意外な言葉を聞いた。

「鏡虚和尚でしたら私も存じています」

え！　なんで？

「私の故郷は甲山と言いましたよね。甲山で鏡虚和尚が名を伏せ開いた書堂で、子どもたちに教えたといいます。甲山で朴金喆同志が開いた夜学の先生の中に、子どものころ鏡虚和尚から教わった方がいました。その方は時間があると穀茶――それは和尚たちが酒を指すことはご存知でしょう？――穀茶を好んだ鏡虚和尚のことを聞かせてくれました。

その中にまだ記憶に残っている話があります。末世近づくと真の和尚は野に下り、仮の和尚は山に入る（真僧下野仮僧入山）との話です。そのとき、その言葉が格好よく聞こえました。革命家は野に行かなければと思いました。しかし、今思うと必ずそうともいえないようです。『入山』の体験がない『下野』は誰も救えないと思うようになりました」

あらためて真伊に驚きを感じた。私とそこまで精神的に近い人だったとは知らなかった。彼女は会ったときとか別れるとき、ただ合掌したのではなかったのだ。

「そうだな。朝鮮革命も同じようだ。ブルジョア民主主義という『入山』の過程を経ないでプロレタリア民主主義という『下野』をした結果、結局真伊さんが指摘したように誰も解放することが出来なかったのでしょう」

真伊は頷くと急に表情を輝かせて応えた。

「李同志、私たち二人は鏡虚和尚の教え子の教え子ですね？　同門ですね。私はその鏡虚和尚の教えから何事も迷わず自由に生きろと学びました。もしかしたらうわべだけかも知れませんが。では今日のお釈迦様の誕生日を記念して鏡虚和尚の門中同士、穀茶でも飲みましょうか？」

笑いをこらえることが出来なかった。真伊を初めて見た時のように朗らかで力強い提案だった。満空和尚ではなく、実は名も無い老和尚に感化されたと告げる余裕もなかったが、あえて言いたくはなかった。真伊の明るい表情を「厳粛」に戻したくはなかった。

私たちはトゥルチュク酒をなみなみと注いで乾杯した。

「真の解脱のために!」

「本当の社会主義のために!」

悲しみを分かちながら。

一九八五年七月二五日

真伊が突然訪ねてきた。顔が赤く火照っていた。大きな瞳は感激の涙で溢れていた。

「孫が生まれました」

あきれた。そんなに嬉しいことだろうか。思いがけない言葉が聞こえた。

「息子夫婦が私に名前を付けてと頼んだのですが、思いつかないの。李同志が名付け親になってください」

一九八五年七月二七日

真伊の孫に良い名前を付けなければとの強迫観念に二日間囚われた。小雨が止んだので牡丹峰に散策に出かけた。乙密台に上るときだった。急に大同江の上に大きな二重の虹が現れ、ピョンヤンの空いっぱいに大きな円を描いた。しばらく消えなかった。白頭山将軍峰から天池を見下ろしたときに見た虹が鮮やかに思い出された。そのときだった。名前がふと浮かんだ。

「そうだ、頭山!　トゥサンはどうだろう?　白頭山《ペクトゥサン》」

でも、真伊が気に入るだろうか?　自信がない。

一九八五年八月一五日

ゴルバチョフ書記長が解放四〇周年を迎えて、共和国に送ってきた電文が印象的だ。

「英雄的ソ連軍隊が軍国主義日本の主な打撃対象である、一〇〇万の関東軍を撃滅した歴史的な日の一九四五年八月一五日に、悠久な歴史の地、朝鮮に長い間渇望していた解放が訪れた」

儀礼的にソ連軍隊が朝鮮の解放をもたらしたことを強調しながら、ゴルバチョフが言いたかったのは何だったのだろう。

一九八五年九月二一日

板門店を越え離散家族たちが史上初めてピョンヤンに来た。昨日は共和国からも故郷訪問団五〇人が南側へ行った。ピョンヤンに来た南側代表団団長は植民地時代に有名な親日派の息子だった。彼がいま国務総理だけではなく、南朝鮮赤十字社総裁としてピョンヤンに来ている。歴史はいつになったら正しくなるのか嘆かわしい。

北と南での離散家族の再会は涙の海になった。二〇世紀どこの国にも無い悲劇だ。どうすることも出来ず、目ばたきをする以外なすすべがなかった。しかし、本当に大きな悲劇は沈黙するこの人たちの嗚咽にあるのかも知れない。

故郷へ行ったらそれでも家族が生きている彼らは幸せである。妻と子ども、両親まですべて失った私の人生は何と恨めしいのか。激しい嗚咽が襲った。

やっと心を静めることが出来たいま、忠州弾琴台の両親の山所《サンソ》［墓］が目に浮かぶ。門中で二人の墓を見てくれているだろうか。私のせいで命を落とした両親をあまりにも長らく忘れていた。なんと厚顔な親不孝者か。

一九八五年九月二五日

死ぬ日をあれこれ待ちながら、真伊と二人でやるせない不平を並べなければならないのか。なおもトゥルチュク酒で顔を赤らめ戯れるだけでいいのか。もしかして私があれほど嫌悪していた言葉遊びだけの人間に李真鮮は転落しているのではないのか。

視力が急激に悪化して本をよく読むことが出来ない。共和国にはたして明日があるのかとの不安感が、最近になって少しずつ膨らんでいる。次の世代に希望を託そうとの真伊の真摯な声が耳元に響く。

一九八六年四月三〇日

南朝鮮でソウル大学の二人の学生が去る二八日「反戦反核ヤンキーゴーホーム」を訴えて、焼身自殺をした。二一歳の同い年の青年の勇気を前にして、六六歳の自分が恥ずかしい。分断の祖国の祭壇に捧げた「焼身供養」ではないか。一九六〇年代初めのベトナム老僧侶がかつてそうであったように。

報道によると金世鎭《キムセジン》君は忠州出身だし、李載虎《リジェホ》君は光州出身だ。私の故郷忠州と、朴憲永先生を初めてお目にかかった光州のレンガ工場が薄っすらと思い出され、しばらく目を閉じていた。

気を取り戻した後、机に座り二人の冥福を祈り、香を焚いた。李真鮮の無力さを痛感しながら……

今日、南朝鮮の若者の犠牲を食い止めるためにもわが党と共和国が再生しなければならない必要性がより高まっている。

一九八六年五月三一日

また五月が過ぎる。二人の焼身以後も南朝鮮で反帝国主義と反米を叫びながら大学生たちが焼身したり、投身したり自決することが続いている。帝国主義に反対してアメリカに対して自主性を守るとの至極当然な世論までもが、若者たちの赤い血を祭物にして芽生えるというのか。

一九八六年七月二五日

真伊から頭山の一歳の誕生日に招待されたが、行かないと言った。真伊の息子夫婦が私をどう思っているのか自信がなかった。真伊はどうしても連れて行こうとしたが、私は頑固に拒絶した。寂しそうな表情で帰った真伊の顔が未練に残った。

なぜ真伊は私を息子夫婦に紹介することにこだわったのだろうか。いくらなんでも息子さんは私を歓迎するだろうか。常に心の片隅で申し訳なく思っている故白仁秀同志に対する礼儀のような気がした。とにかく家に招待してくれる真伊の心遣いに深い感謝を感じた。

真伊と再会したときすでに心の奥底で一線を画くしたではないか。真伊をこれ以上悩ませるのは止めよう。大同江のほとりでの熱情以後、自然な先後輩の間柄を越えるあらゆることに対して真伊は敏感に反応してきたではないか。今、人生の黄昏時に「奇跡」のように再び訪れた真伊との友情を私は大事に育んでいかなければと思う。その友情のためにも欲を捨てなければならない。

一九八七年一月一日

また新年を迎えた。今年は七〇歳になる。一九六〇年だったからいつの間にか四半世紀が過ぎた。中国新聞工作者協会の招請で中国へ行ったとき、中国革命と比較して、朝鮮革命の未来をなんと楽観したことだろう。当時朝鮮革命は少なくとも毛沢東の中国よりも発展していたように見えた。しかし、今、ふたつの革命はまったく別の道を進んでいる。

ここで根っこの大切さを教訓にしなければならないのではないか。根っこが深い木は強い風にも負けないとの言葉を今一度考えてみよう。根っこが深いからかえって風に合わせて枝たちを適当に揺らせるのではないか。

根っこが深い党はいつでも革命の論理に沿って変化が可能だ。見ろ、中国は誇れるほどの革命歴史が実際にあるから凱旋門なるものを建築しない。同時にその革命を土台にして今日、鄧小平が指導する中国共産党は果敢に社会主義論を展開している。およそ根っこの大切さを教えてくれる。人民に対する誠実と真実を土台にして革命のレンガをひとつふたつと積み重ねていかなければならない。努力して築いた塔は崩れないものだ。

中国共産党に刺激を受けたからだろうか。ソ連共産党もまた、ミハイル・ゴルバチョフが登場した後、社会主義改革を進めている。この重要な時期に朝鮮労働党だけが足踏みをしている。この結果がどのように現れるのか怖い。

金正日同志は去年の夏、突然「朝鮮民族第一主義」を掲げた。しかし、それは決して社会主義のスローガンではない。実際に朝鮮民族の未来を開拓しなければならない前衛のわが党は、徐々に社会主義の道から逸れている。

一九八七年六月一一日

南朝鮮人民たちが政治権力と真っ向から闘う姿が、テレビジョンの画面に繰り返し映し出されている。若者たちの相次ぐ犠牲に体がえぐられるような痛みを痛感する。

しかし、その痛みを乗り越えて壮絶な希望が湧いてくる。今日、共和国で根っこまで萎んでいる社会主義が南朝鮮で新しく芽生えているのではないだろうか。

一九八七年六月三〇日

南朝鮮人民の前にとうとう全斗煥政権は屈服した。六月抗争は南朝鮮人民たちの不屈の闘争精神を如何なく見せてくれた。李承晩と朴正熙に続き全斗煥までも審判する偉大性を見せてくれた。南朝鮮の若者たちが誇らしい。

一九八七年八月一〇日

テレビジョンから放映される南朝鮮労動者たちのデモを見ながら涙が止まらなかった。労働階級がはっきりと育っている。問題は誰が労働階級を正しく指導していくかにある。

一九八七年八月一五日

南朝鮮の動きが私に忘れ去られた夢をまた蘇らせてくれた。南朝鮮人民、いや、南朝鮮で新しく使われている言葉を使えば、「民衆」の闘争はかなり熱い。人民という言葉が共和国でほとんど堕落した今日、南朝鮮の「民衆」という言葉は新鮮な意味で迫ってくる。

見ろ、南朝鮮民衆は李承晩、朴正熙、全斗煥を次々と屈服させたではないか。民衆。共和国の人民も主体思想のもと、主体を失った人民ではなく、自ら成熟する民衆に変わらなければならない。

「真実の道」を真伊と歩きながら、南朝鮮労働階級のことを長々と話していると、彼女はふと足をとめ、私を睨みながらふくれた表情で訊いた。

「同志、いま南を称えているの？」

久しぶりに年甲斐もなく腰が砕けるほど笑った。

真伊は北にも立派な青年たちがいくらでもいると強調した。懐疑的な私の表情に寂しさを漂わせているようだった。一生を北で暮らしてきた典型的な北の女性である。

一九八七年一一月一日

中国共産党第一三回党大会が閉幕した。党大会で採択された「社会主義初級段階論」が目を引く。鄧小平同志が公職から身を引いた理由が衝撃的だ。

中国共産党と朝鮮労働党の違いが徐々に広がっていることを、どうすることもできずにただ眺めるだけだというのは、朝鮮の社会主義者として耐え難い。

一九八七年一二月二〇日

南朝鮮で人民たちが直接投票をしたにもかかわらずまた、軍事政権が合法的に延長された。金大中と金泳三《キムヨンサム》［野党指導者］の分裂で盧泰愚《ロテウ》［軍人。第一三代大統領］が当選した。

南朝鮮人民たちが民衆に生まれ変わるのはまだ力が足りないというのか。そうは言っても、半世紀以上にわたって一方的な反共反動思想で洗脳されてきたのは事実ではないか。二人の金氏の本質を南朝鮮の民衆たちが悟っただけでも幸いではなかろうか。

一九八八年三月一日

金正日同志の四六歳の誕生日を迎え、先月から「金正日花」が全国的に普及している。日本人の賀茂元照氏が二〇余年の歳月をかけて精力的に探究した結果育てた新しい品種の花という。「世界五大陸の数十カ国に広く普及され国際的な機構まで組織されたことは歴史的事変」との報道が連日続く。はっきり記録しておく。花に対する冒瀆ではないか。

正日峰は革命史跡地に指定された。

一九八八年五月二五日

去る一五日、南朝鮮で『ハンギョレ新聞』［一九七〇年代〜八〇年代の言論弾圧下で新聞社を解職された記者たちを中心に発刊された日刊紙。ハンギョレとは「一つの同胞」の意］という新しい新聞が創刊されたとの記事を読んだ。喜ばしいことだ。

北朝鮮の言論がすべて自分の役目を果たせず、南朝鮮の言論も米帝とファシストの輩の手先になっている現状で、民衆と知識人たちの力で新しい新聞が創刊されたのだ。

言論で革命事業に一生を捧げた私に『ハンギョレ新聞』は、南朝鮮は無論のこと北朝鮮を含む朝鮮の新しい希望として思えてくる。ぜひとも、新しい朝鮮のための組織者になってくれることを祈願する。

一九八八年九月一七日

結局、南朝鮮で単独オリンピックが開催された。北と南で共同オリンピックを開催しようとの努力は水の泡になってしまった。残念だがその反面、オリンピックを単独で開催できるほど南朝鮮の資本主義が成長した事実に驚きを隠せない。現実を冷静に分析するときだ。

一九八九年二月七日

ソ連で最近出た哲学教科書を真伊が『勤労女性』の後輩を通じて購入してくれた。その後輩はこの事実が知られないようにと何度も念を押したとのことだ。いろいろ苦労して本を手に入れてくれた彼女がありがたい。

社会主義である祖国に広がっている知識人たちの保身があらためてわびしい。本当にこれでいいのだろうか。はたしてこれが偉大なる社会主義祖国なのか。社会主義者が社会主義国家で良心の自由を抑圧するほか術がないとの嘆かわしい逆説。直ぐに私の不平がぜいたくなことだと思えた。社会主義者が社会主義国家でどれほど多く死刑を受けたか。朴憲永先生が頼まれた言葉が閃光のように頭をかすめた。

先生は朝鮮の実情に合う革命思想を提起されたが、この間、私は何をして来たというのか。革命の祭壇に命を捧げられた朴憲永先生に深い罪意識を覚える。

しがない仮定だが、もし朴憲永先生が共和国の指導者になっていたら現代史はどのように展開していただろうか。ああ。真の革命家はいつ現れるのだろうか。今この瞬間にも朝鮮のどこかで真の革命家が現れているのではないだろうか。

一九八九年四月五日

ソ連共産党が党綱領に推進している人間的・民主的社会主義論に関心が注がれる。

しかし、原文資料を手に入れるのが難しい。もどかしい。情報から遮断されているとの思いが心を痛める。

一九八九年六月一日

柳京《リュギョン》ホテル一〇五階の骨格が見えた。高さ三二三メートル。客室三、〇〇〇。この巨大なホテルを建設するため、人民軍が二年間動員された。金正日同志の事業が実のない外観中心に流れているのではないのかとの憂慮を、拭い去ることが出来ない。

歴史にまぐれはない。今の間違いはいつの日か災いになるだろう。

一九八九年六月三〇日

南朝鮮の大学生が世界青年学生祝典［社会主義諸国を中心に行われていたイベント］に参加するためピョンヤン順安空港に到着したとのニュースを聞いた。高麗ホテルで記者会見が行われた。女子大生とのことだ。立派だ。

一九八九年七月二三日

窓の外が騒がしい。青年学生祝典の参加学生たちが行進をしている。どしゃぶりの夕立を全身に受けながら行進していく姿が感動的だ。特に南朝鮮から来た女子大生に注がれる人民たちの関心は爆発的だ。不当な権力と正面から戦う南朝鮮の学生から共和国の学生は何を感じるのだろうか。わが人民たちの祖国統一に対する熱望は高いが私は何も出来ない。

祖国統一がロマン的な感情で実現するのならどんなにかすばらしいことか。しかし、人民たちの統一感情を激情的に高揚している党の意図は何なのかと、考えざるを得ない。朝鮮の統一は最も冷静な実事求是でひとつひとつ進んでいかなければならない課題ではないか。

一九八九年一二月三一日

東ヨーロッパで共産党が立て続けに崩壊した。天安門事件が東ヨーロッパ共産党幹部たちの自信をそれほど奪ってしまったのか。より重要な教訓は人民の名前で通じた時期ははっきりと無くなった事実だ。ゴルバチョフがソ連を改革しようとしたことと、全く意図しなかったことがひとつふたつと具体的に現れている。現実はいつも人間よりも進んでいるとの教訓をまたもや骨身にしみる。

一九九〇年二月一三日

古希のお祝いをすると言って真伊が強権を発動して家に引っ張っていった。しかし、真伊の家で起こった「事件」で今でも切なくやるせない気分から抜け出ることが出来ない。

真伊の息子と嫁は、最初は私を少し警戒するようであったが、直ぐに私を気に入ってくれたのか自然に接してくれた。私はしきりに真伊が新聞社の後輩という事実を強調した。真伊はそんな必要はいらないと目で合図をした。

真伊が「自慢」するように息子夫婦は顔立ちが人なつっこく柔和だった。特に息子は男ざかりであり厳しい目つきをしていたが、どこかで見たような親しみを感じた。しかし、何よりも羨ましかったのは孫の頭山である。六歳になる頭山はおばあちゃん真伊の顔写しだ。

ソドリを思い出すほど可愛いいその子が夕食を始めようとしたとき私に大きな悲しみを与えた。頭山は金日成主席と金正日同志の肖像画に敬礼をして大きな声で言った。

「父なる元帥様、ありがとうございます。おいしくいただきます」

子どもたちをみんなソドリのように思っていたからだろうか。頭山のその行動に底なしの虚脱感を覚えた。

急に硬直した私の態度に真伊の家族たちが当惑してしまった。しばらく気まずい沈黙が流れた。頭山が目を丸くして首をかしげながら私の顔を見た。真伊が目配せしなかったら私はそのまま、ボーッとしていただろう。

一九九〇年二月一四日

真伊が訪ねてきた。心配で来たとのことだ。

「きのうは頭山のことで驚きましたでしょう？」

私はそんなことはないと言った。しかし、直ぐに辛かったと正直に告白した。真伊が続けた。

「頭山が初めて幼稚園に行った日のことです。家に帰ってきて歌を歌ったの。どんな歌詞かわかります？『私が生まれて初めて習った歌は、金日成将軍の歌です。私が生まれて初めて習った言葉は、金日成元帥様ありがとう』。李同志、その歌を聞くとき、私がどんな気持ちだったかわかりますか。これが今の共和国の姿ですわ」

真伊の澄んだ目は怒りで燃えたぎっていた。

一九九〇年二月一五日

頭山の行動が子どもたちの甘えから来るわがままだったら、どんなにか可愛いだろうか。頭山のためにも真実を記録していかなければならない。私がいつまで生きていられるかわからないが、朝鮮革命の真実がこのように闇に葬られてはならない。

一九九〇年二月二四日

頭山に会いたくて真伊の家へ行った。真伊の表情はうれしさで溢れていた。人民芸術家林弘恩《リムホンウン》の絵本『白頭山』を土産に持っていったら、頭山は大喜びだった。きのう本を購入して真伊がプレゼントしてくれた万年筆で本の中表紙に書いた。

「白頭山に白頭山を―朝鮮を愛する李真鮮」

書いてから見ると笑われそうで恥ずかしかったが、そのまま持って行った。『白頭山』がすっかり気にいった頭山の仕草が限りなく可愛かった。真伊は中表紙に書いた文を何度も見ていた。

頭山が私の歳になったときは、国はひとつになり、子どもたちは白頭山を統一朝鮮の山として眺めることが出来るだろうか。

一九九〇年三月二四日

ソ連があまりにも急変している。今月初旬に開かれたソ連人民代表者大会で共産党の指導的役割についての条項を憲法から削除したとの事実を知った。そして大統領中心制を採択して、初代大統領にゴルバチョフが当選したとのことだ。

ゴルバチョフの改革は度が過ぎてはいないのか？　憂慮してしまう。しかも報道によればソ連は今、経済状況が悪いという。それなのに共産党の指導的役割を自ら放棄して、西側の政治体制をそのまま追従しようとしている。革命以後の世代としてモスクワ大学卒業後、順調に出世の道を歩んできた彼が人民の善意を過度に信じているのではなかろうか。でなければ、実際にソ連人民はみな成熟しているというのか。

一九九〇年一〇月六日

東ヨーロッパの兄弟国が相次ぎ崩壊したが、東ドイツまでもが去る三日、西ドイツに併合されたとの事実を知った。資本主義体制が如何に強大なのかをあらためて実感する。

そうだ。まだ時期ではなかったのだ。マルクス全集をひも解いた。今の事態を直視したマルクスの言葉が浮かんだからだ。正しかった。マルクスはすでに正確に次のように予測している。

「どのような社会秩序も生産力がその枠の中で発展する余地がある間は、その発展が完了する以前に崩壊はしない。より高い新しい生産関係は物質的条件が古い社会の胎内で成熟する以前に出現はしない」

世界史的革命はまだ、実らないというのか。いまだ、資本主義はその化膿した胎内に新しい生命力を懐妊したというのか。

一九九〇年一〇月一〇日

朝鮮労働党創建記念行事に世界一二六カ国から二七六人の使節団が来た。五万人の青少年たちが「一心団結」のマスゲームを披露した。昨夜、金日成広場で一〇万人の青年学生たちが繰り広げたたいまつ行進は美しかった。個人主義がパターンの資本主義国家では想像すら出来ない集団の美学だ。

問題は集団の性格だ。個人主義を経ない社会主義は全体主義に流れる可能性が高い。窓の外に見える大同江には夜空を華麗に彩る花火が空しく迫ってくる。生きることはある意味で偉大な幻想ではないか。花火のように。

一九九〇年一〇月一一日

南北統一サッカー競技がピョンヤンで行われた。中継放送を見ながらしきりに涙が溢れた。私はなぜ南朝鮮の青年たちに情が惹かれるのか。革命家として私は安っぽい感傷主義から抜け切れないのか。いや、本来李真鮮は安っぽい革命家だったのか?

一九九一年一月一日

金日成主席が新年辞で高麗民主連邦共和国方案を多少緩和した。『労働新聞』に掲載された金主席の新年辞は「ひとつの民族、ひとつの国家、ふたつの制度、ふたつの政府の統一方案」を提示した。「高麗民主連邦共和国創立方案に対する民族的合意をよりたやすく成すために、暫定的には連邦共和国の地域的自治政府に多くの権限を与え、将来的には中央政府の機能をより高めていく方向で統一を漸次的に完成」しようとのことだ。「互いに違う制度をひとつの制度にする問題は、今後、順調に解決できるよう後代にまかせよう」とのくだりが印象的だ。それでも金主席は均衡感覚を持っている。

一九九一年四月一九日

ゴルバチョフ書記長が南朝鮮を訪問した。党はソ連共産党に対して、南朝鮮との経済協力のために、分断を固定化することだと批判した。党の声明から考えるとソ連が南朝鮮に経済協力を願うほどなら、南朝鮮の経済力は私が考えている以上に大きいとの反証だ。南朝鮮がその程度なのか？　ソ連がその程度なのか？

一九九一年六月一三日

ロシア大統領にエリツィンが当選した。ソ連は一体どうなるのだろうか。ゴルバチョフが登場したときに抱いた不安感が的中している。ゴルバチョフとエリツィンはソ連共産党が生んだ典型的な二人の人物だ。党指導部の愛情を受け書記長まで登りつめた貴族的な共産主義者と、党の外郭でひたすら権力を志向して突き進んできた野心家を象徴している。この争いで誰が勝つかははっきりしている。問題はこの争いが二人の勝敗だけで終わるのではなくソ連の運命に関わることだ。エリツィンがロシアでの直接選挙を盾にゴルバチョフに対抗するときゴルバチョフはもちろんソ連自体が空中分解する可能性が現実味を帯びてきた。

一九九一年一二月一三日

北南基本合意書［南北高位級会談で採択された南北の和解と不可侵、および交流協力に関する合意書］がソウルで妥結した。一九七二年の南北共同声明［北では一九八〇年代まで「南北」と呼んでいた］以後、初めての歴史的な事変だ。祖国統一への道が遅いが、それでも少しずつ、本当に少しずつ開かれている。ただし、今回の北南基本合意書も南北共同声明がかつてそうだったように、共和国と南朝鮮当局の政治的利害関係が背景にあるという限界がある。世界の共産主義国家の動揺、そして南朝鮮の虚泰愚政権の危機がそれだ。

問題の核心は北と南の人民が思想の自由を得ていないという現実だ。南朝鮮には依然として反共思想が人民の脳裏深くまで支配している。共和国もまた、唯一思想の名の下に社会主義思想が発展していない。これは民族の明日を暗くする決定的な壁だ。

一九九一年一二月二四日

金正日同志が朝鮮人民軍最高司令官に就任した。唯一思想をパターンにした社会主義国家の世襲は結局、取り返しのつかない軍事体制の道を突っ走っている。

一九九一年一二月三一日

ソ連が崩壊したことを今日になって確認した。夜空の星がすでに消滅したとしても、遥か彼方から流れてくる星明りの現存を見られるように、ここ一週間そんなにソ連の存在を信じたというのか。地上にソビエト社会主義共和国連邦がすでに存在しないとの事実を確認したとき、私は耳を疑った。本当に信じられなかった。

虚無、人間の虚無とはどうすることも出来ない仕掛け網というのか。あらゆる物が運命のように私に迫ってきては、一気に私の疲れ果てた渡し舟を難破させた感じだ。あの偉大なプロレタリアートの党も消えた。労働階級出身の書記長たちがみな退いて、初めてモスクワ大学出身の知識人が書記長に選出されたとの知らせを聞いたとき、ふつふつとおきた一筋の不安がこれほど恐ろしい現実に現れるとは想像すら出来なかった。

知識人の幼さと弱さ、機会主義的な本性をゴルバチョフのように全身で代弁する人物が他にいるだろうか。ソ連は共産党内部、それも最高位層からいつの日か知らぬ間に崩壊したのだ。歴史とはこのように偽りで空しいものなのか。

鎌とハンマーの旗を、若き日の麗麟と私はどんなにか愛しただろうか。その旗の象徴の下、全世界の多くの若い男女が、どれほど命を捧げたことだろう。

昨夜、久しぶりに麗麟の夢を見たのはそのせいなのか。蒼白な表情でソドリのむごい死体を抱いていた。いや、それは妻の顔ではなかった。母の顔であった。悲鳴の中で目を覚ました。全身に冷や汗が流れた。ひやりとした。

トゥルチュク酒をがぶ飲みしたが眠れなかった。一体なんだったというのか。妻と子ども、それに朴憲永先生と南労党同志たちが命を捧げた革命は、このように崩れてしまうのか。

私があまりにも長生きをしてしまったのか。朝鮮革命と解放戦争に命を捧げたあの数多くの花たちの霊山の前で、何の鎮魂歌を歌えばいいのか。このすべてが歴史のいたずらというのか。そんなはずは、そんなはずがないではないか。

一九九二年一月一〇日

ソ連崩壊の歴史的意味を綿密に分析しなければならない。人民大学習堂で見つけた資料によれば、中国共産党はゴルバチョフにソ連崩壊の責任があると辛辣に批判した。共産党の指導的役割を放棄したことが直接的原因だと分析した。経済改革がないまま政治改革を急いだからではなかろうか。しかしそれだけではない。ソビエト社会主義共和国連邦とソ連共産党は、社会主義政治体制が如何に人民たちに根を下ろしていなかったかを、あたかも遺言のように証言してくれた。

それなのにわが党はその原因が後継体制を築かなかったからと見ている。金正日世襲体制を正当化する狙いだ。実に嘆かわしい。わが党の知的水準がまっさかさまに墜落したというのか。歴史の没落から何も学ばない者に歴史はいつも残忍に報復してきた。共和国と党の将来が憂慮される。

一九九二年二月一三日

一カ月以上家に閉じこもりろくに食事もとらず酒ばかり飲んだ。テーブルに伏せ寝していると、誰かがめちゃくちゃに散らかっている部屋を片付ける音に目を覚ました。頭がくらくらしてボーッとしていた。目も開けられなかった。真伊が温かいお茶を差し出した。燃えるような、のどの渇きに耐え、やっと一口飲んだときだった。真伊は冷談な態度を取った。

「あなた、いま青春と思っているの？　毎日酒ばかり飲んでいたら死にますよ。いまにでも！」

きれいな真伊の目に冷たい風が吹いた。しかし、真伊の批判には温かさが溢れているようだった。特に、真伊が「あなた」と呼んでくれたのが心を満たした。

真伊に言った。

「ソ連が崩壊したんだ！」

真伊の目色が少し揺れたように見えたが、彼女の冷ややかな態度は変わらなかった。沈黙の後に虚を付く返事が返ってきた。

「それがどうしたの？」

「どうしたって？　ソ連が崩壊してしまったんだぞ」

八つ当たりだった。私は直ぐに大人気ない態度の恥ずかしさに後悔した。

「せいぜいその程度だったの？　それなのに私の前ではいつも真の革命家の素振りをしていたの？」

焼けついた剣に切られたようにピカッと目が覚めた。ふくよかな「あなた」との呼び名は今度は匕首になって胸をえぐった。

「私は以前からあなたの話を聞いていました。ソ連が崩壊することはすでに、予見できたことではないですか？　なぜ弱気になるのですか？　この機会になぜ、社会主義の新しい道を開くとの構想をより進めないのですか？　七〇を過ぎた男も女の前では所詮大口をたたくだけですか？」

真伊は振り向くと玄関のドアをドカンと閉めて出て行った。生まれて初めて聞いた厳しい叱咤だった。あっけに取られた。ドアがまた開いた。真伊が顔だけ出しながら断固に言った。

「食卓に誕生日の食事を盛っておきました。私は李同志が元の姿に戻るまでここには来ません！」

またドアが閉まった。永遠に開かないように。

一九九二年二月一四日

真伊に電話をした。

「ありがとう」

真伊が返事した。

「いいえ私がありがたいわ」

そして続けた。

「きっと立ち直ると信じていました」

一九九二年三月七日

鄧小平同志が主導する中国共産党に注目していると、真伊がそれとなく話題にした。最近鄧同志が南方地域を廻りながら共産党員たちに、自身の考えを述べたのだが、その内容が良いとのことだ。真伊に鄧同志の演説について尋ねると、そのことを教えてくれた後輩から演説文を手に入れたと、それを差し出した。

真伊が帰った後、「南巡講話」という鄧小平同志の演説文を読んだ。いくつかの項目で目が覚めるように気を取り戻した。

「社会主義を堅持せず、改革と開放もせず、経済を発展させないで、人民生活を改善させなければ、死の道しか残らない。われわれは基本路線を今後一〇〇年間は堅持しなければならないし、動揺することをしてはいけない」

「計画と市場はみな一種の経済手段だ。社会主義の本質は生産力を開放して生産力を発展させることであり、搾取をなくし、両極への分化をなくし、結局みんなが豊かになることだ」

「結論的に言って、社会主義が資本主義と比較できるほどの優位を得るためには、人類社会が創造したあらゆる文明的な成果を大胆に受け入れて、それを鏡にしなくてはならない。また、資本主義先進国をはじめ世界各国のすべての現代社会と生産法則を反映した、先進的な経営方式と管理方法を吸収して鏡にしなければならない」

ソ連共産党とソ連が崩壊した今日、七八歳の鄧小平同志が改革開放地区を廻りながら、あらためて社会主義の信念を語る姿は英雄的だ。無能な左派に対する鄧同志の批判は鋭く現実性がある。ソ連の崩壊以後も依然と中国共産党が存在していることが立証している。だが、無能な計画経済の代案が必ず有能な市場経済になるとの理由はない。市場と計画を適切に配合した新しい道を示す課題、それが朝鮮革命家たちに与えられた課題だ。

一九九二年四月二〇日

「ピョンヤン宣言」が発表された。金主席の八〇歳の誕生日を迎え、世界七〇カ国の共産党、労働党、進歩的政党の党首四八人と代表たちが署名した「ピョンヤン宣言」は「社会主義偉業を擁護して前進させよう」との題目の下、「社会主義偉業は必勝不敗」であると強調した。

党はこの宣言が一九六〇年モスクワ世界共産党大会以後、初めて組織された歴史的文献だと一層強調した。朝鮮労働党の主導で社会主義再建を主唱して「自主性の時代」と「真の人民社会」を強調したのは意義あることだ。苦笑いを浮かべながらも、朝鮮の社会主義者としての自負心を感じた。

しかし、いつものように問題は言葉ではなく実践である。実践がともなわない宣言は美辞麗句に過ぎない。「ピョンヤン宣言」が本当に「二〇世紀の共産党宣言」になるためには、何よりもピョンヤンから、朝鮮労働党から「人民大衆を社会の真の主人にすることにある」。そうならない限り「ピョンヤン宣言」もまた、主体思想がそうであったようにただの観念論で終わってしまうだろう。

ソ連の没落を受けて、鄧小平同志と金日成同志は異なる処方を出した。右偏向と左偏向を乗り越えた真の社会主義の道、それが朝鮮の道になるべきだ。

一九九二年四月二五日

真伊から金日成同志が外国の共産党代表団に自慢げに語った内容を聞いた。その言葉は一五日の放送でも強調されたという。

「八〇年の総括は革命の唯一の後継者、革命の継承問題を完璧に解決したことだ」

ため息をつきながら真伊が言った。

「正しいお言葉ですわね？」

風刺に満ちた真伊の言葉を読み取るのに数秒もかからなかった。本当にそうだろうか。金日成同志自ら意識しないで自身の「一生の総括」を客観的にしたというのか。

一九九二年九月一日

わが党の指導路線を革新的に再構成することが切迫した課題になっているが、誰もこの問題を敢えて取り上げることさえ出来ない。とうとう先月、中国共産党は「大韓民国」と国交を結んだ。世界革命はもちろん朝鮮の統一もまた、長期的な課題になっている。民族史であろうが世界史であろうが歴史の流れに飛躍はない。

一九九二年九月一九日

麗麟とソドリを訪ねた。いつの間にか四一年の歳月が流れた。ソ連と東欧兄弟国の連続崩壊をあるがままに語りかけた。墓の前で寝転んで、しばらく秋の空を眺めた。実に無心といえるほど真っ青だ。

共和国は独り立ちに成功しなければならない。しかし、独り立ちが人民に土台を置かず、首領という一個人に土台を置くならば、これは首領はもちろん共和国の不幸だ。

共和国、麗麟とソドリが夢見た「美しい家」は今日の荒涼たる光景ではありえない。

一九九二年一〇月七日

『労働新聞』に掲載された李鉉相同志の記事を見て耐えられない怒りに襲われた。

『労働新聞』は突然、二面に全面を使って「智異山人民遊撃隊隊長であった李鉉相同志とその遺族に与えて下さった信任と義理」とのタイトルで李鉉相同志の特集記事を載せた。一九四六年李鉉相同志が金日成将軍を訪ね、「ああ、間違いなくこのお方だ！　抗日革命闘争史で天が生んだ偉人として称えられてきたこのお方だけが、民の運命を委託して高く崇めなければならない統一の救星でおられ、民族の親でおられ、偉大な領導者でおられる。私はこのお方の導きに沿って、このお方を崇め、この地に勤労人民が福楽をたのしむ統一祖国を建てるため、命を捧げ闘わん」と述べたという。

本当にとんでもないでたらめだ。

李鉉相同志が金日成同志を民族の親と崇めたとのことは明白な歴史の捏造だ。金日成同志ではなく朴憲永同志を指導者に慕っていた彼は結局、智異山で寂しい最期を迎えたのだ。（訳者――一九四八

年七月二五日の日記を参照）

その記事は「当時『労働新聞』には『智異山の勇士李鉉相遊撃隊』とのタイトルの下に巨昌《コチャン》、咸《ハ》陽《ミャン》、陝川《ハプチョン》などで敵の軍用列車と警察官署を襲撃、一九五〇年八月には大邱近郊の達成《タルソン》郡で米軍の無線電信隊を奇襲して、昌寧《チャンニョン》郡にあった米軍司令部を襲撃。そして戦果報道が載った」と李鉉相同志を紹介した。しかし、当時その記事を書いた私は一九五〇年代の中ごろその記事で批判を受けることになった。彼を英雄化したとの理由で。

記事の終りの部分でその意図を看破することが出来た。そのくだりがあまりにも印象深かったので、記録しておきたい。

「何年か前、南朝鮮では智異山人民遊撃隊のある関係者が書いた長編手記が出版された。この手記の出版にあたって、ある作家は前書きでこのように書いた。『わが現代史の中でも四〇年前に花のような若さで死んでいったあの多くの智異山遊撃隊員たちと、その指導者李鉉相のような人を歴史的に評価する日はいつのことだろう。もちろん今はまだ、そのときではないかもしれない。しかし、いつの日かそのようにならなければならないし、必ずその日は来るだろう』。作家の叫びは愛国が売国によってめった切りを受ける南朝鮮社会に対する指弾の声であり、亡くなった愛国鮮血の魂だけでも後世に伝えたいとの良心の叫びと見るべきだ。私たちはその作家が統一偉業に捧げた李鉉相英雄の偉勲が祖国の歴史と共和国の歴史に輝いているし、愛国烈士陵の高い丘の上に、わが人民の心の中に永生している厳然たる現実を、あまりにも知らないことについて驚きを禁じえない」

そうだ。私の興奮は、私の胸を激しく高揚させたわけは他でもない。南朝鮮でこのような作家が、このような出版物が出ているということだ！　誰が書いたどのような手記なのか早く知りたい。ひょっとしたら南労党同志ではなかろうかとの期待とともに。

反面、恐ろしい。後世の若い歴史家たちが李鉉相同志の仮りの墓が愛国烈士陵にあるからといって、李鉉相同志をはじめとする真の社会主義者たちの真実を誤解するのではなかろうか？ それは彼らを二度殺すことになる。

編集者：李真鮮の日記にかかれた『労働新聞』記事の長編手記は李泰《リテ》の『南部軍』と思われる。

一九九二年一二月二〇日

数日前、南朝鮮で金泳三政権が誕生した。たとえ限界ははっきりしていても、軍部の支配が終わった後、南朝鮮で自由民主主義の実験が始まるとの事実が興味深い。李承晩、尹潽善、朴正熙、全斗煥、盧泰愚から金泳三につながる権力の移動は本質的な変化ではないといっても、新鮮に見える。南朝鮮の最高当局者が六人も変わったというのに共和国は、金日成同志が支配している。それも自分の長男を後継者にしながら。

一九九三年四月三〇日

金正日同志が国防委員長になった。何日間じっくり考えてみた。はたして今日、共和国の「国防」がそれほど重要なことなのかとの懐疑が、頭の中をめぐる。

違う。私たちは正直にならなければならない。今はアメリカといえども勝手にわが共和国を侵略することは出来ない。世界の人民たちが戦ってきた結果だ。だから問題は私たち自身だ。

同時に重要な問題もある。たとえ軍事的侵略はなくても、アメリカが主導する世界経済は社会主義を絞殺しようと策動を行ってきた。問題の核心は社会主義兄弟国が、資本家たちの狡猾な侵奪に対し、虚心坦懐な気持ちで連帯が出来なかったことにある。

その結果、今日わが共和国の未来は非常に不確実な状況に置かれている。孤立している共和国の立場を冷徹に見つめなければならない。米帝に対する敵愾心だけで、わが国が維持されることは不可能だ。これは何よりも人民たちに、より過酷な災いになる。もっと深刻な問題は未来がなくなるという厳然たる事実だ。

　そうだ。マルクスが革命を診断したことは正確であった。だが、その革命は時期が早かった。今日、朝鮮民衆たちの立ち上がりが共和国ではなくて南朝鮮で現れたのは、社会主義者たちに真摯な省察を求めている。中国共産党の「社会主義初級段階論」はその点で朝鮮の革命家たちに実に示唆的だ。

一九九三年五月一一日

党中央委員会が「戦勝」四〇周年を迎え、「わが首領、わが党が一番で、わが式社会主義が一番」というスローガンを掲げた。何年か前から「わが民族一番、わが党一番、わが社会主義一番」というスローガンが、美しいピョンヤンを汚していた。

　事実の中から正しい理念を求めていた封建時代のソンビ［官職につかない学者］たちに対し、現在の社会主義者としてただただ恥ずかしいだけだ。そうだ。これは明白な歴史的後退だ。ふと、新しい歴史的機運のように思えるが、とんでもないことだ。歴史はそんなにろくでもなくはない。社会主義は、そして革命は何よりも冷静な現実認識の上に立たなければならない。共和国はいつの間にかその土台を自ら掘り進んでいる。誰かがその自己蚕食《さんしょく》に警鐘を鳴らさねばならない。

　しかし、私は一体何をどうすればいいのか。もどかしい。実に重苦しい。

一九九三年九月二十九日

中央放送で金日成同志が江東郡にある檀君《タングン》陵［朝鮮の始祖とされる檀君の王陵。一九九三年に檀君の骨が見つかったといわれる」を訪ねたとのニュースを流した。金日成同志の発言が普通ではない。「今まで伝説として、知られていた檀君が実在の人物として考証されたことはわが民族史において重要な意義を持つ」

檀君が実在の人物として考証された？　私にはまだ記者の臭覚が生きているのか。何か新しい事業が準備されている予感が消えない。

一九九三年一〇月一三日

檀君が五、〇一一年前の実在人物で、古朝鮮の首都ははじめからピョンヤンであったという。今まで古朝鮮の首都を遼河流域に見ていた史観がいっぺんでひっくり返った。檀君朝鮮は封建史家とブルジョア民族主義史家によって実在した古代国家として、そして檀君は実在した人物のように誇張してきたとの峻厳な歴史的評価が、共和国で再評価を受ける運命に置かれている。私が人生を捧げてきた社会主義共和国で社会的歴史観が少しずつ変質しているのだ。

人民を中心にした歴史観の明白な退歩ではないか。

檀君が実在の人物だったとか、五千年前はピョンヤンが首都だったとか、それが今どういう意味があるのか。人民を団結させるのが目的ならなお更そうではないか。人民を中心に人民の利益を土台にして、人民の心情に訴える団結ではなかったら、その団結はファシストたちと一体何が違うというのか。

一九九三年一二月三一日

また一年が過ぎる。すぐ迫ってくる私の未来が浮かぶ。このまま生を終えてもはたして大丈夫なのか。必要のない老人の考えの中でふと、頭山を思い出した。そうだ。頭山だけを見てはいけない。頭山の世代、北と南のすべての白頭山に、私とともに生きた革命家たちの生き方がどうだったのかを、一点の歪曲もなく証言しなければならない。

そうはいっても、私に何が出来るというのか。希望と絶望の中を一日に数十回往復する私の存在。はたして私が七〇歳を過ぎた人間なのか。いや、人間とは根本的に動揺する存在なのか。

一九九四年二月一八日

突然、頭山が訪ねてきた。頭山の明るい表情は今思い出しても涙がにじむ。目に入れても痛くはないとの言葉を実感する。頭山はいきなり「家に行こう」と手を引っ張った。父と母が必ず連れてきなさいと言ったという。

格別な真心がこもった夕飯が準備されていた。息子夫婦の表情も明るかった。ぎこちなく座り今日は何の日なのかとそっと尋ねた。意外だった。真伊が古希を迎えた日だと言う。

彼女と知り合って長い歳月になるのに、なぜ私は真伊の誕生日を聞いておかなかったのか。悔恨の念にかられた。真伊は穏やかな視線で私を見つめた。真伊が七〇歳とは信じられなかった。

心の底で言った。

「真伊さん、申し訳ない」

真伊の大きな目に涙がにじんでいるように見えた。

真伊が言った。

「とんでもないわ。来ていただける方がいるだけで、私は満足です」

息子夫婦が何だか不思議そうに私たちを見ていた。真伊が慌てて息子に言った。

「お前が幼くて私が一人で大変だったころ、この方がいろいろ助けてくださったのよ。さあ、冷める前にいただきましょう。李同志、召し上がってください」

いろいろ助けてくれたとの真伊の言葉が喉に詰まり、ご馳走を飲み込むことが出来なかった。帰り際、真伊に一度、家によってくれと頼んだ。

一九九四年二月一九日

勝利《スンリ》通りにある第一百貨店に行った。有り金をはたいて金の指輪を買った。笑われるかもしれないが、そうしたかった。真伊との追憶を思えば、とっくにプレゼントをしなければならなかった。いとしい妻、麗麟も充分に理解してくれるだろう。

一九九四年二月二一日

家に来た真伊とあれこれ会話を楽しんだ。

「どうですか？　やっと人生がわかるようになりました？」

冗談交じりの質問に真伊は薄っすらと微笑んだ。久しぶりに見る嘲笑に似た表情だった。

「ひとつだけは、はっきり言えます。私のほうが李同志よりも少しはわかっているということです」

「そうですか？　何を根拠にそう思うのですか？」

言いよどんでいた真伊が力を込めて言った。

「私は李同志が想像もできない、とんでもないこともしでかすことが出来ますよ」

「今でも私を無視することは、初めて出会ったときと変わりはないですね」

笑いながら交わした冗談だったが、急に真伊が黙ってしまった。真伊をそっと見てみた。真伊は多少怒ったような表情をしていた。すると、例のごとくはっきりと言った。

「私が李同志を無視したって？　とんでもございませんわ！　今まで李同志が私を無視していらしたではないですか！」

「私が？」と言い返そうとしたが、それ以上しゃべる状況ではないことを悟った。真伊の真顔もそうであったが、私が真伊を「無視してきた」という真伊の言葉が辛い言葉として胸に突き刺さった。ああ、それに今更どうすれば良いのかとも思った。頭山の話題に変えた。

真伊が帰ろうとしたとき、第一百貨店で買ったプレゼントを差し出した。

「おめでとう。遅くなったが、受け取ってください」

真伊が明るい笑みを浮かべ包みを開けた。金の指輪を見た瞬間、当惑したようだったが実に自然体で言った。

「あ、どういたしましょう。私、顔が赤くなりそうですわ」

七〇歳ではなく一七歳の少女のようだった。そんなに幸せそうな姿を見るのは初めてだった。照れくさい気持ちをいっぺんに払いのける喜びに浸った私が、ひと言だけ言った。

「どうです？　想像も出来ないとんでもないことは、私がしでかしましたよ」

聞いているのかいないのか、真伊は私の前で指輪をはめようかどうしようかと迷っていた。真伊ははめなかった。その迷う姿が私の胸を引き締めた。二重まぶたの真伊の目ににじんだ涙がそうさせた。

真伊が帰った後にふと、気が付いた。もしかしたら真伊は私が指輪をはめてくれるのを望んだのではないか？

一九九四年六月三〇日

北南最高位級会談が合意した。金日成主席と金泳三大統領が七月二五日ピョンヤンで会うことになった。金主席の政治的感覚はずば抜けているとあらためて思った。北と南の経済力の差をこれ以上開かないようにするための、金主席の最後の戦いだ。歴史上初の北南最高位級会談を契機に、党と共和国に新しい路線が定立されるのならば、たとえ遅くはなったがどんなにか幸運なことだろう。しかし、なおその可能性が実感できないのはどうしてか。

一九九四年七月九日

金日成主席が死亡した。正午の放送が八日、金主席の死亡を何度も伝えた。衝撃だ。歴史的な北南最高位級会談を前に亡くなったのでなお更そうだ。愛憎が交差する指導者。金日成主席。一九一二年〜一九九四年。私が嗚咽もなしに冷静に居られるとの事実に、私自身驚いている。ピョンヤン市民たちは涙の海だ。

一九七二年の改憲まではそれでも彼は信じられる社会主義者であった。しかし、その後、長男を後継者にしたことであらゆる歴史的歪曲が進められた。そうだ、それは絶対権力の堕落だ。社会主義はブルジョアの政治的民主主義を排するのではなく、それを受け入れて発展させなければならなかった。ブルジョア民主主義段階を経ない分断状況の社会主義がどのような結果を生むかを、朝鮮労働党と共和国は身を持って証言している。

一九九四年七月一九日

金日成主席の葬儀が盛大に行われた。午前一〇時、錦繍山《クムスサン》議事堂で始まった葬儀を一二時からの録画実況で見入った。花で覆われた霊柩車はピョンヤン市内を廻り金日成広場と万寿台の丘を通り、また錦繍山議事堂に戻った。

いたるところで人民たちの慟哭が続いた。スターリン同志が亡くなったとき、当時モスクワ市民の悲しみが思い出された。スターリンの過ちが批判されたのは死後二年が過ぎてからだ。いつになるだろうか。朝鮮の社会主義運動で金日成同志と朝鮮労働党の栄光と過ちが事実のまま再証明される日は。

一九九四年七月二〇日

「真実の道」の散歩で会った真伊にきのうの葬儀の感想を述べた。真伊が聞き返した。

「党の栄光と過ちが事実のまま再証明される日はいつになるかですって？」

するとわざと大きな声で冗談のように言った。

「それは李同志次第ですわ」

さすがだ。初めて出会ったときからいつも私は真伊の話術に参っていた。

一九九四年八月一五日

そうだ。また金正日同志についての考えを整理してみよう。金正日同志が自ら強調してきた主体思想を、実直に実践していく選択は本当に不可能だろうか。金同志がわが人民たちを自主的で創造的な人民に生まれ変われるように、努めることは出来ないのか。首領論が独裁に流れている事実を、彼も真の社会主義者なら、今からでも悟ることが出来るのではないか。彼自身、自分が社会主義者であることを自負しているではないか。金同志が真の社会主義者に生まれ変わるその日は、はたしていつになるのだろうか。

一九九四年一〇月一五日

また共和国がざわめいている。金日成同志の死去一〇〇日を迎えた。しかし、今日の放送はあまりにもやり過ぎだと思った。「海抜一、一〇〇㍍にもなる高山地帯で、一本ではなく数千本のつつじが咲いた。一年に二回もつつじが咲くことは初めてだ」という内容だ。放送はこれを「自然も父なる首領様を忘れられず、父なる首領様を永遠に心に崇めて生きていこうとの、わが人民の熱い心情が咲かせたからだ」と付け加えた。

あらためた言葉ではないが、わが人民をこのように愚か者扱いにして、はたしてよいものだろうか。いくら考えてもそうなのだ。今日、共和国は社会主義ではない。人民をこのように蒙昧にすることはただ、封建時代ならあり得ることだ。

一九九四年一〇月二二日

真伊と頭山の話をしているときだった。何気なくつけたテレビで金剛山の風景が映し出された。内金剛［金剛山は海岸沿いの海金剛、東側の外金剛、西側内陸の内金剛からなる］万瀑区域の天然岩に大きく彫り刻まれた「偉大な首領金日成同志は永遠に私たちとともにいられる」との画面が流れた。それだけではない。外金剛玉流峰 明堂《ミョンダン》岩には「朝鮮よ誇ろう、五千年歴史に最も偉大な金日成同志を首領に崇めた栄光を」と、彫り刻まれていた。放送は高さ一〇《メートル》にもなる大形の書体であることを強調して、「造形芸術として刻み彫られたスローガンは首領の偉大性を子孫万代に伝える記念碑的国宝」と主張した。

　わびしく画面を見ていた私は、番組が変わった瞬間、真伊と目が合った。誰ともなく二人はため息とともに首を横に振った。どれほど沈黙が流れただろうか。真伊が言った。

「共和国で記者をしてきたことが恥ずかしいですわ」

　真伊の心と私の心が互いにつながっているとの事実が、今を生き抜く力になっている。

一九九四年一一月一日

『労働新聞』に金正日同志の「社会主義は科学だ」が掲載された。「世界の人々はわが国の社会主義を、最も理想的な社会主義だと言って、羨ましさを禁じえないでいる」とのくだりに絶望を感じた。「社会主義」と「科学」の前に金正日同志は、少しは謙虚になれないのか。

彼はソ連社会主義の没落の経験から間違いなく、金日成主義——実際には金正日主義——を強化する道しかないと判断したのだろうか。その偉大な革命の没落を骨身に認識して、共和国に真の社会主義を建設するとの意地を見せられないのか。一体この厳重な瞬間に黄長燁同志は何をしているのか。

一九九五年一月一日

マルクス、エンゲルス全集を渉猟するほどはっきりとした確信を持つことが出来る。ソ連をはじめとする社会主義国家の崩壊現象は、古典を読めば説明が可能だ。

革命はまだ条件が成熟していないところで起きたなら、マルクスとエンゲルスはその場合、社会主義が歪曲される可能性があることを、当時すでに警告した。よって、実存した社会主義の崩壊で社会主義思想自体の間違いが現れたわけでは決してない。いや、より厳密に言えば、ソ連の崩壊は古典的社会主義思想家たちの慧眼をかえって立証している。

革命の歴史には飛躍がないとのことを、革命の道に休みがないことをつくづく思い知らされた。だから、人類が知的により成熟して、資本主義の胎内ですべての生産力の可能性がすっかり消えるころ、世界革命はいつの日か必ず成し遂げられると、私、李真鮮は疑う余地もなく信じるのである。よって、今私ができる課題は、私が一生を捧げた朝鮮革命と朝鮮労働党が、正しい道を進めるように全身で支えることだ。

一九九五年四月一七日

北と南、両方から忘れられた記念日。朝鮮共産党創建七〇周年。いつの日か誰かが、朝鮮の共産主義運動を正しい観点から書き残してくれることだろう。

一九九五年六月一三日

党中央委員会をはじめ党と軍、政務院が共同で「偉大な首領金日成同志を永生の姿で奉ることに関する決定書」を発表した。主席宮である錦繍山議事堂を記念宮殿にして金日成同志をミイラにしてガラスの管に入れるとのことだ。

予想に一寸の狂いはなかった。昔、モスクワでレーニンのミイラを見たときが思い出された。彼の生々しい姿に、胸がジーンとなったが、一方では非人間的だとの感じも拭いきれなかった。レーニン廟は妻のクルプスカヤの反対を押し切ってスターリンが強行した。

そうだ。問題はレーニンの体ではなく、心だ。レーニンの革命精神を今日の状況で、どのように具現していくかが重要ではないか。数多くのソ連人民はもちろん、党幹部たちがレーニンのミイラに敬拝するが、彼の革命精神を忘れたからソ連は崩壊したのではないか。

マルクスのミイラはないが、今日もマルクスの姿は、全世界人民の心の中に深く刻み込まれているではないか。

あらためて一九七六年に亡くなった周恩来同志の最後が美しく彩色される。周同志は火葬して祖国の山河に撒くようにとの遺言を残した。さすがに革命家らしい。しかし、彼の死後に亡くなった毛沢東同志は周恩来同志の姿勢から何も学ばなかった。彼の屍身もまた、ミイラとして天安門広場に置かれた。

一九九五年一〇月一〇日

『労働新聞』、『労働青年』、『朝鮮人民軍』の三紙が党創建五〇周年を迎え、共同社説を載せた。金正日同志の論文「朝鮮労働党は偉大な首領金日成同志の党である」は、「歴史的な革命名節を迎えて発表した古典的文献」であり、「意義ある事変」と書いた。正しい指摘だ。朝鮮労働党が人民の党ではないことを告白した「古典」であり、「事変」ではないか。

一九九五年一一月一三日

南朝鮮で全国民主労働組合総連盟が生まれた。去る一一日、延世大学で出帆式が行われたとのニュースだ。麗麟と私の若き日の夢がにじむそこで、新しい歴史が、未来の歴史が始まった。本当に胸がジーンとなった。

あの古色蒼然たる半世紀前のことを思い出す。二五歳のときだったろうか。全国労働組合の発足記事をどんなに興奮の中で書いただろうか。それから半世紀。そのソウルで新しい世代の労働階級が全国民主労働組合総連盟を結成したことは何と偉大なことなのか。

ああ、朝鮮民族、朝鮮人民の、朝鮮労働階級の偉大さよ。力強いあなたたちの出帆に、私の全生涯を込めて、万雷の拍手を送る。

一九九六年一月一日

一九九四年一〇月に竣工した檀君陵を初めて訪ねた。そこで朝鮮の未来を私なりに描いてみたかった。檀君陵はテレビで見たよりもいっそう荘厳だった。将軍塚の三倍にもなる雄大な花崗岩が私を圧倒した。雄大で威厳のある石の虎と高い琵琶剣が守護している間を、外景感が迫ってくるような白い階段をゆっくり登っていった。民族的建築物に残るとの期待感が胸を膨らませた。

九〇年代の中ごろ高句麗の東明《トンミョン》聖王［BC五八～BC一九。高句麗の始祖］と高麗の王建［八七七～九四三。高麗王朝の創始者］も含め、主体を正しく立てるとの意味で三代始祖陵を再建した党の政策はある程度、歴史的妥当性を持っている。古朝鮮、高句麗、高麗、そして高麗民主連邦共和国へとつながるのなら、その歴史的正統性の流れがはっきりするのも事実だ。

ちょうど一〇年前だ。金正日同志は朝鮮民族第一主義の強調を始めた。それ以後、「朝鮮民族の偉大性に対する誇りと自負心、朝鮮民族の偉大性を輝かせていこうとの自覚と意地で発現される思想感情」の教養事業が、共和国人民たちを対象に反復されてきた。

階段を登り、広がる周辺を見下ろすと冷徹な理性を取り戻した。高句麗の歴史と見合うほどの歴史的偉業を、はたして共和国は民族史に残したのか。いや、より大きな問題はこれで今の社会主義危機を乗り越えられるのか。朝鮮民族第一主義と金日成のミイラで今日の危機を克服することができるのか。荘厳な檀君陵はそうなり得るとの幻想を植え付けている。

一九九六年二月一日

先月の社会主義労働青年同盟代表者会議で社労青が金日成社会主義青年同盟に改称した。この地の青年たちを皆「金日成青年」にしようとの愚かな欲だ。機関紙『労働青年』もまた『青年前衛』に題号を変えた。私が三〇代と四〇代を捧げた新聞が痕跡もなく消え去る悲しみを痛感する。

一九九六年九月一日

人民経済が日増しに苦しくなっている。人民経済が困窮に陥っている根本原因が米帝国主義の経済封鎖にあることは間違いない。そのうえに貿易を通して互いに協力してきた社会主義兄弟国の没落で、対外的な与件も急激に悪化した。雪が降った後に霜が降ったように、昨年から日照りと洪水が繰り返す中で、食糧の配給が大幅に減った。

しかし、外的要因がいかに大きいからといって、それだけを強調する場合、私たちは主体的に状況を改革する対策を立てられない。内的要因が重要だからだ。

私が思うにはわが党の思想的基盤が弱いことに今日の危機を見ることが出来る。思想的鎖国が、あたかも主体の根本のように混同している。党の他の代案が検討される可能性がまったく消えたのだ。党はどのようにこの苦難の時期を克服するのだろう。実にもどかしい。

中国共産党の柔軟な政策と、朝鮮労働党の建前的理想はなんと対照的なのか。一度も主体という言葉を使わなかったが、主体的に新しい道を切り開いていく中国共産党。反面、主体という言葉を常に繰り返し強調してきたが、実際には非主体的に自己だけを頑固に固執してきた朝鮮労働党。もうこれ以上党の改革を遅らせれば、これは単に党だけの悲劇ではない。共和国の悲劇、人民の悲劇だ。

一九九七年二月一三日

七七歳。夕方に真伊が来てキムチチゲをすごく美味しく作ってくれた。チゲひとつだけでもすばらしい「晩餐」だった。チゲを食べる私をまじまじと見つめていた真伊が声を潤わせながら言った。

「そんなに美味しいですか？」

輝く瞳からは、あるやるせなさがにじんでいた。真伊の気持ちを充分に読み取ることが出来た。

「私は歳を取り過ぎましたでしょう？　先はそんなに残っていませんね。体が徐々に不便になっていることを実感しています。きれいに死にたいのですが、怖いのです」

真伊が慌てて言った。

「何をおっしゃるのですか。李同志が先だつなら私も……」

真伊は言葉を続けることが出来なかった。しばらく物悲しい笑みを互いに浮かべながら、二人は心の平穏を取り戻した。

真伊が帰った今、彼女が持ってきたトゥルチュク酒を一杯注いで机の前に座っている。いつの日か私は期待していた。傷だらけの私の人生も、老年になれば赤ワインのように美しく彩色されるだろうと。そのときまだ四〇歳だった。海底の貝の傷のように私の悲しみも、美しい真珠を生むだろうと自分を慰労したではないか。しかしそれは、ただの自己欺瞞に過ぎなかった。今その信頼の前で、自ら背信の歳月を生きてきたとの絶望を痛感している。一体どこで道を誤ったのか。

一九九七年二月一五日

実に出し抜けに黄長燁同志が南に飛んで行った。共和国でそれでも彼に対しての期待が大きかったからか、忽然とソウルに亡命した彼を充分に理解は出来るが、許すことは出来ない。

黄長燁はここで路線闘争を展開して殉教の道を選ぶのが当然だと思う。やはり思想は闘争の溶鉱炉で鍛えられるのか。抗日地下闘争も祖国解放戦争にも参加していない彼の世界観はあまりにも観念的だ。彼が歩んできた生の形態がそれを立証している。

黄の拙劣な行為によって共和国の思想的雰囲気は一層硬直になるだろう。彼がはたして、南朝鮮で正しい思想的役割を担うことが出来るのか懐疑的だ。日ごろ童話を好んで読んでいたからだろうか。彼の子どもじみた行動に胸が痛む。共和国と党の未来に今まで以上に絶望を覚える。朝鮮労働党と共和国の将来にこれ以上楽観的な期待は捨てねばならないようだ。内部からの改革の可能性は枯渇している。

一九九七年二月二〇日

鄧小平同志が亡くなった。ひとりの偉大な社会主義者の死に冥福を祈る。鄧同志が残した遺言も周恩来同志と似ていた。墓は要らないと言い、質素な葬儀を願った鄧同志は自分の角膜まで医師に提供した。

一九六〇年に中国を訪問したとき見た鄧同志の姿がはっきり浮かぶ。一《メートル》五〇《センチ》の小さな身長だったが、周りの人を圧倒した。それから三七年、彼が残した業績に比べ、私は一体何をしてきたのかと、惨憺たる心情を禁じえない。

革命家の道を選択して、最善を尽くして生きてきたが、結果的にはただの書生で終わってしまった。すべてを次世代に投げ出しただめな老人になっている。

一九九七年七月一日

香港が中国に返還された。故鄧小平同志が一九八四年に一国二制度を提示した発想が実を結んだのだ。五〇年後まで香港は資本主義体制を保証するとの、鄧同志の着想には革命の長江を眺める大陸の余裕が見える。連邦制で共和国と南朝鮮の統一を実現させるためにも一国両制の実験を注視しなければならない。

一九九七年七月九日

午後六時からテレビでは重大放送の予告を五回も繰り返した。何のことだろうかと気を揉んだ。七時。やっと始まった放送内容に気が抜けた。故金日成主席の誕生年度である一九一二年を「主体元年」に宣布して、これからはすべての年度表記を主体年号に沿って施行するとの発表だった。また、金主席の誕生日の四月一五日を国家最高名節の「太陽節」に指定した。「金日成同志の革命生涯と業績を、億万年続く主体朝鮮の歴史とともに末永く輝かして行く」との誓いを込めて。

一九一二年が主体元年だから今年は主体八六年になるとのことだ。何よりも虚脱感を飛び越えて、怒りを覚えたくだりは朝鮮民族を「金日成民族」と呼称したことだ。スターリンですら夢にも思わなかった極端的な個人崇拝が、共和国を王国のように支配している。いつの日になるのだろうか、歴史の前で、民族の前で党と金正日同志が社会主義者として謙虚な姿勢を見せる日は。

一九九七年一〇月八日

金正日同志が朝鮮労働党の総書記に推戴《すいたい》された。そうだ。金正日同志の指導は厳然たる現実だ。今の共和国で新しい指導部の可能性は少なくても当分間はありえない。それなら問題を解決する方法はひとつだ。金正日同志の決断だ。金同志が正しい路線を取れば良いのだ。彼が金日成同志の後光で今日の地位を手に入れたとしても、党と共和国を正しく導くならば、この地の人民たちは忠誠を尽くすことだろう。しかし、誰が敢えて金正日同志にそのような忠告を出来るというのか。

一九九七年一二月三一日

南朝鮮で金大中が大統領に当選した。少なくても今までの前職者と違い、彼が冷戦的な考えから抜け出ることを期待する。

一九九八年一月一日

あまりにも長く生き過ぎた。あまりにも多くを見てしまった。いっそのことあの日、麗麟とソドリと一緒にあの世に行ったなら、今ごろは美しい星になり、互いにささやきあっていたことだろう。よけいな思いに耽った。

ピョンヤン放送によれば、そのまま信じられないが、南朝鮮の経済が破綻したという。アメリカと国際金融資本の植民地であることがはっきりしたとのことだ。しかし、かえってそれは新しい始まりの肥やしになるのではないか。アメリカと日本の消費文化に染み付いた青年と労働階級が、南朝鮮の現実を正確に見抜けば、それだけ革命の日は近づくはずだ。

共和国もまた、今の困難を契機に新しい社会主義路線を追求するときではないか。

一九九八年二月一三日

一人で迎える誕生日。生き残った者の悲しみ。私にとって生きるとは何なのか。

一九九八年三月一一日

党は大同江一帯の古代文化を世界五大文明のひとつに宣言した。エジプト、メソポタミア、インダス、黄河を中心にした世界四大文明に大同江文化を加えるとのことだ。最初の古代国家である古朝鮮が紀元前三〇世紀に建てられたとの論理の延長線上にある。

大同江文化が世界五大文明の発祥地ならそれはもちろん良いことだ。しかし、真実の前に謙虚でなければならない。凱旋門のとてつもない主張がとうとう五大文明までつながっているのだ。社会主義者らしく朝鮮の共産主義者たちは事実にもとづく真理の探究に少しは忠実になるように求めたい。大同江は今のままでもなんと凄絶な川なのか。何と愛すべき川なのか。

一九九八年五月九日

午後、真伊の家に寄った。彼女が一カ月も訪ねてこないからだ。体調が悪そうだった。よく見ると真伊と嫁の頬がやつれていた。病気なのか頭山は横になっていた。突き出た頬骨の下には乾いた、はたけが広がっていた。目が疲れとろんとしてはいたが頭山の目の色だけは変わっていなかった。それが救いだった。私が心配の眼差しで見ていたからだろうか、頭山はわざと元気な笑みを浮かべた。

真伊によればそれでもピョンヤンはまだましだと言う。共和国のいたる所で餓死者が増えているとの噂は聞いてはいたが、信じられなかった。しかし、最近故郷の甲山に行って来たという真伊は、食糧配給が無くなり飢え死にする人民たちが増えているとの、まことしやかな噂が事実だったと言いながら涙を流した。しわが深まった真伊の頬に水銀のような重い涙が流れ痕を残した。

突然、耐えられない怒りが込みあがってきた。二〇世紀が終わろうとしている現在、人民が飢え死にする国が、社会主義社会といえるのか。党は苦難の行軍を進もうと強調する。しかし、苦難の責任は誰にあるのかを明白にしなければならない。偉大な首領に代を継いで忠誠を尽くしてきた朝鮮の純朴の民に対し、誰も責任を取らないというのか。はたしてこのすべての不幸を、米帝の経済封鎖と社会主義諸国の崩壊、そして自然災害が原因だといえるのか。

頬を濡らす涙を拭きながら真伊が言った。

「子どもたちが飢えで苦しんでいるのに、私たちのような老人が生きているのは罪ではないのですか？」

答えられなかった。そうなのだ。これ以上生きることは罪悪ではないだろうか。踏ん張ってくれとの言葉を残し、席を立った。お嫁さんがトウモロコシの粉をくれるのを断ったが、無理やり持たすのだった。人民は本来、皆このお嫁さんのように善良できれいな心の持ち主なのだ。目頭が熱くなり何度も瞬きをした。

それなのに私は南朝鮮の労働階級に対してはあれほど信頼しながら、共和国の純朴な人民たちが持っている潜在力を信じなかったのか。南朝鮮の若者たちにだけに注がれる私に、真伊がなぜ、寂しがっていたのかを今になってわかるようだった。結婚式を挙げたあと、大同江のほとりで芍薬の花のような笑みを浮かべ記念写真を撮る青春男女たちを見ろ。彼らのさわやかな愛は、数多くの「ソドリ」、垢のついていない新しい世代を、たくさん生み育てているではないか。

人民の力を過小評価してはいけない。世代から世代に受け継がれながら人民たちはいつの時代にも驚くほどの力を発揮してきたではないか。たとえ近い将来には変化がないかも知れないが、共和国でも新しい世代たちが、真の社会主義思想で党を一新すると信じる。それだけではない。「剣は肉体を殺すが、お金は精神を殺す」との教訓をいつも抱きながら生きてきた共和国人民のきれいな精神は、いつの日か甦る真の革命の貴重な肥やしになるだろう。

今は主体思想と共和国の言論機関が人民たちの想像力を非主体的な封建主義の檻の中に閉じ込めているが、すがすがしい新世代たちはこれを打ち破るだろう。朽ち果てた古木の切り株から力強く出る新緑の新芽のように。

一九九八年五月一四日

地方で客地の人を仮埋葬も出来ず、ほったらかしにしてある死体を見たと、泣いていた真伊の言葉が忘れられない。ソ連と東欧社会主義国の崩壊で受けた打撃、ここ数年間、稲にはばらみが出来るころになると洪水で稲を駄目にすることなどを考慮したとしても、人民たちが餓死している現実の前で、党はひざを屈して謝罪するべきだ。少なくても偉大な指導力を称える行為は社会主義以前の問題だ。

一九九八年六月一三日

空しいのか真伊が聞いた。

「私たちが若いころ、社会主義を選択したのが間違っていたのでしょうか?」

答えに窮した。昔のある日、あるところでのあることが一瞬、生々しく思い出された。そのおかげで真伊に自信を込めて言った。

「それは違うと思います。みんなが平等に暮らそうと願ったことが、なぜ間違った選択になりますか。まして当時は社会主義か、資本主義かだけの問題ではなかったではないですか。民族を裏切った親日派たちを清算しようとしたのが私たちだったのです。当時、資本主義が良いと誰が思いましたか。資本が、お金が主人になる社会がはたしてみんなが望む社会だったのでしょうか? それは明らかに違いますか」

昔、麗麟は私にささやいた。その日の麗麟の目色が生き返り、今日、真伊に乗り移ったような錯覚に陥るようだった。

「革命が何なのか真伊さんはわかりますか？」

なんと答えようかと考えているのか真伊がにっこり笑った。

「ウリナラ［わが国］の人々がみんな幸せになる美しい家を建てることです」

ソドリが言ったように子供の声で真伊に言った。涙がにじんだ。幼いソドリのはっきりした言葉のひと言ひと言が、そのとき麗麟と私の胸いっぱいにどれほど幸福感を与えてくれたことだろう。ソドリのその言葉は、永遠に乾くことのない泉のように、いつも乾いた私の心に生気を与えてくれた。

「私にも息子がいました。ソドリといいました。その子が四歳のときに遺言のように残した言葉です」

真伊がやるせないのか顔を赤らめた。悲しみに沈んでいる真伊を励ますように力を込めて言った。

「真伊さん、今私たちが本来の社会主義社会を作れなかっただけです。しかし、失敗したからといって、間違ったことにはなりません。考えても見てください。私たちは当時もそうでしたが今も正しいですよ。資本ではなく人間が主人になる社会、首領ではなく人民が中心になる社会を作らなければなりません。私たちの革命史がその単純な真理を血色で証言しているではないですか。問題は誰がそれを成し遂げるかなんです」

あらためて麗麟とソドリと私が一体になって今まで生きてきたのだとの事実を今日になって悟った。ああ、私は何と美しい人生を歩んできたのか。

一九九八年九月一日

私の生涯で美しかった時間を思い浮かべる。
日本から帰国して金剛山を経て智異山に至る所々に、朝鮮の山河を赤く染めた紅葉を見ながら民族解放を誓った瞬間。夜空の下、その空とつながった海の遠くから限りなく押し寄せる波の上に輝く星を見ながらすすり泣いた瞬間。五月の大同江のほとりで華奢に咲いた花たちの眩しさにぽとぽとと涙を流した瞬間。
大自然の前で、宇宙の前で敬虔になったその瞬間たちが次々と思い浮かぶ。生はそのように美しいものなのか。

一九九八年九月九日

共和国樹立半世紀——錯雑だ。一生を共和国に捧げたが祝うことの出来ない心情だ。失敗した実験。しかし、値打ちのある教訓。

一九九八年一〇月一日

一〇月の意味深い朝が明けた。大同江の方に朝焼けが赤く染まっている。麗麟と私の結婚記念日。麗麟とソドリが眠っている墓を訪ねた。七八歳の歳が恥ずかしいほど麗麟が懐かしい。気がおかしくなりそうだ。妻がこの世を去っていつの間にか四七年になる。妻の温かい胸に、そしてソドリのところへも、一日も早く、行きたい。罪な生を送った。米帝国主義者に復讐も出来なかった。党からも信任を受けられなかっただけではなく、私がすべてを捧げた党自体も揺れている。
朝鮮革命のために最後まで踏ん張ってきたが、昔抱いた希望はひとつひとつ消えていった。

一九九八年一〇月二日

党は自殺に突き進んでいる。問題は私にこれを防ぐ力がないことだ。死をもって抗議すれば、ごく一部に過ぎないが私を知っている党一角の同志たちに衝撃を与えることが出来るだろう。たとえ小さな波紋でもやらないことよりはましだろう。共和国言論界の高位幹部たちの心に何かを残すことが出来るのではないか。それすらもしないで私があと何年生きたからといって、何が出来るというのか。
それに私が受ける配給で、今も地方で飢えている若者たちの中で一人でも救えるのなら、それだけでも意味はあると思う。そうだ。これこそが人民のために今私が出来る愛の実践ではないか。

一九九八年一〇月三日
いつからだろうか。朝鮮革命挫折の起源はどこだろうか。
金日成同志が思い浮かんだ。憲法が改訂された一九七二年？　違う。それよりもさかのぼるはずだ。そうだ。金日成同志が朝鮮共産党北朝鮮分局を作った一九四五年一〇月一〇日。まさしく朝鮮労働党創建日に悲劇の種がまかれたのではないか？　党自ら謙虚にこれを是認することから新しく始めなければならない。

一九九八年一〇月四日
金正日同志にあまりにも集中されている状況は、逆説的に金同志の決心によっては簡単に党と共和国が改革の道に転換できることもあり得る。その可能性もある。一点の私心もなく、空っぽの心になったときが真の悟りであり、真の社会主義者の品性だ。

一九九八年一〇月五日
身を捨てることが出来る空っぽの心。そうなのだ。限界がはっきりしていたが自分なりに最大限努力してきた人生だった。慈悲の道、いや、慈悲を修業して実践してきた道だった。
生きるというお寺で慈悲を修行してきた、過ぎ去った歳月が美しく思い出される。胸が切り裂かれた苦痛の瞬間までもが、ある意味ではこの民、いや人類の発展で不可避な苦しみではなかったか。その苦痛を通し人類は自分の中に染み込んでいる悪を知らぬ間に少しずつ浄化してきたのではないか。それでだろうか。法悦とはこのようなものかとの考えもする。

一九九八年一〇月六日

若き日の金剛山の法典に戻り、今日の党と共和国に「焼身供養」の心情で命を捧げたい。自ら体を燃やし、仏法の真理を内外に宣布するように、人類の理想のために戦ってきた
李真鮮もまた、集団的に忘却された社会主義の理想を取り戻すために、この身体を捧げるべきではないか。

一九九八年一〇月七日

きのう夕暮れに麗麟とソドリを訪ね、墓の横で寝転んだ。今までどんなにか寂しかっただろうか。北風が吹く時期ではないのに、寒い風が身にしみる。秋色に染まる梢が風に揺られながら耳元をくすぐる。星のきれいな秋夜の風の音が弱々しいからだろうか。まるで墓から麗麟とソドリがささやくようであった。あの日、麗麟が早くしてと、手招きした最後の瞬間が生々しく思い出される。あの時、行けばよかったのになぜ私はここに生き残っているのかとの後悔に襲われた。
墓を撫でた。鼻筋がずきずきしてきて、革命は美しい家を建てることだと言ったソドリの清らかな声が、深い夜の湿った胸を打つ。そうだ。ソドリはここで冷たくなっているが、ソドリの夢とその美しい家を建てるためにすべてを捧げた革命家たちの熱い生は、いつの日かこの地に実現される、新し

い歴史のソドリになるだろう。

地下に眠っている彼らの血に染まった叫びが、山風に乗って遥か遠くへ広がっていく夢を見ながら夜を明かした。星屑たちがすべて消えるまで、新しい日を照らしながら。

一九九八年一〇月八日

墓で夜を明かしたせいか。身体がぶるぶる震えて熱もある。全身が火だるまのようなのに、精神がはっきりするのはなぜだろうか。整理された考えを記録しよう。

道はひとつ、新しい革命を定義しなければならない。実存した社会主義理念を滋養した新しい思想で、新しい主体が立ち上がらなければならない。封建的残滓を清算した資本主義の溶鉱炉の中で、銑鉄のように強く成熟していく南朝鮮の労働階級が、その革命を準備する主体と思う。

南朝鮮の労働階級と青年たちは現段階で単に、南だけの希望ではない。朝鮮の希望であり、今の世界的な大反動の時代に人類の希望だ。北と南に分断されている朝鮮の人民たちが北と南の血色の経験をソドリに生かし、二一世紀に必ず「美しい家」を建てると確信する。

朝鮮革命。あの数え切れない人々、それも当代の最も美しき人たちが命を捧げた革命を肥やしにして、また人民のきれいな希望を育てなければならない。死を前にした私の最後の夢。先に逝った同志たちに対する罪責感とともに。

一九九八年一〇月九日

過去の日記を取り出した。長いあいだ日を見ない若い日々の日記帳の一ページ一ページに染み込んでいる青いカビが、人生の終りが近づいていることを象徴している。この世を去る前にすべてを空にしなければならない。私のこの記録もすべて燃やしたい。

朴憲永先生と金三龍、李鉉相同志をはじめとする不屈の革命家たちに顔向けが出来ない。ましてや麗麟とソドリはどうなのか。悔恨の涙が目を塞ぐ。どんなにか貧しい人生を送ってきたのか。何のために今まで延命してきたのか。ああ、どんなにか多くの葬送曲を歌ったことだろう。彼らは皆、偉大な生を花火のように生きた闘士だった。一体誰が私に葬送曲を歌ってくれるのだろうか。

私の情けなさを悟ったこの瞬間、こと知れぬ宇宙の永遠さの前に、青年時代の恐ろしさとは違う敬虔さが、胸一杯溢れている。

心が落ち着き清められる。すべてを空にして、そこに入る道で私の生の存在を確認したくなる最後の老欲だろうか。それとも疲れ果てた私の身体にいまだ炭火のように残っている愛のためなのか。友である崔真伊に私の日記を送りたい。真伊もまたどんなにか孤独な生の最後の季節を生きているのだろうか。年取った真伊の小奇麗な顔がしなびる姿が悲しく浮かぶ。真伊の老年にひ弱な追憶になり、残り少ない彼女の生に少しの安らぎを与えられるのなら、それで充分ではないか。彼女がこの日記を読んだ後に焼いてくれることをお願いしたい。真伊が頭山に聞かせる昔話がなくなったときに、作られた伝説のような革命話としておもしろく話してくれることを。

一九九八年一〇月一〇日

夜明けに「真実の道」を歩いた。人生とはある意味では長い散策ではないだろうか。朝焼けを受けた一〇月の大同江は、血の色に森を染め、ピョンヤンのすべての憂いをそっと抱くように静かに流れている。海を夢見て休みなく流れる川をずっと見つめていた。過ぎ去った日々が早い流れに波立つように過ぎて行った。自分としては満七八年八カ月、その瞬間、瞬間をあくせくと生きてきた。しかし、仏教的解脱も、社会主義革命も進めることが出来なかった。否認したいが正直になろう。失敗した人生だった。革命はもちろんのこと、文学作品も残せなかった。遥か昔、漢江上流で全琫準将軍を憧れた少年時代を裏切ってきた人生だった。

どこから逸れたのだろうか。植民地時代の解放運動？　朴憲永先生との出会い？　朝鮮共産党入党？　越北？　朝鮮労働党と共和国に対する忠誠？　人生の流れをじっくり振り返っても何が間違いだったのか、そしてどこで外れたのかわからない。おそらくまた、その時代に生まれたとしたら、私の選択は同じ道をたどることだろう。結局人間は自分が生きている時代の運命から抜け出ることは出来ないようだ。

一日一日を最善を尽くし偉大なる愛を修業した。人生という生の教室で。ただ惜しまれるのは、その愛を現実に幅広く咲かせる機会が私に与えられなかったことだ。

もちろん後悔はしない。騙すことなく歩んできた道だ。その道で私は私に出会った。もし、私に人と人が作り上げる歴史に対する信頼がなかったならば、挫折していたかもしれない。ただ時間の問題だけで、真実はいつの日か究極的には勝つだろう。私の短い生涯で歴史を裁断する愚を犯したくはない。

私が歩いてきたこの道を、次の世代が歩むことを確信する。その新しい世代の中で私は復活するだろう。

家に向かっているといつの間にか黒雲が空を覆った。高層アパートの入口に党創建の「慶事な名節［祝祭］」を知らせる『労働新聞』掲示板が目に入った。「偉大な党の導きを受け金日成朝鮮を限りなく輝かせよう」とのスローガンの題目の大きな活字が、なぜか見慣れなく感じた。「金日成朝鮮」。敢えて新聞を読んだ。

「朝鮮労働党の旗の普遍性、それは暴風激しい革命の道で朝鮮労働党の尊厳を守り、金日成朝鮮の名誉とその運命を守り、身を捧げて闘っておられるわが将軍の心血と労苦の高貴な結晶体である」

金日成民族、金日成朝鮮、そして、その金日成朝鮮の運命を守る金正日将軍、それに将軍の心血と労苦の高貴な結晶体、朝鮮労働党。

雨がぽとぽと降り始めたと思ったら、すぐに土砂降りになった。容赦なく顔をたたく雨粒が冷たく痛かった。そのまま歩いた。花かごに傘を差しながら金日成の黄金銅像に花かごを献花しに万寿台の丘に向かう人民たちが無表情に通っていった。「主体の最高聖地」である錦繍山記念宮殿といたる所に高くそびえる銅像に向かう花かご行列が、雨水とともに瞼にぼんやり映る。

乾いた綿が水浸しになったような雨脚に疲れ家に戻った。ずぶ濡れになったせいだろうか。悪寒が襲い、咳が止まらなかった。角のひとつが剥がれた鏡を見た。鏡の中に見慣れない老人が私を疲れたように見つめていた。

そろそろお前との因縁も終わったな、別れるときが来たようだ。

それでだろうか、新しい道にさしかかる直前のときめく気分にでもなるようだ。麗麟とソドリに会い、永遠の平和を迎えられるとの興奮とともに。柳道で麗麟と初めて会った日のこと、結婚式を挙げたあと西大門刑務所を散策したその日、野菊よりも清楚な妻の姿、麗麟とソドリが合葬しているその墓に入りたい。

振り返れば私は明白に失敗した。しかし失敗が必ず間違っていることを立証することではない。失敗はしたがそれよりもよりはっきりと自負することができる。正しい道を歩んできたと、私に与えられた生をすべての瞬間ごとに愛したと、限られた中で最善を尽くしたと、その限界はまだ来ない人々によっていつの日か崩れると確信していると。

その愛の延長線で私は人生の最後を選択しなければならない。美しく。

巨大な鐘に向かって飛ぶカラスが、何度も体当たりをして、やっと鐘を鳴らしたように、一〇月一〇日の今日、私は必ずや弔いの鐘を鳴らすつもりだ。私の弔鐘が党に警鐘になることを願うが、そうならなくても良い！　誰であれ、どんな勢力であれ、真実を永遠に拒むことは出来ないからだ。私が鳴らす鐘が今日、雨の中の献花行列に立つ人々の一人の心でも響かせることが出来るのならば、それで充分ではないか。

いや、たとえ一人にも私の真実が伝わらなくても良い！　その弔鐘は朝鮮の実情に合う社会主義思想を打ち立てろとの党命を完遂できなかった罪、党が道を誤ったと判断したとき、命をかけて問題を提起しなかったことによって、党と人民を背信した罪に対する峻厳な審判であるから！

李鉉相同志がくれた拳銃を取り出した。金属のヒヤリとした感じ。この拳銃を作ったソ連も崩壊して久しい。智異山松林の松の香とともに李同志の太くて物静かな声が今も耳元に残る。

「同志！　肝に銘じなさい！　この拳銃は不屈の革命家の血がにじんだ解放の武器だぞ！」

拳銃が一瞬、いとおしく迫ってきた。火玉のように燃えさかるような目色で新しい朝鮮を夢見ていた不屈の革命家たちが本当に懐かしい！

崔真伊の告白

李真鮮の日記を持っていた崔真伊は二〇〇〇年一月末、氷の張った豆満江上流を渡った。甲山出身パルチザンたちが党を追われたとき、中国に亡命して延辺の僻地に住んでいる、昔の同志を訪ねた。封印された手紙と一緒に李真鮮の日記を伝えながら出版を頼んだ。崔真伊が託した手紙には衝撃的な内容が書かれていた。きれいな曲線の中にも仮面の中の鋭さがぽつりぽつりと感じ取れるハングルの書体が、彼女の人間性を感じられるような肉筆手紙の全文を載せる。—編集者—

李真鮮同志と大同江のほとりを散策していると雨雲が覆ってきました。すぐに夕立が降ってきました。私たちはあわてて「小さな解放区」に帰って来ました。

李同志がどこで手に入れたのかコーヒーを煎れてくれました。ほのかな香が窓の外に降る雨とあいまって甘味な感じがしました。魅力的な笑みを浮かべるあの方を見ながら、生とは、人生とは、もしかして美しいものかもしれないと思いました。

そのときでした。突然、玄関のドアが壊されると同時に国家保衛部のメンバーたちが入ってきました。彼らは私たちを反革命分子だとわめきながら逮捕しました。私たちのような老人が何の反革命なのかと抗議しましたが無駄でした。

そのとき、李同志が大声で叫びました。二〇代の青年のような響く声でした。

「朴憲永同志万歳！　朝鮮労働階級万歳！」

その声に国家保衛部員の一人が拳銃をあの方の胸に当てました。

「この米帝のスパイ野郎！」

それでも真鮮同志はひるむことなく彼の目をまっすぐ睨みつけてまた叫びました。

「朝鮮共産党万歳！　朝鮮労働階級……」

その瞬間、銃口が火を噴きました。私は悲鳴を上げながら、李同志を支えようとしましたが、すでに彼は鮮血を流しながら床に倒れました。そのときぱっと目がさめました。悪夢を見たのです。汗でびっしょり濡れた左胸は拳銃で撃たれたように熱かったのです。雷が鳴り、太い雨が窓を叩きつけていました。目がさめた後、しばらく自分を失っていました。不吉でした。ふとカレンダーを見ると一〇月一〇日。朝鮮労働党の創建記念日でした。

なんとなくすっきりしないので李真鮮同志に会いに行きました。李真鮮同志は家に居ませんでした。中に入って一時間ほど待ちましたが、帰ってきませんでした。あの方が好きな大同江のほとりの小道へ行きました。見当たりませんでした。雨が次第に激しくなるので家に帰りました。

そのときあの方と行き違ったことを知りました。嫁［頭山の母］はあの方が置いていった赤い風呂敷包みを差し出しました。あの方の表情が異常だったとの言葉とともに。

風呂敷を解くとあの方の体がしみ込んだ手帳で一杯でした。いつも誰かとの対話に飢えていた人、同時に誰とも会話が不可能だった人、李真鮮が生きてきた話がぎっしり詰まっていました。

不吉な夢は吉兆と言った昔の言葉は本当でしょうか。あの方が私に心を開いてくれたとの興奮で読んでいきました。はじめはなぜあの方がこの日記を置いていったのか、考える間もありませんでした。隠された内面を読む興奮で日記を読みながらふと、不吉な予感がしました。最近の日記帳を探して開きました。一九九八年一〇月一〇日。今日の日付でした。今日の日記！

一〇日の日記を読みながら、まさかとの不安は雪だるまのように大きくなり、私を揺り動かしました。急いで上着を着て真鮮同志の家に走って行きました。気持ちは走っているつもりでも七〇歳を過ぎた老婆の走りでした。それなのに雨で道がべとつき足首を掴むのでした。雨はより太くなり、滝のように降ってきました。

息を切らせながらやっとあの方の住む高層アパートのドアをノックしました。返事がありませんでした。いつもやさしいあの方の声は聞こえてきませんでした。ひざが折れて胸が詰まり、深い淵に墜落したような感じを受けました。あの方がいつでも来なさいと言って渡してくれたカギを取り出し、ドアを開けました。手はもちろんのこと全身が震えました。濃い墨の香が鼻を突きました。いえ、ち、違いました。それは、血の匂いだったのです。

真鮮同志は机の上に伏せていました。あの方のこめかみに開いた大きな穴はもちろん、白いあごひげに流れた血が固まっていましたが、あの方の表情は信じられないほど明るくすがすがしいものでした。鮮血が流れたからでしょうか、あの方が着ていたセーターは赤黒く光っていました。ただし、割れたガラス窓越しに降る雨と雷が、この出来事がまるで夢であるかのように主張しているようでした。真鮮同志の右手の人差し指には彼が若いとき、李鉉相同志から受け取った拳銃が引っかかっていました。

「不屈の革命家の血がにじんでいる解放の武器」がとうとう彼の純潔な生を、この汚辱の地上から解放したのです。李真鮮、もしかしたらあの方こそ不屈の革命家ではなかったでしょうか。

自分でも信じられないほど私が落ち着いている事実に驚きました。あたかもすべてのものが以前に一度起きた事件のように思われました。あの方の血に染まった顔をそっと胸に抱きしめたとき、初めてやるせない悲しみがふつふつとこみ上げてきては爆発しました。

思い返すとあれほど長い期間、私が真鮮同志の端正な霊魂の中に入っていたという事実が私を一層切なくしました。私は本当に、あの方が私の存在のせいでどんなにか悩んだかを、それにあの方の内面があれほど荒涼としていたなんて知りませんでした。ああ、何とかわいそうな人か。あの方は私を『民主青年』で初めて会ったと思っていますが、実はその以前、二十歳を過ぎたころあの方を見かけていたのです。

解放直後、朴金喆同志の勧めで『正路』の雑誌記者で活動したときでした。南北連席会議を取材した日でした。横の席にいた誰かが発言内容を一字も逃すまいと、手早く記録していました。繊細で小さな手でした。髪を触る振りをして彼をチラッと見ました。

落着いた目色と限りなく善良に見える顔。それなのに情熱が溢れるすっきりした姿に私はめまいがしました。私の視線を感じたのか彼が顔を向けました。目が合いました。あの方は軽く笑みを浮かべましたが私はそうしませんでした。あの方の瞳に光る不屈の気は深い思索をそのまま表しているだけでなく、新しい朝鮮を建設するとの意思に燃えているようでした。その目色がどんなにか崇高に迫ってきたのかその日、私は胸が高鳴りました。（これと関連して李真鮮の日記を注意深く読んだ読者なら、思い当たるくだりがあるはずだ。一九四六年一一月一〇日の日記がそうだ――編集者）

しかし空しくもあの方が結婚していることを知りました。遠くで申麗麟氏を見たときは惨憺たる思いでした。その女性、李真鮮夫人の申麗麟氏は私とは比べられないほどあまりにも修練された女性でした。その後私は朴金喆同志の勧めで「革命家庭」を築きましたが、正直に申しますと李同志は忘れられない人でした。ああ、それに彼の日記を読みながら私の胸を破るように膨らましたのは、あの方との縁はそのときが初めてではなかったとの事実でした。私も想像が出来ないほど李真鮮同志と私、崔真伊は現世で――そうです、はっきり言います。これ以上の前世の因縁はありません――因縁には実に驚かされました。あの方は一九四二年一〇月四日の日記にこのように書いています。

「神渓寺境内で澄み渡った秋の空を見上げているときだった。僧侶が一人サッカ［笠］をかぶって歩いてきた。歩く姿が美しすぎて見惚れていたが、すれ違いざまに合掌をして礼をした。顔を上げた瞬間、サッカの影の下に僧侶の顔が見えた。見え隠れした微笑みは濃い瞳に染み込んだ悲しみさえ帯びていた。尼僧だった。ほんの一瞬だったが尼僧が通り過ぎた後もうしろ姿が見えなくなるまで眺めていた」

私はその日記を読んだとき目を疑いました。何度も紙に穴が空くほど見つめました。結局、世の中を吐き棄てるようなため息をつくだけでした。そのとき私は朴金喆同志の指示で祖国光復会を江原道北部に広めるため、満空和尚の行者僧侶に偽装して金剛山に行きました。そのとき私を見つめていた「見知らぬ青年」がおぼろげに思い出されながら、徐々にはっきりしてきました。そうです。あの方でした。私はなぜ彼を南北連席会議の席で見たときどこかで見たような顔だったのかを知りました。

あの方はそれだけではなく、一九七三年神渓寺を再訪したときの七月二七日の日記に次のように書いています。

「青い空を見上げているときだった。ふと、その昔に見た悲しい顔が浮かんだ。サッカの陰に表した薄い微笑み、それに濃い瞳に溢れる悲しみ。あの尼僧はいまどこにいるのだろうか。南朝鮮に行ったのだろうか。成仏したのだろうか。なぜだろうか。その尼僧と麗麟、それに真伊が皆一人のように思えるのは？」

本当にばかみたいではないですか？　そこまで思ったのならなぜ私に聞かなかったのかしら。もしあの方がその事実を知ったならどんなにか喜んだでしょうか。あの方のやさしい微笑がまた胸を激しく締め付けます。いや、本当の愚か者は私かも知れません。一九八五年の釈尊の誕生日（五月二七日の日記参照―編集者）に私たちが仏教と鏡虚和尚について話したとき、互いに話を深めたならば確認できたことを。真実の前に人間はなんと無力な存在でしょうか。

とにかく『正路』から『民主朝鮮』に移り、また『民主青年』に移されたとき挫折しなかったのは彼がいたからかも知れません。しかし同じ職場になった彼はあまりにも近づきがたかったのでした。

もしあの方があのように孤独に苛まれていた事実を知っていれば、あの方が外面では平穏に見えましたが実際は幸せではなかったことを私が察していたならば、私たちの生はどんなにか違っていたでしょうか！　なぜ私はあの方が生きているときに愛していると一度でも言えなかったのでしょうか。はかり知れないほどの悔いとなり胸を締め付けます。あの方はあまりにも純粋すぎて尊敬するとしか言えませんでした。

一九六〇年のあの日、大同江のほとりでの愛は私の生涯で最も大切な追憶ですが、あの方の冷徹な態度はその後も変わることはありませんでした。

今になってあの方が内面でどれほどさ迷っていたかを、悲しみと嬉しさで胸を激しくさせています。何よりも痛恨に残るのはあの方に祥俊のことを、そして頭山のことを正直に言えなかったことです。夏の夜のひと時の愛があの方と私の結晶になった事実を、そしてあの方に祥俊の結婚の事実を詳しく伝えて、頭山の名付け親になっていただいたわけさえ、私だけの胸にしまっていることしか出来ない事実が空しくなります。

しかし所詮、人生とはそういうものなのでしょうか。かつてイエニー・マルクスが吐露したように人生は涙の谷ではないでしょうか。いえ、血の涙の谷でしょう。彼に麗麟という妻がいたように、私にも夫の白仁秀がいました。それが二人にとっては悲劇だったのです。仮に私が彼に愛を告げたとしたら、ああ、私たちは何が出来るのでしょうか。主体《チュチェ》の社会主義共和国で女性がどんなに非主体的な生を強要されているか。少なくても結婚と家事に限っていえば共和国はうわべは社会主義革命家庭といいますが、その実、女性たちは封建的なしきたりで抑圧されています。

それだけではなく夫の悲劇的な死は、私にぬぐいきれない罪意識を深めました。違う、違うと何千回も言い聞かせましたが、夫の自殺は私にぬぐうことが出来ない罪意識を残しました。休戦直前、米帝の爆弾の破片で男性を失った夫の前で、日ごと大きくなるお腹を見た夫の衝撃も、ひとつの原因になったことは間違いありません。意外にも夫は何も聞きませんでしたが、私はモスクワで出産したときの夫の絶望的な表情を、生涯忘れることが出来ません。それなのに何も言わず、すべてを受け入れてくれた夫の死を目撃した私が、どうしてあの方との新しい生活を夢見ることが出来ましょうか。

ましてあの方と再会したとき、私は五〇歳を過ぎていました。女の五〇歳。あの方の前にまた女として立つ自身がないことを、それにそれはあの方を本当に愛しているからだということをあの方ははたして理解できたでしょうか。実際私はあの方に似た祥俊がすくすく育つ姿を見るだけで幸せでした。ああ！　このすべてのことをあの方が亡くなる前に知らせ、あの方の寂しい生涯の最後の風景を天国のように美しく飾ろうとした計画は、はかない夢、いえ、しがない欲だったのでしょうか。

李真鮮同志の遺言通りにあの方を生涯支配した申麗麟氏と合葬しました。その美しき愛に私が入る余地はありませんでした。あの方を埋葬して静かに葬送曲を歌いました。

山に飛ぶ　カラスや／私のために　泣くではない
この体は　たとえ死んでも／革命精神　生きている

しかし、私だけ読んで燃やしてくれとの頼みだけは聞く自信がありませんでした。はたしてそれがあの方の真実なのかと確信が持てませんでした。頭山に伝説のように聞かせてくれとの「遺言」については言うに及びません。あの方の血筋、頭山が生きている限り決して忘れることなく美しき伝説として聞かせ続ける次第です。白頭山が彼の息子、孫にいたるまで伝えられるように。

歳月の苔が染み込むと伝説はより美しくなることでしょう。しかし、頭山だけ聞かせるべきでしょうか。多くの朝鮮の若者たちが、あの方が残した日記、そうです、あの方の「遺書」を読むべきではないでしょうか。いろいろ悩んだ末、冒険かもしれませんがあの方の日記をあの方が愛した南の故郷へ送ることにしたわけです。それが李真鮮という朝鮮のある美しき男性が生涯追及してきた革命と愛を、それにあの方の純粋な生を称えることだと信じているからです。

何よりもそれだけが、私があの方の純潔な眼差しに応える最後の愛の道だと信じます。

エピローグ　純潔なる霊魂の炎

話はすべて終わった。革命と戦争の真っ只中ですべてを失い、生涯を修道僧のように生きた七八歳の知識人李真鮮は結局、一発の銃声で社会主義の「祭壇」に命を捧げた。まして悲劇的愛を告白した崔真伊の手紙は私を揺れ動かした。可能なら延辺で彼女に会ってインタビューをしたいとの衝動に囚われた。

李真鮮の頭から赤い血が流れ、麗麟の繊繊玉手で編んだセーターを赤く染み込ませた場面が、あたかも私が直接見たかのように生々しく描かれた。彼が残した文字が墨色ではなく、赤い血色と錯覚したのはその瞬間だった。彼の血が流れ流れて、文字のひとつひとつに染み込んだとの思いに身震いさえ感じた。

とにかく二〇〇〇年の末までに、本を出版しようと思えば急がなければならなかった。終りに近づきながら、ひとつ判断が難しい問題があった。崔真伊の実名をそのまま記しても、彼女に害が及ばないのかと心配して夜を明かしもした。

そんな或る日、ちょうど延辺のあの老人から電話がかかってきた。なぜだか沈んだ老人の声は、本の出来上がりが近づいたとの言葉に少し元気になったようだった。老人に崔氏の実名をどうするか相談した。しばらく言葉がなかった老人はやっとひと言ひと言、辛そうに言葉を続けた。去年の夏に会ったときの丈夫な老人とは別人のようだった。

「日記を……先生に……渡した後でした。秋にあの人が……また延辺に来ました。どうなったかを聞いたので、南の……信じられる言論人に渡し……すぐにも出版されるので心配要らないと言ったさ。先生は……わからないと思う。それを聞いたとき、七六歳の彼女の……顔が……あのような……きれいな明るい表情になるということを」

老人の声が途絶えた。電話が切れたのかと思い、何度も「もしもし？　もしもし？」と叫んだ。老人は泣き声でやっと言葉を続けた。

「それなのに……先生！　それなのに……一〇日ほどして……私の故郷の甲山から……連絡が……来たんだ。崔トンムが……あの人が……ああ……死……んだとの……」

老人はついに嗚咽してしまった。言葉は何度も途切れ、受話器の向こう側ではすすり泣いているのがわかった。老人の泣き声があれほど物寂しいものだということを初めて知った。それは老人の呻きだけではなかった。私もまた心臓が止まるような衝撃を受けた。崔真伊がどういう人なのか、いや、どういう女性なのかぜひとも会いたかった望みが、粉々に砕けてしまった。

崔氏の死が自殺なのか、それとも自然死なのかわからない。ただ、その後につながった老人との通話で聞いたことから察すると自殺のようだった。何よりも崔氏がピョンヤンではなく甲山で息を引き取ったという事実を念頭に留めておく必要がある。これは崔氏が延辺の老人に自分の死を知らせておきたいことを意味する。のみならず甲山で発見された彼女の死体からカギと遺書が発見されたことは決定的だ。生涯装飾品を身につけなかった故人の指には金の指輪が恥ずかしそうにはめてあった。

短い遺書にはカギを一緒に埋葬してくれとのお願い、李真鮮の日記が出版されたら一冊はピョンヤンに住む白祥俊に渡し、もう一冊はいつの日か李氏の墓に埋葬することを約束してくれとの願いが書かれていた。李氏の墓――彼の妻と子どもが一緒に埋葬されている――の場所が書かれた地図とともに。

電話を切った後、何気なく窓の外を見た。偶然だろうか。涙で屈折した窓越しに初雪が降っていた。雪は牡丹雪に変わり、憂うつな都市を純潔な白で覆った。その日の夜、私はまた鐘路区のなじみの飲み屋を訪ねた。夜を明かし一人で酒ビンを空けた。いや、一人ではなかった。テーブルの前には李真鮮、そして崔真伊が交替で座った。その血色の霊魂たちのせいだろうか。いくら飲んでも酔わなかった。飲むほどに気はしっかりしてきた。

結局、新世紀を迎える前に出版をしてくれとの頼みは果たせなかった。一カ月あまり酒におぼれていたからだった。それにひとつ憂慮される問題も起きた。二〇〇〇年六月の南北首脳会談後に芽生えた南と北の解氷で、それに例の南側の冷戦勢力とアメリカが南北和解に足払いをしている現実で、もしかしたらこの日記が油を注ぐことになるのではないかとの点であった。

しかし、統一が近い日に成し遂げられないことが現実ならば、李真鮮の日記は南と北が真の和解に向かうことにプラスになるのではなかろうか。いや、もしかしたら彼らの恨みを晴らすことは、統一への道で必ず経なければならない「厄払い」ではなかろうか。

もちろん先の「編集者のむだ口」でも言及したが、朝鮮労働党と「金正日時代」に対する彼の鋭い批判は、彼が「米帝のスパイ」として処刑された朴憲永の側近だったという事実を充分に考慮して読む必要がある。まして本来日記とは公開を目的にして書かれているのではなく、内密な自分との対話であるので激しい感情の吐露が、何のフィルターも通さずそのまま表れているところも少なくない。

とにかく崔氏の死によって出版においての大きな負担は少なくなった。その点で私は、崔氏はこのため死を選択したのではないかとの疑問を払い切れない。その瞬間、四〇歳を過ぎた李氏が文学の夢をまたあきらめ、記録したくだりが突然思い出された。

「革命と戦争につながる今日の生自体が文学よりもより偉大ではないか。革命と建設のように偉大な文学、偉大な愛があるのだろうか」

そうだ。南と北で芽生える新しい希望を確信して、彼自身は「革命と文学すべてにおいて失敗」したと思った李真鮮、彼の人生自体がかえって偉大なる愛、美しき夢を形象化しているのではないだろうか。本当はこの地の現代史では「李真鮮の人生」を生きた人々がいかに多かっただろうか。どんなに多くのわが民族の純潔な霊魂たちが、当代の真理として信じた革命と愛に、すべての生を燃やしたことか。

真実は本来人間にとってあまりにも眩しいものなのか。去る二〇世紀、民衆の歴史的瞬間瞬間で真実をパターンにして生きたこの地の美しき人々に、大韓民国と朝鮮民主主義人民共和国は、今日のこの瞬間まで穏当な歴史的評価をしていない。

李真鮮と中麗麟。彼らが代表する当代の純潔な霊魂たちに、そして彼らの血色の愛と血のにじんだ夢、何よりも彼らの偉大な生と死に謹んで敬意を表する。歴史の墓に埋もれた彼らの話は二一世紀、わが民衆が新しい家を建てるのに実によい参考になるのではないだろうか。

また告白するが、二〇世紀の終わりに分断された祖国の南側はお金をねだり、北側はお米をねだる侮蔑な民族的現実に、言論人として感じた絶望は李真鮮の肉筆原稿を整理していく過程でいつの間にか消えてしまった。何の彩《いろどり》もないように見えるが、植民地朝鮮で始まった彼の革命と愛の物語は二〇世紀を経て新しい千年を迎えたわが民衆に「美しい希望」を見せてくれる。

李真鮮が残した「遺書」は祖国がひとつに生まれ変わる道で、南はもちろん北の若い世代たちが何をするべきかを少なからず示唆していると信じる。例えば一八歳の李真鮮が残した最初の日記(一九三八年四月一日)の書き出しは、今日の若者たち自らが自問しても的確な問いではなかろうか。それでこの長い物語の結びの文章にしても何ら遜色はないと思う。

「私は今どこにいるのか。そしてわれわれは今どこにいるのか。今日、朝鮮で生きるとは何を意味するのか」

日記は一九九八年一〇月一〇日で終わった。しかし李真鮮の記録の中に日付のない別途の原稿が二編発見された。日記体の記録に比べ、かなり長い二編の原稿には題目が書かれていた。

「金正日同志」は彼が悲劇的に生を締めくくる直前に、金正日総書記に書いた手紙の初稿である。李真鮮がこの手紙を実際に金正日総書記に送ったのか、また送ったとしたらどのような経路で送ったのかは知らない。はたして金正日総書記がこの手紙を読んだのかも気を揉むが、それも確認できない。

あと一編の「いまだ来ない同志へ」は一九九〇年代後半以降の原稿のようだ。李氏がピョンヤンで公開を目的に書いたが、公開を放棄したように見受けられるこの原稿は、未来の若い世代に贈る、年老いた社会主義者の温かい眼差しが感じられる。まだ完成されてないのか、いたるところに推敲をした痕跡がそのまま残っている。

未完の原稿であると思われるが、読者たちはひょっとして二編の遺稿から今までに見てきた日記の告白よりも、李真鮮の体臭をより濃く感じるかもしれない。

—編集者—

金正日同志

朝鮮労働党総書記　金正日同志。

無礼にも同志に手紙を差し出すことをお許しください。私は死を目前にした七八歳の老人です。朝鮮共産党時代から党活動を始め今まで党員として生きてきました。

はじめに私の年齢と経歴を明かしたのは、同志につまらぬ年配の権威を見せたいからではありません。同志が生まれる前から社会主義革命の道を歩んできた先輩ということを、誇示したいからでは、なおさら違います。一人の老人が今日のこの瞬間まで社会主義革命と建設の道をまっすぐ歩んできたことを、同志が前提にしていただければと思ってです。

金正日同志

党員として党の事業に問題があると判断したならば、手順を踏んで提起するのが義務であることを私は承知しています。しかし、今日わが党は民主主義中央執権制の原則とか、下部から上部へ伝わる伝統が生きていません。党最高責任者が平党員はもちろん人民から直接手紙を受け取り、耳を傾けるのは、党に蔓延している官僚主義の弊害を克服するひとつの方法でもあります。それでもこの手紙が同志の執務室まで届くのか心配です。いや、殆ど不可能であるとの事実をよく知っています。この手紙を書きながらも私が限りなく絶望を感じる理由です。

しかし生とは常にわれわれの意図とは違う展開を見せることもあり得ますので、いつの日か同志がこの手紙を読むかも知れないとの思いから自分を慰めています。同志はすでに手紙で同志の名前の前に敬意を表する修飾語を付けなかったことが、意図的であることを直感したと思います。おそらくこのような形式の手紙は同志の生涯で初めて受け取る手紙だと思います。

金正日同志。

私は今日、同志に真の社会主義同志愛で、それにもしかしたら共和国で社会主義革命経歴が一番長い人として、共和国の運命を担っている総書記同志に党員として意見を虚心坦懐に伝えようと思います。その前に党員としての義務を怠ったことについての自己批判は、同志がこの手紙を読む時間を節約するためにも省略させて頂きます。

私はまず、主体思想を体系化した同志の労作に対し敬意を表します。同志の「人間を中心にした社会主義」と「人民大衆中心の社会主義」は、実際にソ連と東ヨーロッパ社会主義国家の崩壊という荒波の中で、わが党と共和国をしっかり守った原動力です。主体思想が人民の自主性と創造性、それに意識性を強調することについて私は全的に同意します。いいえ、私は単純に同意の次元を超え、同志がその主体思想の根本原則に忠実であることを全身で求めます。

主体は決して誇示的とか宣言的意味で終わることは出来ません。実際に人民の自主性と創造性を高め、彼らが主体的に社会主義を建設できるように同志が先頭に立ってくださることを願います。私が細々と書いていることは結局ひとつにまとめることが出来ます。人間中心の社会主義、人民大衆中心の社会主義を朝鮮に根ざすこと、ただそれだけです。

金正日同志。

人間中心の社会主義、人民大衆中心の社会主義は主体思想の根本です。同時に同志の前で一点の曇りもなく自負できることは、その社会主義は私が八〇歳近くまでの生涯を通し常に北極星として仰ぎ歩んで来た道です。まさしくその道の上で私は今日、同志に血を吐く心境でふたつのことを促そうと思います。今の共和国では金正日同志に直言できる人は誰もいません。どうか社会主義者らしく広い心で、衷情を伝える平党員の声に耳を傾けてください。

一つ、人民大衆を真に中心において党を再建する革命を行って下さい。
「以民為天」は金日成主席以来、朝鮮労働党が常に強調してきた思想です。しかし断言します。今日わが党の現実は人民大衆中心の党ではありません。党の中心には人民大衆ではなく、首領がいます。首領中心の党です。

主体思想について書いた党の出版物は次のように指摘しています。
「人民大衆は党と首領の導きを崇め、首領の革命思想と党政策を徹底的に擁護貫徹しなければ、社会歴史的運動、革命運動で独自性と自力更生の原則を堅持して、主人としての責任を果たす自主的立場を守ることが出来ない」

私はこの命題で人民の自主性が深刻に損なわれている事実を見過ごすわけにはいきません。創造性も同じです。
「党と首領の導きを崇め、首領の革命思想を指導的指針にしなければ、人民大衆の力を信じ、彼らの革命的熱意と創造的積極性に依拠してあらゆる問題を自身の実情に合わせて解決する創造的な立場を守ることが出来ない」

金正日同志。私は首領を「崇め」、「徹底的に擁護貫徹」しなくても、人民は自ら歴史を自主的・創造的に切り開いていけるという信頼、その信頼が今の主体思想にはないとの事実に、朝鮮の社会主義者として悲しみを感じます。

同志。誤解のないように願います。私は人民の自発性を強調して、党の指導が不必要だと言っているのではありません。人民に対する党の指導はもちろん重要です。これはすでにロシア革命の過程でレーニン同志が正式化した命題です。同時にレーニン同志はそれに劣らず、「社会主義は人民大衆の創造物」であることを常に強調したことの事実を思い起こしてください。

首領論が革命のある段階では不可避だったことは承知しています。しかし、わが党と共和国ではそれが避けられない選択だとの次元を超えてから長い歳月が流れました。甚だしくは人民大衆と党は首領のために存在するとの、反社会主義的主張まで公然と強調しています。朝鮮民族を「太陽民族」または「金日成民族」と呼んだり、故金日成主席の生年を基準に「主体年号」を使う現実は党の明白な危機です。

手遅れになる前に革命的決断を下さなければなりません。今日わが党でその決断は金正日同志だけが出来ます。

二つ、真の人民の指導者になってください。もしかしたらこれこそが金正日同志が受け入れられない難しい課題かもしれません。しかし本来、社会主義者と個人崇拝は両立できません。それは愚像だけです。指導者は、人民の上に君臨するべきではありません。人民とともに肩を並べる謙遜した美徳は社会主義者が持つべき基本品性です。中国共産党の周恩来、鄧小平同志、ベトナム共産党のホー・チミン同志のように、気さくな人民の友として生まれ変わってください。

再三強調しますが、個人崇拝は個人主義の極端にほかなりません。社会主義とは正反対です。共和国のすべての新聞と放送は金正日同志の愚像化事業に動員されています。指導者はもちろん重要です。指導者を中心にした人民の団結も今の共和国では必要です。しかしその指導とその団結はあくまでも人民大衆を中心に据えなければなりません。

金正日同志にとっては最も聞きたくないことかも知れません。真実の前に謙虚であることが社会主義者の義務です。個人崇拝思想は社会主義と合わないということ、これが真実です。

どんな個人でも完全無欠ではありません。歴史的に一点の過ちもない人間はあり得ません。党と共和国、それに革命の運命が一人の個人にあまりにも偏って依存していることは、党と共和国のためにも、なによりも革命と民衆のためにも願わしいことではありません。

主体思想は今日、本当に主体を正しく立てなければなりません。集団指導体制で党を民主化して党員の自主性と創造性を集めなければなりません。党と共和国の前にアメリカが立ちはだかっている現実を知らないわけではありません。それだからこそより一層党員たちとともに自主的で創造的な道を模索するときだと思います。党が真の社会主義政党に生まれ変わるとき、民衆の自主性と創造性は花開き、共和国は発展すると思います。

民衆が自ら自主的で創造的になったとき、そのときこそ、社会主義を守ることも、社会主義強盛大国建設も成し得ると思います。今日、共和国で金正日同志に対する愚像化が憂慮される理由がここにあります。

手遅れになる前に革命的決断をしてください。わが党でその決断は金正日同志だけが出来ることです。金正日同志。

私は今この瞬間、喜びの気持ちで手紙を締めくくろうとしています。この手紙を同志が読むことになれば、そのとき私はこの世のものではありません。それは自分の生涯を総括した結果、社会主義者として人民の前に自分の義務を果たせなかったとの自己批判のすえ下した私の選択です。

同志。私は革命に私が愛した妻と息子、それに父母を血の涙で捧げました。

この手紙は生涯社会主義の信念を棄てなかった、一人の年老いた平党員の事実上の遺書です。共和国に真の人間中心の社会主義、人民大衆中心の社会主義が花開くと私は信じています。生の最期を迎えたこの瞬間、私に残っている体温すべてをひとつにして熱い同志愛のあいさつを送ります。健闘して下さい。

いまだ来ない同志へ

あなたが誰なのか私はわかりません。ひとつだけ私が確実に知っていることは、あなたは人間の息子と娘としてこの世に招かれて来たという事実です。あなたの生はもちろんあなたが望んだものではありません。いつの日かあなたの父と母がこの大地で美しい愛を交ぜあった日が、あなたが生と因縁を持った瞬間です。

ですから人間の生はその根っこからして愛であり、分かち合いであります。いつか消滅する運命にあるあなたの生もまた、いつの日か愛と分かち合いで他の生につながることでしょう。愛と分かち合いは人間の最も自然な本性です。

物質であるのに関わらず、愛を夢見てその愛によって物質に息を吹き込む奇跡が人類の生であります。宇宙の一部分である生は宇宙がそうであるように、いまだ私たちに真実を完全に見せていません。生の虚無意識が単なる人間の偏見である理由です。宇宙の無数の星たちと花たちがそうであるように、生もまた宇宙では美しい存在です。

しかし生の現実は愛と分かち合いだけでは成り立ちません。かえって人間の歴史は憎しみと孤独に満ちているともいえます。そうです。この地上で人間はただの人間ではいられません。

歴史が証言するように人間の大部分は奴隷に、農奴に、そして労働者として存在しました。今もそうです。今日この地球の上でも大多数の人たちの生は貧困と疾病、それに政治的抑圧の中に置かれています。もちろんその反対側に王族と貴族、地主と領主、それに資本家たちも存在しました。しかし彼らはいつも一握りにもならない少数でした。たとえ彼らの一生は物質的に豪華だったかもしれませんが、正しいとか美しい生ではなかったはずです。

歴史を作ってきた主体は常に民衆でした。自由で平等な社会を作ろうとの歴史の新しい段階ごとに、いつの日もどこでも奴隷と農奴、それに労働者、即ち民衆の闘争でした。民衆の犠牲と彼らが流した血が無かったならば、人類の大多数はいまだ奴隷として生きていたことでしょう。

民衆の戦いだけが私たちが生きていく生の空間を民主化して来ました。民衆だけが歴史の中で明日のために喜んで自分の今を犠牲にしました。民衆だけが愛を身体で諭すことが出来ます。民衆が美しいわけです。私たちの生はすべて民衆たちの赤い愛と血色の墓の上にあります。

今日の生でその象徴的な事件は一七八九年のフランス革命です。フランス革命は自由、平等、博愛を人類の理想に掲げた民衆の革命でした。

問題はその革命の果実を資本家たちが独占したという事実です。しかし自由で平等な社会で人間が互いに助け合い、働き、愛を分かち合う夢さえ、資本家たちが奪うことは出来ませんでした。美しく純潔な夢はいつも民衆のものでした。

そうです。民衆の子どもに生まれたあなたの生は本当に祝福です。民衆に生まれたから初めからあなたは正しく美しい生を歩むことができました。

フランス革命の火花が資本家たちの貪欲で消えかかったころ、民衆はまた自分たちの夢を灯し、歴史的転換点を作りました。一八四八年の共産党宣言がそれでした。共産党宣言は人類の永い夢を科学として一段階高めただけではなく、科学を越えた新しい道を提示しました。社会主義がそれです。そしてその宣言は一九一七年ロシア革命で現実化します。

あなたはここで反問するかもしれません。社会主義国家はすべて崩壊して、朝鮮労働党と主体思想もまた、人類の未来に責任持つ青写真を提示できないでいると。

そうです。あなたの言う通りです。東ヨーロッパの社会主義国家に続きソビエト社会主義共和国連邦も一九九一年に崩れました。いま地上で社会主義を守っている国は中国、キューバ、ベトナム、そして朝鮮民主主義人民共和国です。

この文をあなたが読むことができるのかは知りませんが、生涯革命の道を歩み、今は死を目前にした私は最後の力を振り絞ってあなたに訴えます。

崩れたソ連と東ヨーロッパの社会主義国家はもちろん、中国とかキューバ、ベトナムとわが朝鮮は未完の社会主義国家でした。完全な社会主義国家はいまだ地上にはありません。いまだ来ない社会主義をこの地上に誕生させることがあなたの課題です。

ロシア革命は共産党宣言に照らし合わせてみると、あまりにも早すぎた革命でした。死産の運命を背負った革命でした。しかしその失敗が何の教訓も与えなかったのではありません。惨憺たる挫折は、社会主義を成し得るためには、人類がより成熟しなければならないとの真実を教えています。

マルクスとエンゲルスが科学的社会主義を提示したとき、ふたつの前提条件がありました。資本主義成熟という物質的条件と、社会構成員の意識水準という主体的条件がそれでした。ふたつの条件が満たされない社会での社会主義革命は、失敗する可能性が高いのです。一八四八年パリの革命がそうだったように、一九一七年ロシア革命もまた例外ではありません。

よって、実存した社会主義国家たちの崩壊は、決して社会主義思想の没落につながる根拠ではありません。いや、社会主義思想に私たちが忠実であるとき、その崩壊はかえって自然な現象です。科学的社会主義思想の正当性をまた確認する契機と言えます。永い人類史で見るならば、社会主義革命と建設の歴史はまだ出発点に過ぎません。フランス革命が少なからない紆余曲折を経たように、社会主義革命もまた同じでした。人類が成熟していく長い旅程で、あなたがあせらないことを願います。

今日、私たちにはソ連の経験から、社会主義思想の成熟と新たな戦略が時代的課題として提起されています。

朝鮮の社会主義者として私は半世紀前に、党から社会主義思想事業に関する創造的労作を書けとの命令を受けたことがあります。党内部の政治的変化がありましたが、党が与えた課題を成し遂げなかったのは、私に能力が無かったのと怠慢のせいです。全力を尽くさなければならなかったのですが、出来ませんでした。

しかし社会主義思想を新しく構築する課題を成し遂げられなかったことに対し、自己批判をして審判を受ける党は今、私の前には存在しません。いつの日かあなたたちが立ち上げる党の前に、気弱く安っぽい感傷から抜けきれないままの蒼白な社会主義者として歩んできた自身の生を、懺悔《ざんげ》し自己批判する理由があります。濁りない目を持つあなたが愛しいわけもそこにあります。

すべての人が自由で平等に生きていく社会をこの大地の上に具現するために、命を惜しみなく捧げた先人たちの血の涙をあなたが拭いてくれることを願います。

落ち葉は新緑を夢見ながら散っていきます。その落ち葉で土が肥沃にならなければ、夏の青々とした新緑は不可能です。二〇世紀を彩った赤い花たちと落ち葉たちは、二一世紀の緑濃い大木に復活すると信じています。

未来社会と関連して真の民主主義が実現されることによって、すべての支配体制が死滅することがあることを「国家と革命」で力説したことがあるレーニンは、社会主義をすでに作られている既成の制度ではなく、一段階、一段階、究極的目標に向かい接近していくことだと捉えました。

すべてを民衆の中で民衆とともに始めなければなりません。民衆の海こそが人類の始原であり、人類が究極的にたどらなければならないところです。ここの生がそのまま宇宙とひとつになり、宇宙の星になって生きる海、いまだ私たちはその花の海に達していません。

地上の人間が究極的に真実を追究する存在である限り、より美しい社会を夢見ることしか出来ない存在である限り、革命はゆっくりでも一歩、一歩、前進することでしょう。渓流を流れる早瀬がたとえ渓谷のいたる所にある引っ掛け石で流れが変わったとしても、いずれは川になり、とうとう流れ

る理知と同じです。民衆の海、解放の海に向かって力強く進んで行くことでしょう
民族と階級を離れ、人類すべてが愛と労働の中で創造的に生きていく「美しい家」を建てようとの熱情の火花は、数千年のあいだ宇宙の暗闇を照らしてきました。その火花は人類の最後の一人が残ろうとも消えることはないでしょう。

フランス革命からロシア革命へと繋がった人類の偉大な道、その道を継いで新しい思想と革命を推し進める主体はあなたであります。

あなたが誰なのか私は知りません。しかしすでに亡くなった多数の方たちが私の体の中で生きているように、私もまたあなたの体の中で生きています。生とはその根っこからの分かち合いであり、愛である理由です。

いまだ来ないあなたを愛しています。

あとがき

二〇〇一年六月に出版された小説『美しい家』は当時、金大中大統領が推進していた太陽政策の中で、「北を刺激する」との憂慮からマスコミから「無視」されたといわれる。しかし口コミで広がり、地味ではあるが着実に今も版を重ねている。（二七版、四万部）

当初読者からはこの日記は実在の物か、フィクションなのか、色々議論された。確かに日記の実在性は一番関心のあるところだ。日記が存在するならばそれは本書のプロローグでも書かれている通り「大特ダネ」である。人民の生の声が閉ざされている朝鮮民主主義人民共和国（以下「朝鮮」）で、それも新聞記者が残した日記ならば、それは朝鮮の実情を知り得る貴重な資料としてセンセーションを巻き起こすはずである。しかし、作者の孫錫春氏はノーコメントを貫いている。

もし、フィクションだとしてもこの作品は本物の日記ではないかと思わせる程、時代背景とその時々の主人公の理想と愛、悩みと苦しみが実にうまく描かれている。

日本の植民地時代に生まれた「小説」の主人公李真鮮は、共産主義運動に飛び込み一九四五年八月一五日の解放を迎える。ピョンヤンで『労働新聞』記者になった彼は朝鮮戦争時の従軍記者、モスクワ大学留学などエリートとしての道を歩むが、金日成の個人崇拝の始まりに疑問を抱き、息子が後継者になることは社会主義国ではあるまじきことだ、と反発する。しかし、彼もインテリの弱さゆえか、行動することが出来ない。ひたすら朝鮮の政治状況を日記に書き続けることしか出来なかった。

社会主義を掲げながら社会主義の理想から遠く離れていく祖国の姿に、世襲制国家の統治下で停滞する経済と生活に苦しむ人民の姿に、年老いた李真鮮は絶望の日々を送る……。

一九三八年から一九九八年まで記された「日記」は「北朝鮮現代史の概要」として読めるのではないだろうか。

今も日本のマスコミをにぎわす「北朝鮮報道」であるが、日本の多くの人たちは朝鮮のことをどれほど知っているのだろうか？

以前、日本で北への制裁論議が盛んなころ、あるテレビ番組でコメンテーターの一人が「今すぐ国交を断絶するべき」と言っていた。日本が世界で国交のない唯一の国が朝鮮という事実すらわからないことに愕然とした。批判することは自由だが、せめて朝鮮について初歩的な知識を持ってからにしてほしいと思ったものである。

今の朝鮮は「拉致」、「核」、「飢餓」、「世襲」がかまびすしく言われる。それは仕方がないかも知れない。しかし、少なくとも一九六〇年代まではそのような国ではなかった。植民地からの解放と独立のために命を捧げた人々、社会主義の理想を求め労働に汗を流した人々がたくさんいたことは事実である。これが、本書を翻訳出版するきっかけにもなった。

作者の孫錫春氏は『東亜日報』記者を辞したあと、『ハンギョレ』の記者として韓国言論の改革のため積極的に活動したジャーナリストである。その評価は韓国記者賞（一九九〇）、民主言論賞（一九九六）、韓国言論賞（一九九七）、統一言論賞（一九九九）の受賞を見てもわかる。

その彼が初めて書いた小説が『美しい家』である。孫氏は実在の日記を残した人たちの保護のため敢えて小説風にしたのか？　それとも日記はフィクションなのか？　それは作者だけが知るところだ。

孫氏は「日本語版によせて」の中で「韓国の出版界、歴史学会では、李真鮮が実在した人物なのかどうか波紋が広がった。しかし重要なことは、実在したかどうかではなく読者が最後の章を閉じたときに感じる共感または感動の深さだ」と書いている。

一九九〇年代に入り北との交流が盛んになる中で、孫錫春氏は祖国がひとつに生まれ変わる過程で必ず乗り越えなければならない「ハードル」があることを伝えるためにこの「小説」を発表したのではないだろうか。

私が思うには、それは先ず北を知ることである。分断による激しい対決の中で韓国では一〇数年前まで北のことは正しく知らされていなかったといえる。その後の南北交流の過程でも北を正確に見ることが出来なかった。

もうひとつは南北民衆にとって祖国の分断は本来不本意であることを知ることである。日本の植民地に反対して義兵闘争に立ち上がった人々、三・一独立運動に参加した人々、上海をはじめ海外で独立運動をした人々、旧満州でパルチザン闘争をした人々が夢見た国は分断された祖国ではなかったはずだ。解放を迎えたもののアメリカとソ連によって二つの国が建てられ、同族同士殺し合うことになった朝鮮民衆は未だに分断された国土に暮らしている。

李真鮮の四歳の子どもソドリは言う。「（革命って）ちゃんと知ってるよ……みんなで幸せに暮らせる美しい家を建てることだよ」。

「……資本ではなく人間が主人になる社会、首領ではなく人民が中心になる社会を作る」（一九九八年六月一三日の日記）ことが南北の人々にとって本当の「美しい家」を建てることだと作者は言いたかったのではないだろうか。

「日記」を書いた李真鮮が亡くなって一〇年の歳月が流れた。もし、彼が生きていたならば、この激動の一〇年をどのように記録したのであろうか？　プロパガンダしか伝わらない北での、李真鮮に代わる民の声を聞きたいものだ。

最後に東方出版に感謝したい。五年前に出版しようとしたが、引き受けてくれる出版社がなかなか見つからずあきらめかけていたからだ。そんな私を励まし続けてくれた共訳者の川瀬俊治氏にお礼を申し上げる。尚、翻訳の前半は張春栄、後半の訳と文体の統一、割愛、注釈は川瀬と私が担当した。

二〇〇九年五月、訳者を代表して。　羅基泰

著者紹介

孫　錫春（ソン・ソクチュン）

シンクタンク「新しい社会を創る研究所」代表。1960年韓国忠清北道忠州生まれ。延世大学哲学科卒業、高麗大学校政策科大学院卒業後、『東亜日報』記者、『ハンギョレ新聞』労働組合委員長、論説委員などで活躍。この間、言論改革市民連帯創立共同代表を務めたほか、言論人として韓国記者賞（韓国記者協会、1990年）、民主言論賞（全国言論労働組合聯盟、1996年）、韓国言論賞（韓国言論学会、1997年）、統一言論賞（韓国記者協会ほか、1999年）、アン・ジョンピル自由言論賞（東亜自由言論守護闘争委員会、2005年）を受賞。『ハンギョレ』『京畿新聞』「オーマイニュース」にコラムを発表している。中央大学校（2003年）、延世大学校（2005年）で言論、新聞学の兼任教授を務めた。

著書　『新聞編集の哲学』（1994年）を著して以降、言論改革に関する著作を次々と発表、主なものに『言論改革の武器』（1998年）、『世論を読む革命』（2000年、日本語版訳『言論改革』）のほか、『R−通信』（2004年）『あるジャーナリストの死』（2006年）、『主権革命—私たちが直接政治をし直接経営する楽しい革命』（2008年）など。本書は2001年に発表された著者最初の長編小説で、続けて長編小説『幽霊の愛』『四十九通の手紙』を刊行している。

訳者紹介

張　春栄（チャン・チュニョン）

韓国語教室講師。朝鮮学校を卒業した在日２世で、神戸を中心に活動している。

川瀬俊治（かわせ・しゅんじ）

ジャーナリスト。奈良新聞、解放出版記者など勤めた。訳書に孫錫春『言論改革』（2004年、みずのわ出版）。

羅　基泰（ラ・ギテ）

在日韓人歴史資料館（東京）研究員。朝鮮学校を卒業した在日２世。在日朝鮮人運動史研究会会員でもある。

美しい家　—朝鮮『労働新聞』記者の日記—

2009年7月10日　初版第1刷発行

著　者……………………………………………………………孫　錫春
訳　者……………………………………　張　春栄・川瀬俊治・羅　基泰

発行者……………………………………………………………今東成人

発行所…………………………………………………………　東方出版㈱
〒543-0062　大阪市天王寺区逢坂2-3-2-602　Tel.06-6779-9571　Fax.06-6779-9573

装　丁……………………………………………………………林眞理子
カバー絵画　「蝶の舞い」…………………………………………黄　泰殊
印刷所…………………………………………………………㈱国際印刷出版研究所

 ISBN978-4-86249-142-8